Thomas Prinz
Abschied von Jakarta

Thomas Prinz

Abschied von Jakarta

Roman

Dittrich Verlag

CIP-Einheitsaufnahme: Prinz, Thomas
Abschied von Jakarta / Thomas Prinz -
Köln: Dittrich, 2001

ISBN 3-920862-34-1

Lektorat: Julia Kuschmann
Umschlaggestaltung: Guido Klütsch
Druck und Bindung: Wiener Verlag, Himberg

www.dittrich-verlag.de

Für Charlotte

Prolog

Jakarta, Sonntag, 10. Oktober 1999.

Wilhelm Kranitz lehnte sich in seinem Sessel zurück und ließ ein letztes Mal den Blick über das Zentrum Jakartas schweifen. Der Direktor der Allgemeinen Motoren-und Kraftwerksunion in Indonesien hatte sein Büro in einem Penthouse im 30. Stock eines Wolkenkratzers im Zentrum der Stadt. Die AMKU hatte die oberen fünf Stockwerke gemietet und ihr Direktor thronte über allem. Weit unter ihm bewegten sich die Lichter von Tausenden von Fahrzeugen langsam über Jakartas Hauptverkehrsader. Das Rot der Rücklichter erschien aus dieser Perspektive wie ein langer Wurm, der sich auf der *Sudirman* langsam nach Süden bewegte. Der vordere Teil des Tieres war in Bewegung. Der Rest des Wurms blieb zunächst reglos und setzte sich dann ebenfalls in Bewegung, als der vordere Teil bereits wieder zum Stillstand gekommen war. Vielleicht waren die roten Lichter auch das Blut in einem Körper, der kurz vor einem Infarkt zu stehen schien. Kranitz' Schreibtisch war aufgeräumt wie immer. Direkt vor ihm stand ein Bild seiner Frau Miriam und seiner Tochter Katrin. Ein Bild aus glücklichen Tagen. Daneben stand ein Bild des Staatspräsidenten von Indonesien. »Dr. Kranitz in Freundschaft gewidmet«, hatte der Präsident über den unteren rechten Bildrand geschrieben. Auf dem Schreibtisch lag ein einziger Aktendeckel. Er schlug ihn noch einmal auf und sah erneut auf das Fax mit den Überweisungen, die er vor vier Tagen veranlasst hatte, die Spalten mit Zahlen und Nummern, unter denen sein Buchhalter handschriftlich bestätigt hatte »Transfer getätigt am 7. Oktober 1999«. Mit den Überweisungen wurden Zulieferer der AMKU bezahlt, Gewinne an das deutsche Mutterhaus überwiesen und Rückstellungen für Geschäfte getätigt, die in naher Zukunft anfallen würden – Gelder, die für ein paar Tage oder Wochen sicher zwischengelagert werden mussten. Sicher, das hieß außerhalb des krisengeschüttelten Indonesien, dessen Banken nach normalen internationalen Maßstäben samt und sonders hätten ihren Bankrott erklären müssen und die nur aufgrund staatlicher Stützung überhaupt noch überlebten. Auf einigen Überweisungen waren als Empfänger lediglich Nummern vermerkt. Die Beträge schwankten zwischen einigen Zehntausend und 40 Millionen Dollar. An Position sieben war eine Überweisung in Höhe von 17 Millionen Dollar an die Credite Swiss mit der Kontonummer 376.549 HG angegeben. Hinter der Überweisung hatte jemand handschriftlich drei große geschwungene Fragezeichen gemalt. Zuerst hatte er Neudecker in Verdacht gehabt. Neudecker war unzuverlässig. Er kam aus der Finanzabteilung in München und hatte beste Referenzen mitgebracht. Aber das nutzte hier in Indonesien wenig. Hier war eine gewisse Flexibilität gefragt. Als vor drei Wochen die ersten Überweisungen der Santosa Group eingegangen waren und umgehend weitertransferiert werden sollten, hatte Neudecker den Aufstand geprobt. Das

Geld sei nicht ordnungsgemäß verbucht worden und die Transfers verstießen gegen indonesisches Recht.

»Neudecker, wir sind hier nicht in einem betriebswirtschaftlichen Seminar und auch nicht beim Finanzamt«, hatte er ihm damals gesagt. Neudecker wollte die Überweisungen dennoch nicht gegenzeichnen. Erst ein Anruf aus der Konzernzentrale in München hatte ihn zur Vernunft gebracht. Und dann hatte sich Somarsono, der Vizepräsident der AMKU und Vertrauter der Präsidentenfamilie, um ihn gekümmert – auf seine Weise. Nein, die Fragezeichen stammten nicht von Neudecker. Heute Morgen war das Papier langsam aus seinem Faxgerät gequollen und er hatte gewusst, dass sich jetzt alles dem Ende zu neigen würde. Er öffnete die oberste Schreibtischschublade, in der er seine Medikamente aufbewahrte und nahm zwei Kapseln Diamorphin. Das Morphium machte ihm seit drei Monaten das Leben einigermaßen erträglich. Seit der Schmerz in seinem Magen zurückgekommen war, nahm er sie. Dr. Schrot, der Arzt der deutschen Botschaft, hatte ihm dringend zu einer erneuten Operation geraten. Er dürfe die Hoffnung nicht aufgeben. Krebs sei heute nicht mehr in jedem Falle tödlich. Es gebe unzählige Heilungserfolge. Kranitz wusste, dass es an seinem Magen nichts mehr wegzuschneiden gab und selbst wenn er sich der Marter einer Operation und einer Chemotherapie unterzogen hätte, so blieb doch die Frage wofür. Seit dem 22. Februar 1999 hatte das Leben für ihn seinen Wert verloren: Katrin war in den Semesterferien zu Besuch gekommen und mit seiner Frau auf die Molukken geflogen. Miriam hatte Geld und Medikamente für ein christliches Krankenhaus gesammelt und wollte die Spenden persönlich abgeben. Danach wollten die beiden Frauen nach Saparua zum Tauchen. Im November 1998 gab es in Jakarta einen Zwischenfall, dem niemand zunächst besondere Beachtung schenkte. Im Stadtviertel Pasar Baru fühlten sich einige moslemische Kunden in einem Spielsalon betrogen und randalierten. Die Spielhöllen wurden von christlichen Ambonesen organisiert. Die Moslems schlugen einen der Läden kurz und klein, worauf die Ambonesen über die Randalierer herfielen. Die Auseinandersetzung eskalierte. Es gab Tote und Verletzte. Daraufhin rottete sich ein moslemischer Mob gegen die Ambonesen zusammen. Es kam zu grauenhaften Lynchmorden an den ambonesischen Cowok Keristen, den »Christian Boys«. Etwa 200 Ambonesen flohen aus Jakarta und schifften sich nach Ambon aus, während sich die Situation in Jakarta zu einem Pogrom ausweitete, das sich nunmehr generell gegen christliche Einrichtungen richtete. Mehrere Kirchen gingen in Flammen auf, und die Kathedrale konnte nur mit starkem Polizeiaufgebot gegen den Mob geschützt werden. Kaum waren die den Pogromen entkommenen Ambonesen in Ambon, der Hauptstadt der Molukken angekommen, griff der Konflikt auf diesen Teil des Inselreiches – 2000 Kilometer östlich von Jakarta – über. Am 19. Januar 1999 stritt sich dort ein christlicher Busfahrer mit einem muslimischen Fahrgast. Es kam zu einer tödlichen Auseinandersetzung, die den Beginn des Bürgerkrieges in Ambon markierte. Auf den Gewürzinseln um Ambon stellten die Christen seit der Missionierung durch die holländischen Kolonialherren die Mehrheit der Bevölkerung. Im Rahmen der Transmigrationspolitik von Suharto wurden immer mehr Moslems dort angesiedelt, bis das alte Machtgefüge auseinanderbrach. Die Christen fühlten sich überrollt und die Moslems versuchten, ihren Teil vom Kuchen zu bekommen. Das Machtgefüge war heikel und über die Jahre nur mühsam gewahrt worden. Der Gouverneur war Christ, der Militärchef Moslem – oder umgekehrt. Seit Suharto beide Positionen mit Moslems besetzt hatte, war Ambon ein Pulverfass. Es explodierte am 19. Januar 1999. Christen überfielen Moscheen und Moslems Kirchen. Wilhelm Kranitz hatte die genauen Abläufe nie rekonstruieren können. Was hätte es auch genützt. Nur soviel wusste er: Während eines Gottesdienstes in Ambon, an dem Miriam und Katrin teilgenommen hatten, wurde die Kirche von einem aufgebrachten Mob überfallen und angezündet. Wer aus dem brennenden Gebäude flüchten konnte, wurde draußen erschlagen. Miriam und Katrin waren aus dem Inferno geflüchtet und in die Hände der Angreifer gefallen. In Ambon wurde mit Sicheln und Knüppeln gekämpft. Als man Stunden später die Opfer abtransportieren konnte, hatte jemand festgestellt, dass in Katrin noch ein Funken Leben war, trotz des zerschlagenen Kopfes und der Verbrennungen. Im Krankenhaus von Ambon konnte man nicht viel für sie tun. Als Wilhelm Kranitz benachrichtigt wurde, organisierte er einen Rettungsflug und ließ Katrin nach Singapur bringen. Nach Operation und Intensivstation hatte ein Arzt zu ihm gesagt: »Sie wird leben, aber nie mehr so sein, wie Sie sie gekannt haben.« Wilhelm Kranitz hatte seine Tochter nach Deutschland fliegen lassen, doch auch hier konnte man ihm keine Hoffnungen machen. Teile des Gehirns waren zerstört – unwiederbringlich verloren. Zuletzt hatte er sie vor drei Monaten besucht. Die Wunden waren verheilt. Anstelle ihres rechten Auges hatte man ihr eine täuschend echte Plastik eingesetzt. Aber auch mit dem gesunden Auge starrte sie ins Leere und reagierte auf keinen äußeren Reiz. Er hatte an ihrem Bett gesessen und auf sie eingeredet. »Papa ist da, es wird alles wieder gut.« Früher hatte sie ihn immer dankbar angelächelt, wenn er sie getröstet hatte. Als die Dreijährige mit ihrem Roller gefallen war und das Knie blutete, als die Elfjährige beim Reiten vom Pferd gefallen war und sich einen Arm gebrochen hatte. Immer war es wieder gut geworden. Aber diesmal war es anders.

»Sie ist wie eine Blume«, hatte der Arzt ihm damals gesagt. »Wir wissen zu wenig über das Gehirn, um sagen zu können, was in ihr vorgeht.« Er hatte ihre Hand gehalten und geweint. Irgendwann war der Arzt zurückgekommen und hatte ihn aus dem Zimmer geführt.

»Gehen Sie jetzt. Es ist besser für Sie. Sie brauchen Zeit. Ich weiß, es dauert, bis man sich daran gewöhnt hat.« Ach ja, und dann wäre da noch etwas, der Verwaltungsleiter der Klinik wolle mit ihm reden.

Der Verwaltungsleiter war ein junger Mann, der sich nicht bemüßigt fühlte, irgendeine Form von Mitgefühl an den Tag zu legen – ein Manager, der einen Betrieb leitete. Er klärte Wilhelm Kranitz über die Pflegekosten für seine Tochter auf.

»Wir können ihre Tochter nicht mehr als Kranke behandeln, die sich auf dem Weg der Rekonvaleszenz befindet. Diese Maßnahmen waren von Ihrer Krankenversicherung abgedeckt. Was wir jetzt tun, hat eine andere Qualität.« Es handele sich um einen typischen Pflegefall. Selbstverständlich sei man gerne bereit, Katrin auch weiterhin jede erdenkliche Fürsorge angedeihen zu lassen, doch dafür würde die Krankenversicherung nicht mehr aufkommen. Natürlich gebe es auch kostengünstigere Möglichkeiten der Unterbringung in einfacheren Häusern, er habe da ein paar Adressen. Er, Wilhelm Kranitz, müsse nur entscheiden, wie es weiter gehen solle. Damals war er 59 Jahre alt gewesen und ein Jahr vorher hatte man ihm bei einer Krebsoperation über die Hälfte des Magens entfernt und es stand nicht gut um ihn. Wilhelm Kranitz hatte sich hingesetzt und alles in Ruhe durchgerechnet. Er war gelernter Betriebswirt und der Abend, an dem er sein Vermögen gegen die Pflegekosten aufrechnete, hatte ihn auf andere Gedanken gebracht. Wie man Ausgaben und Einnahmen gegenüberstellt, das war sein tägliches Brot. Nur das Ergebnis war niederschmetternd. Wenn er Katrin die bestmögliche Pflege garantieren wollte, die es gab, dann reichte sein Vermögen kaum länger als zehn Jahre über seinen Tod hinaus. So lange konnte sie in einer Privatklinik in Hamburg bleiben, da wo er groß geworden war und wo sich das Grab seiner Frau befand. So lange würde sie eine erstklassige Pflege mit täglichen physiotherapeutischen Übungen für die erlahmten Glieder und mit genügend Personal bekommen. Sie würde bei schönem Wetter auf der Terrasse liegen und die Sonne auf ihrer Haut spüren, ab und zu im Rollstuhl durch den Park geschoben werden. Und vielleicht würde sie das alles irgendwie spüren. Blumen spüren Licht, Sonne. Wärme und Zuneigung. »Sie ist wie eine Blume«, hatte der Arzt gesagt.

Wilhelm Kranitz hatte damals kühl damit gerechnet, dass er vielleicht noch fünf Jahre hatte, um Geld zu verdienen und vielleicht zehn Jahre, in denen er Katrin durch seine Pension unterstützen konnte. Und nach seinem Tode würden die Ersparnisse noch einmal zehn Jahre reichen und dann wäre Katrin eine Frau von 43 Jahren gewesen. Kurze Zeit später hatten die Schmerzen in seinem Bauch wieder angefangen und Wilhelm Kranitz wusste, dass er keine zehn Jahre mehr hatte, um die Zukunft seiner Tochter zu sichern.

Er war nach Jakarta zurückgekehrt. Die Stadt war seit zwei Jahrzehnten seine Heimat geworden. Eine karge Heimat, doch er hatte keine andere. Es gab keine Familienbande und andere Kontakte hatte er im Laufe der langen Jahre im Ausland verloren. Nach dem Studium war er im Auftrag einer Reederei nach Singapur gegangen. Dann hatte er sich als Schiffsmakler selbständig gemacht, aber sein alter Arbeitgeber hatte die Firmen, die zu ihm gewechselt waren, unter Druck gesetzt und Wilhelm Kranitz in den Bankrott getrieben. Er war damals froh gewesen, dass er bei der AMKU eine neue Chance bekommen hatte. Mit 45 Jahren hatte er wieder bei Null anfangen müssen, aber schon nach kurzer Zeit hatte man ihm die Leitung der AMKU-Jakarta angeboten. Hier kam es weniger auf die üblichen kaufmännischen Fähigkeiten, als vielmehr auf die Kenntnisse über das Funktionieren der einheimischen Geschäftswelt an, die Verknüpfung von Politik, Militär, Verwaltung, Wirtschaft und Familienclans war hier ausgeprägter als anderswo. Wilhelm Kranitz hatte schnell gelernt, in dieser Gesellschaft Fuß zu fassen. Er schaute auf das Foto des Präsidenten. Der Direktor der AMKU in Jakarta war eine angesehene Persönlichkeit. Er traf sich mit Ministern, und Diplomaten, war Stammgast bei offiziellen Empfängen, aber all das hatte mit seiner Funktion zu tun. Freunde hatte Kranitz nicht. Das war ihm nie als ein Manko erschienen, solange Miriam da war und Katrin. Nach dem Tode Miriams war ihm erst klar geworden, dass Jakarta immer nur eine Station in seinem Berufsleben bleiben würde und er kein Zuhause mehr hatte. Er war nach Jakarta zurückgekehrt mit dem festen Vorsatz, einen Ausweg für seine Tochter zu finden. Kann man seine Firma bestehlen, für die man 17 Jahre gearbeitet hat? Wilhelm Kranitz hatte es sich vorgenommen. Durch seine Hände liefen fast täglich Millionenbeträge. Er hatte ein Nummernkonto in der Schweiz eingerichtet, von dem das Geld, sobald es eingehen würde, sofort auf das Konto einer Stiftung in Liechtenstein überwiesen würde. Von diesem Konto würde das Geld innerhalb kürzester Frist auf ein Treuhandkonto in Hamburg weitergeleitet werden, aus dem die Pflegekosten bezahlt würden. Die Liechtensteiner Stiftung würde sich nach der Überweisung sofort auflösen. Spätestens hier verlöre sich die Spur. Technisch hatte er alles vorbereitet. Nur die Ausführung wollte ihm nicht gelingen. Wilhelm Kranitz schaffte es nicht. Er war nicht so kaltblütig, wie er es von sich selbst gedacht hatte. Es war eine Frage der Ehre. Er würde die AMKU nicht betrügen können. Er schalt sich selbst einen idealistischen Idioten. Sein Verstand sagte ihm, dass es die einzige Möglichkeit sein würde, wie er Katrins Zukunft sichern konnte, aber er schob die Entscheidung immer wieder hinaus, ließ günstige Gelegenheiten verstreichen, bis er sich eingestehen musste, dass er es nicht tun könnte. Das war der Tag, an dem er die Klinikleitung darüber informierte, dass seine Tochter in ein anderes, wesentlich billigeres Pflegeheim verlegt werden sollte. Weihnachten würde er nach Deutschland fliegen und persönlich den Umzug vom St. Josef-Stift vorbereiten. Ausgerechnet Weihnachten, aber er konnte nicht früher weg und er wollte selbst dabei sein. »Ausgerechnet Weihnachten«, hatte er gedacht. »Was für ein Geschenk für Katrin«. Aber dann hatte sich doch alles anders ergeben. Vor drei Wochen hatte die Santosa Group of Industries begonnen, Millionenbeträge an die AMKU-Indonesia zu überweisen und Kranitz hatte die Order bekommen, dieses Geld weiterzuleiten. Zu jeder Überweisung präsentierte ihm Somarsono eine Liste mit Konten, auf die das Geld transferiert werden sollte. Neudecker bereitete die Transfers vor, Kranitz kontrollierte und bestätigte die Überweisungen mit seiner Paraphe. Wilhelm Kranitz hatte bald herausgefunden, woher das Geld kam und wofür es bestimmt war, und er hatte keine moralischen Bedenken, seinen Plan nun doch noch umzusetzen. Er würde einen Dieb bestehlen. Daran war nichts Verwerfliches. Nur Somarsono galt es zu überlisten und das war ihm mit einem einfachen Trick gelungen.

Das Telefon klingelte. Der Pförtner fragte an, ob es richtig sei, dass er noch Besuch erwarte. Es seien drei Herren da, die ihn zu sehen wünschten. »Ja, das ist richtig, bitte lassen Sie die Gäste hoch.« Hartono hatte seinen Besuch angekündigt. Er war Geschäftsmann und Präsident eines bekannten Fußballclubs. Er war ein Protegé des Präsidenten, der ihn mit Geschäftsaufträgen versorgte und dafür Hartonos Dienste in Anspruch nahm, wenn es wieder einmal galt, mit einer schlagkräftigen Truppe von Fußballfans, die Demonstrationen von Studenten zu stoppen. Das waren natürlich alles nur Gerüchte, aber dass Hartono das Fax geschickt und sich für heute Abend angekündigt hatte, und die Tatsache, dass er nicht alleine kam, das waren Fakten.

Wilhelm Kranitz nahm die Ankündigung von Hartonos Besuch mit Gelassenheit. Die wohltuende Wirkung des Morphiums hatte eingesetzt. Sie vertrieb nicht nur die Schmerzen, sondern versetzte ihn in ein Gefühl gelassener Ruhe. Die Angst, die ihm die Kehle zugeschnürt hatte, als er das Fax gesehen hatte, war verschwunden. Er hatte seit Donnerstag damit gerechnet, dass jemand kommen würde. Es war alles geregelt: Die Vormundschaft für Katrin, die Verwaltung des Geldes und die Regularien für seine Beisetzung. Wilhelm Kranitz stand auf und öffnete die Schiebetür zur Dachterrasse. Hier oben wehte immer eine leichte, milde Brise. Von der Straße drang der Verkehrslärm nur gedämpft zu ihm herauf. Im Norden waren die Lichter des Hafens zu erkennen und dahinter das Schwarz des Meeres. Er trat an die Brüstung der Dachterrasse, vergewisserte sich über den Sitz seines Krawattenknotens und schloss den Knopf seines Jacketts.

1

Jakarta, Sonntag, 10. Oktober 1999.

Die Dämmerung dauerte nur wenige Minuten. Kurz nachdem der Muezzin das Abendgebet beendet hatte, war es dunkel. Mumu hatte das Licht auf der Terrasse und in dem weitläufigen Garten eingeschaltet und war gegangen. Ich saß in einem Rattansessel, als die Beleuchtung auf der Terrasse und im Garten plötzlich ausgeschaltet wurde. Ich wusste, dass sie jetzt kommen würden und griff zu der geladenen Waffe, die ich neben den Sessel auf die Erde gelegt hatte. Ich lauschte in die Dunkelheit und versuchte meine Augen an die Finsternis zu gewöhnen. Dann glitt ich aus dem Sessel und schlich auf eine Gruppe von Bambusbüschen zu. Das dunkle T-Shirt würde von Vorteil sein, aber meine dunkelblonden Haare blieben verräterisch. Ich spürte das weiche Gras unter meinen nackten Füßen. Langsamen Schrittes zog ich mich weiter in den Garten zurück und blieb hinter einer Kokospalme stehen. Es war mir, als hörte ich das leise Geräusch eines knackenden Zweiges. Ich starrte in die Dunkelheit. Links von mir war eine Hecke und dahinter der Swimmingpool. Rechts befand sich ein Stück offener Rasen und hinter mir war eine drei Meter hohe Mauer, die das Grundstück unüberwindbar abschloss. Bei den

Bambusstauden nahm ich eine Bewegung wahr – möglicherweise von der leichten Abendbrise verursacht oder von einem der Angreifer. Ich legte die Waffe an und zielte mit ausgestrecktem Arm. Im selben Moment hörte ich, wie hinter mir eine Pumpgun durchgeladen wurde. Der Mistkerl musste sich hinter der Hecke am Rand des Pools entlanggeschlichen haben. Ich ließ mich fallen und schon schlug der erste Schuss an der Palme ein, genau da, wo ich vor einer Sekunde noch gestanden hatte. Ich rollte durchs Gras und feuerte. Mit einem Hechtsprung landete ich hinter einem dünnen Papayabaum, der kaum Schutz bot. Hier konnte ich nicht bleiben. Langsam zog ich mich weiter zurück, ohne dass ich zwischen den dünnen Sträuchern ausreichenden Schutz gefunden hätte. Ich konnte hier in schlechter Deckung auf meine Verfolger warten oder einen Ausbruch riskieren. Bis zum Haus waren es ca. 30 Meter. Mit etwas Glück könnte ich mich dann zwischen Haus und Gartenzaun bis in den Hof oder auf die Straße durchschlagen. Wenn ich es bis zu dem Pajero schaffen würde, hatte ich gewonnen. Ich riskierte einen Sprint über die offene Rasenfläche. Hinter mir hörte ich die Schritte eines Verfolgers und aus dem Bambusstrauch eröffnete ein zweiter Schütze das Feuer. Ich feuerte zurück. Als ich dem Bambus am nächsten war, erwischte mich ein Schuss an der linken Schulter. Ich merkte, wie die warme Flüssigkeit meinen Arm hinunterlief. An der Hausecke blieb ich in Deckung stehen. Mein Verfolger hatte damit anscheinend nicht gerechnet. Ich drehte mich um, hob die Waffe und hatte genug Zeit, um genau zu zielen. Ich schoss, hörte einen kurzen Schrei und rannte weiter am Haus entlang, um die Hausecke und in den Hof. Hier stand der rettende Pajero für die Flucht.

Noch wenige Schritte waren es, als hinter dem Wagen einer der Angreifer auftauchte und mit der Pumpgun aus der Hüfte feuerte. Ich fiel getroffen zu Boden. Es war aus.

»Haben wir dich, Schurke.« Leo stand neben mir, pumpte erneut Luft in seine überdimensionale Wasserpistole. Inzwischen war Hannah unbemerkt hinter ihn getreten und erwischte ihn mit einem vollen Strahl.

»He, spinnst du? Wir sind doch ein Team.«

»Nein, ich helfe jetzt Mama«, erklärte meine fünfjährige Tochter.

»Na schön, dann wirst du eben auch umgelegt.« Er drehte sich um, betätigte den Drücker und aus der riesigen Wasserkanone kam ein Hochdruckwasserstrahl, stark genug, um die Sitzblockade von Atomgegnern aufzulösen. Hannah schrie auf und lief weg, doch der Strahl folgte ihr. In Sekunden war sie klitschnass. Sie rettete sich ins Haus. Ich stand auf und schoss Leo in den Rücken. Er drehte sich um und ich ergriff die Flucht.

»Das ist gemein! Du warst längst tot!«, brüllte er.

Er wollte schießen, doch statt eines Wasserstrahls kam nur gurgelndes Geräusch aus seiner Waffe.

»Mist, schon wieder leer.« Leo lief durch das Haus zum Pool, um seine Power-Spritze aufzufüllen.

Ich ging ebenfalls durch die große offene Halle auf die Terrasse und zog mein nasses T-Shirt aus. Leo hockte am Pool und füllte seine Wasserpistole. Die kleine Hannah war von hinten an ihn herangetreten und schubste ihn ins Wasser.

»Du blöde Kuh. Ich wollte nicht mehr ins Wasser«, rief mein siebenjähriger Sohn verärgert.

Hannah quietschte vor Schadenfreude. Ich trat an sie heran, nahm sie hoch ...

»Nein, Mama, neiiiiin.«

... und sprang mit ihr in den Pool.

»Siehst du, das hast du jetzt davon«, rief Leo und spuckte Hannah einen Wasserstrahl auf den Kopf.

»Noch fünf Minuten, dann geht ihr unter die Dusche und ab ins Bett.«

»Liest du uns noch eine Geschichte?«

»Heute nicht. Ich muss nachher noch mal weg. Entweder liest Leo dir was vor oder Kim.«

»Kim«, ertönte es einstimmig. Unser Kindermädchen stand auf der Beliebtheitsskala ganz oben. Ich kraulte zwei Bahnen, ging unter die Dusche und trocknete mich ab. Auf dem Weg ins Schlafzimmer warf ich einen Blick auf die Uhr in der Küche. Es war zehn Minuten vor sieben. Um halb acht würde bei Botschafter Schenk ein Empfang aus Anlass des Besuchs einer deutschen Parlamentariergruppe beginnen, zu dem die Referenten der Botschaft eingeladen, oder besser gesagt – dienstverpflichtet – waren. Ich brauchte dreißig Minuten bis zur Residenz. Es blieben mir also noch zehn Minuten, um mich in einen Cocktail-fähigen Zustand zu bringen. Das sollte reichen. Ein rotes Kleid mit tiefem Ausschnitt im Rücken und ein bisschen zu kurz, um als langweilig durchzugehen. Rot von L'Oréal auf die Lippen, Gel in die kurzen Haare zur Betonung des Wirbels über meiner rechten Stirnseite, die goldenen Ohrringe – ein Geschenk von Leos Vater – einen massiven goldenen Armreif, in den auf der Rückseite Hannahs Geburtsdatum eingraviert war – ein Geschenk von ihrem Vater – und fertig. Ich stieg in die roten Pumps, schaute abschließend in den Spiegel und überprüfte das Ergebnis: Beine, Hintern,

Bauch – das war alles okay, aber die breiten Schultern, die Muskulatur an meinem Nacken und ein Bizeps, um den mich schon Männer beneidet hatten, wirkten nicht gerade feminin. Meine Brüste erschienen im Vergleich dazu klein. Früher hatte ich versucht, mir durch langes blondes Haar einen femininen Touch zu geben. Damit war ich nie zufrieden gewesen. Es passte einfach nicht zu meiner Erscheinung und vor allem passte es nicht zu meinem Selbstverständnis. Bevor ich ging, vergewisserte ich mich, dass Kim meine Handynummer griffbereit hatte.

»Ruf mich sofort an, wenn Hannah einen Anfall bekommt und auch, wenn sie schwer hustet.« Kim kannte die Nummer auswendig und war bestens instruiert. Sie wusste mit den Medikamenten umzugehen und war absolut zuverlässig. Dennoch hatte ich mir angewöhnt, sie jedes Mal aufs Neue zu ermahnen, wenn ich das Haus verließ. Das diente meiner eigenen Beruhigung. Hannah hatte Asthma seit wir in Jakarta waren. Ihre Anfälle waren unregelmäßig und kamen überraschend. Ich war überzeugt, dass sie eine Reaktion auf das tropische Klima und die gleichzeitige extreme Luftverschmutzung waren. Seit über einem Jahr focht ich mit dem Auswärtigen Amt einen Kampf um diese Erkrankung aus. Es ging darum, ob das Asthma umweltbedingt sei oder nicht. Ohne diese Frage endgültig entschieden zu haben – ich hatte einen Sachverständigen eingeschaltet, der das Gutachten des Amtsarztes widerlegt hatte und jetzt musste ein Gericht entscheiden – hatte ich meine vorzeitige Versetzung endlich erreicht. Am nächsten Freitag würde ich das Land verlassen und nach Deutschland zurückkehren. Ich stieg in den Pajero, zog die Schuhe aus und fuhr los.

2

Batavia, die Hauptstadt der ehemaligen holländischen Kolonie Niederländisch-Indien, hatte sich seit der Unabhängigkeit und ihrer Umbenennung in Jakarta in rasantem Tempo entwickelt. Aus der verträumten kolonialen Hafenstadt an der Nordküste Javas war ein Moloch von über 20 Millionen Einwohnern geworden, die sich in Jakarta und den angrenzenden Städten Bogor, Tangerang und Bekasi angesiedelt hatten. Das Elend auf dem Land, der Bevölkerungsdruck auf dem dichtbesiedelten Java und die Hoffnungslosigkeit auf den entfernten Inseln zwischen Sumatra und Irian Jaya trieben jedes Jahr hunderttausende von Menschen in die Hauptstadt. Viele von ihnen strandeten als Müllsammler oder Gelegenheitsarbeiter im Hafen oder bei der Bauindustrie. Einigen gelang der Aufstieg zum Fahrer eines dreirädrigen Becak-Taxis, zum Hausangestellten oder Wächter in einem der funkelnden Glaspaläste. Wer über ein regelmäßiges Einkommen verfügte, konnte seine Kinder zumindest auf eine der billigeren staatlichen Schulen schicken. Vielleicht würde die nächste Generation den Aufstieg in die Mittelklasse schaffen und vielleicht sogar irgendwann einmal ein eigenes Auto besitzen.

Ich wohnte mitten in diesem Moloch, in einem Viertel, das in den dreißiger Jahren erbaut worden war. Der einstige Vorort Menteng am Südrand von Batavia, für die holländischen Kolonialherren erbaut, war inzwischen im Zentrum Jakartas gelegen und wurde von der javanischen und chinesischen Oberschicht bewohnt. Mein Nachbar war ein pensionierter General mit einer Vorliebe für Luxuslimousinen aus Deutschland und in der Villa gegenüber lebte eine verwitwete Chinesin, die mit Kaffee handelte und zweimal im Jahr zum Einkaufsbummel nach Paris flog. Durch das krebsartige Wachstum der Stadt von der Küste nach Süden war Menteng heute zum geographischen Mittelpunkt der Stadt geworden. Die Bungalows hier sind groß und waren früher wohl auch einmal luxuriös. Inzwischen haben sie Patina angesetzt und viele meiner Kollegen zogen es vor, in neuen Häusern weiter im Süden oder in einem der luxuriösen Apartmentblocks zu wohnen. Ich hatte mich vor allem wegen der zentralen Lage für dieses Haus entschieden. Die Botschaft war nur wenige Minuten entfernt und die großen Hotels, in denen die meisten gesellschaftlichen Ereignisse stattfanden, zu denen ich in meiner Funktion als Presseattaché und Konsulin eingeladen war, befanden sich ebenfalls in der Nähe. Ich bin allein erziehend und mir ist es wichtig, in einem Notfall schnell zu Hause zu sein.

Ich fädelte mich in den zähfließenden Verkehr auf der *Jalan General Sudirman* ein, die nach einem Helden aus dem Unabhängigkeitskrieg gegen die Niederlande benannt war, fuhr nach Süden und bog nach Kebayoran Baru ab. Mit Ausnahme der Rußwolken aus den alten Bussen, erinnerte hier nichts an ein Entwicklungsland. Rechts und links der Straße erhoben sich Hochhäuser, die genauso in Singapur, London oder Sydney hätten stehen können. Das Straßenbild wurde von japanischen Mittelklassewagen dominiert, unter die sich ab und zu ein Mercedes oder BMW mischte – vorzugsweise die teuren Modelle.

Die Residenz lag neben einer Moschee. Das war der Grund dafür, warum Botschafter Schenk seit seinem Dienstantritt vor zwei Jahren fieberhaft nach einer neuen Bleibe suchte.

»Des is eine Belästigung, des könne Sie sisch gar net vorstelle. Fünf Mal am Dach tun diese Moslems bete. Da hät ich ja nix dageje, mir sin ja schließlich ach praktizierend Katholike – mei Fra und ich – aber doch net mit dem Lautsprecher und doch bitte net zu solch unchristlische Zeite.« Es war des Botschafters *cetereum censeo*, das sich jeder seiner Gäste aus Deutschland bislang hatte anhören müssen.

Hans Walter Schenk und seine Gattin Regine begrüßten die Gäste an der Tür. Ich schüttelte die fleischige Hand von Frau Schenk, hörte mir wie bei jedem Empfang bei Schenks ein Kompliment über mein Kleid an und dann zog mich der Botschafter zur Seite.

»Frau Valentin, gut, dass Sie da sind.« Schenk kam nah heran, schaute zu mir hoch und flüsterte in vertraulichem Ton.

»Der Abgeordnete hat en Journalist dabei. Kümmern Sie sisch doch bitte um den, interessante Gesprächspartner, Wein und was Gutes zu esse. Mir wolle en gute Eindruck mache, gelle?«

Ich schaute in seine listigen Schweinsäuglein, musste mir ein Lachen verkneifen und nickte ihn lächelnd an. »Wird gemacht.«

Schenk war ein Beispiel dafür, dass es im Auswärtigen Amt Zeiten gegeben hatte, zu denen man auch ohne besondere intellektuelle Fähigkeiten, aber gestützt auf ein Parteibuch von FDP oder CDU, bis zum Botschafter der Besoldungsgruppe B6 befördert werden konnte. Schenk war der Neffe eines bekannten hessischen Entertainers und sah diesem frappierend ähnlich. Auch hatte er aus seiner Frankfurter Heimat eine Vorliebe für Apfelwein mitgebracht, den er palettenweise importierte und bisweilen machte er den Eindruck, als habe er bereits zum Frühstück einen ordentlichen Schluck davon zu sich genommen.

Ich schaute mich um. Zu den ersten Gästen gehörten meine ebenfalls dienstverpflichteten Kollegen Josef Nerlinger, der Kulturreferent, Mattis Kamp, der die Wirtschaftsabteilung leitete und Oberstleutnant Hinrich Drescher, der Militärattaché, in weißer Marineuniform mit allerlei Schnickschnack auf der Brust.

»Hinrich, was hast du da eigentlich für Flecken auf dem Hemd?«

»Hättest du mal gedient, mein Junge, anstatt im Krankenhaus den Schwestern hinterher zu gucken, dann wüsstest du, dass das ein Kampfschwimmerabzeichen ist.«

»Ja habt ihr denn keine Schiffe bei der Marine?«, blödelte Nerlinger.

»Charlotte komm zu uns«, rief Drescher mir entgegen und winkte mich heran.

»Du hast uns nämlich gerade noch gefehlt«, ergänzte Nerlinger.

Ich begrüßte die drei Kollegen. Nerlinger, ein mittelgroßer 35-jähriger Bayer mit Bauch und der 50-jährige Militärattaché aus Friesland, der laut Nerlinger »rein äußerlich schon mal mit einem Leuchtturm verwechselt werden konnte«, waren gut befreundet. Bei ihren Gesprächen, das war bekannt, kam keine Langeweile auf.

»Hast du dich für uns so schick gemacht?«, fing Drescher an und Nerlinger stieg sofort ein: »Schick, na ja, das Kleid hat sie falsch rum an.«

»Wieso?«

»Na schau doch, der Ausschnitt ist hinten.«

Ich suchte verzweifelt nach einer passenden Antwort für die beiden Spaßvögel, als Dr. Hampf zu uns trat. »Kollegen, bitte kümmern Sie sich um unsere Gäste. Das ist schließlich eine Dienstveranstaltung und kein Stammtisch!« Hampf drehte sich um und ging weiter. Der Stellvertreter des Botschafters hatte sich den Spitznamen »Willi Wichtig« zugezogen. Drescher rollte mit den Augen.

»Kotzbrocken«, sagte der Militärattaché.

»Saupreuß«, ergänzte Nerlinger.

»Hampf Dampf in allen Gassen«, ergänzte ich.

In diesem Augenblick erschien von Loeben mit dem Bundestagsabgeordneten. Maximilian von Loeben war der politische Referent der Botschaft und es gehörte zu seinen Pflichten, Politbesucher aus Deutschland zu betreuen, wenn sie sich dienstlich in Indonesien aufhielten und natürlich reiste die politische Prominenz, oder wer sich dafür hielt, immer dienstlich. Da wurde dem Badeurlaub auf Bali ein kurzes Gespräch in Jakarta vorangestellt und schon hatte man eine Dienstreise nach Indonesien. Inzwischen fürchteten zwar viele Abgeordnete kritische

Presseberichte, doch es gab noch genügend schwarze Schafe, die sich in ihrer letzten Legislaturperiode noch mal etwas Besonderes gönnen wollten. Und selbst die Delegationen, die wirklich zu politischen Gesprächen kamen, reisten nicht am Montag an, sondern am Freitag, um zumindest das Wochenende im luxuriösen Hyatt Hotel oder am Borobodur noch als Teil der offiziellen Dienstreise mitzunehmen. Von Loeben war nicht zu beneiden, doch er beschwerte sich nicht. Er galt als gnadenlos ehrgeizig und genoss es sichtlich, gemeinsam mit dem Abgeordneten die Blicke der anwesenden Gäste auf sich zu ziehen.

»Was macht der eigentlich hier?«, wollte Nerlinger wissen.

»Die üblichen Gespräche. Präsident, Außenminister, Militär – das normale Programm«, erklärte ich.

»Der Abgeordnete Bohnstedt kommt aus Bremen. Er war früher beim Bremer Saturn im Vorstand. Der will wahrscheinlich Schiffe an die indonesische Marine verkaufen«, mutmaßte der Militärattaché.

Schenk begrüßte die Gäste herzlich. Den Journalisten vom »Bremer Anzeiger« erkannte ich sofort an dem unsicheren Blick und daran, dass er sich auf diesem Parkett sichtlich unwohl fühlte. Der Mann hatte einen Schnauzbart wie Saddam Hussein, ein pockennarbiges Gesicht wie Daniel Noriega und eine Knollennase wie Walter Matthau. Er blickte nervös um sich. Als er einen Raucher erblickte, griff er erleichtert in sein Jackett und holte eine Packung Reval heraus. Er zündete sich eine Zigarette an, nahm einem vorbeigehenden Kellner ein Bier vom Tablett. Er inhalierte tief, atmete langsam aus und nahm einen tiefen Schluck, wischte sich über den Schnurrbart und schaute sich um, als nehme er jetzt zum ersten Mal seine Umgebung wahr. Ich trat auf ihn zu.

»Hallo, guten Abend, ich heiße Charlotte Valentin. Ich bin die Pressereferentin der Botschaft.«

»Schneider, Klaus Schneider, vom ›Bremer Anzeiger‹. Ich begleite den Abgeordneten Bohnstedt auf dieser Reise.«

Schneider rauchte und trank ohne Unterbrechung. Bohnstedt sei eine große Nummer bei der SPD in Bremen. Er sei zwar erst seit der letzten Bundestagswahl im Parlament und mit 36 Jahren auch noch recht jung für einen Politiker, gelte in der Bremer SPD aber schon als der kommende Mann. Diese neue Generation betreibe Politik als Management und dazu gehöre eben auch ein entsprechendes Marketing. Nein, er, Schneider, sei nicht für das Marketing zuständig, sondern nur dafür, dass diese Reise in der heimischen Öffentlichkeit überhaupt Beachtung finde. Sicher sei es wohl eher selten, dass ein Lokalredakteur einen Politiker begleite, aber darin zeige sich eben der neue Stil dieser Politikergeneration. Bohnstedt komme ja schließlich aus dem Management. Er sei vorher im Vorstand der Bremer Saturn Werft gewesen.

Ich hatte mein »das-ist-ja-ungeheuer-interessant-Gesicht« aufgesetzt, als Botschafter Schenk einen Löffel gegen sein Weinglas schlug, bis alle Gespräche verstummt waren.

»Liebe Gäste, Lädies änd Schäntelmän«, begann er in einem hessischen Englisch, das mir jedes Mal die Tränen in die Augen trieb. Ich schaute zu Josef Nerlinger, der drei Meter neben mir stand und mit sich zu kämpfen schien. Nerlinger war bekannt für seine meisterhaften Parodien von Schenks englischen Ansprachen. Nerlinger hatte ebenfalls meinen Blick gesucht, schaute mich an und schüttelte mit dem Kopf.

Schenk begrüßte die Anwesenden, den Abgeordneten Bohnstedt sowie wichtige Gäste von indonesischer Seite, darunter auch zwei hochrangige Militärs, von denen einer seit drei Monaten Verkehrsminister war. Alle, die diesen Anlässen häufiger beiwohnten, wussten, was nun kommen würde. Schenk würde über die langen und guten deutsch-indonesischen Beziehungen sprechen, von Baron Imhoff, dem niederländischen Generalgouverneur, der eigentlich gar kein Holländer, sondern Deutscher sei, vom Regiment »Württemberg« – 2000 schwäbischen Soldaten, die es von 1790 bis 1808 im Dienste der Vereinigten Ostindischen Kompanie nach Batavia verschlagen hatte und von denen nur 100 wieder zurückkehrten.

»Es gibt Experte…«, Schenk kam zu einem der verwegenen Höhepunkte seiner Rede, »die behaupte, mindestens fünf Prozent aller heute lebenden Indonesier hätten Württembergisches Blut in den Adern, eine Behauptung, die gar nicht so phantastisch is, wie mer zunächst glabt. Denke Sie bloß an die fesche Bursche, die mir in Württemberg hawe.«

Als Nächstes würde der indonesische Maler Raden Saleh Erwähnung finden, der im 19. Jahrhundert längere Zeit in Dresden und Coburg verbracht hatte und dann käme Walter Spies, ein deutscher Feingeist, den es in den zwanziger Jahren nach Bali verschlagen hatte.

»Wer war dieser Walter Spies?«, fragte Schenk mit dem rhetorischen Geschick eines Dorfpfarrers. Und neben mir murmelte Nerlinger wie beim Vaterunser gemeinsam mit Schenk: »Ein Deutscher aus Moskau,

Maler, Pianist, Dirigent, Ethnologe, Historiker, Sammler, Causeur und Cicerone der mondänen Welt. Eine Vielbegabung, die es aufgrund persönlicher Herkunft und Fähigkeiten dazu gebracht hatte, selbst zur Sehenswürdigkeit in Bali zu werden.« Daran hing Nerlinger ein geflüstertes »in Ewigkeit, Amen«.

Schenk näherte sich allmählich der Gegenwart. Nach dem Unabhängigkeitskrieg gegen die Niederlande seien Tausende von jungen Indonesiern nach Deutschland gekommen, um dort zu studieren. Der Berühmteste aus dieser Generation »auf den wir alle stolz sind, ist der hochverehrte Präsident dieses schönen Landes«.

Jetzt kam der Schlenker zum aktuellen Anlass der Rede: »Und so is es uns eine Ehre, Sie – sehr verehrter Herr Abgeordneter Bohnfeld – hier begrüßen zu können, um die jahrhundertealte Tradition von Freundschaft und Zusammenarbeit fortzusetze. Deutschland is ein verlässlicher Partner auch in Zeite, da sich Indonesien in einer schlimmen Wirtschaftskrise befindet. Aber mir ham ja auch schon so manche Krise durchgemacht und unser Land wieder aufgebaut.«

Jetzt hätte eigentlich der Absatz über die schwierigen Arbeits- und Lebensbedingungen folgen müssen, in dem Schenk sein Leid über die Moschee klagte und den Abgeordneten darum bat, im Bundeshaushalt die nötigen Mittel für den Kauf einer neuen Residenz zur Verfügung zu stellen. Statt dessen kam Schenk zum Schluss:

»… und erhebe mein Glas auf das Wohl unserer Besucher und die Zukunft der deutsch-indonesischen Beziehungen. Das Buffett is eröffnet.«

»Kein Wort über die Moschee heute Abend?«, ich schaute Josef verwundert an.

»Wahrscheinlich hat er sich ausgerechnet, dass in den verbleibenden drei Jahren bis zu seiner Versetzung oder Frühpensionierung eine Neuanmietung einschließlich Renovierung kaum mehr zu machen ist.«

Ich schaute nach Schneider. Es war an der Zeit ihn abzugeben. Ich hatte keine Lust, ihm auch noch beim Abendessen Gesellschaft zu leisten. Vor dem Buffet hatte sich eine Schlange gebildet. Ich entdeckte Friedhelm Lingen, den Korrespondenten der Deutschen Presse Agentur.

»Herr Schneider, ich würde Sie gerne einem Kollegen vorstellen.« Ich zog ihn zu Lingen, schüttelte diesem die Hand und stellte Schneider vor.

»Herr Lingen ist der einzige hier ansässige deutsche Journalist. Der einzige wirkliche Kenner unter den Korrespondenten.«

Lingen kannte sich tatsächlich gut aus, doch das spiegelte sich in seinen Meldungen und Artikeln nicht wider. Wie die meisten Journalisten war er auf der Suche nach Sensationen und Skandalen. Das war nicht unbedingt ihre Schuld, denn die Agenturen und Redaktionen waren in den seltensten Fällen an ausführlichen Hintergrundberichten interessiert. Das war der Grund dafür, warum man in Deutschland seit Jahren nur dann etwas über Indonesien erfuhr, wenn der Regenwald brannte oder es irgendwo auf Ambon oder einer anderen fernen Insel ein Blutbad gegeben hatte. Ansonsten war das Land auf Osttimor mit seinen 600.000 Einwohnern reduziert. Und wenn tatsächlich einmal etwas Positives in einer deutschen Zeitung stand, dann wurden zumeist romantische Vorurteile vom Inselparadies am Äquator bedient.

Schneider und Lingen schüttelten sich die Hände und ich war so weit, meinen Abgang einzuleiten.

»Meine Herren, Sie entschuldigen mich, der Botschafter braucht mich.«

Ich besorgte mir ein Glas Rotwein und hielt nach einem kurzweiligen Gesprächspartner Ausschau. Der Botschafter, Bohnstedt und unser Botschaftsdolmetscher hatten sich mit den beiden indonesischen Militärs an einen Tisch gesetzt. Die anderen Abgeordneten waren ebenfalls versorgt.

»Hast du schon von Dr. Kranitz gehört?«, fragte mich von Loeben, der mit einem Teller voll Nudeln neben mir stand. »Sorry, ich muss erst mal was essen. Ich bin seit heute Morgen unterwegs – ohne Pause.« Er schob sich eine Gabel Spaghetti in den Mund.

»Nein, was ist mit Kranitz?«, fragte ich.

Von Loeben kaute hastig. »Kam eben in den Nachrichten: Er hat sich heute Abend aus seinem Penthouse gestürzt.«

»Tot?«

»Ja Mädel, was denn sonst? 150 Meter überlebt man nur beim Bungeejumping.«

»Und weiß man, warum?«

»Nein, noch nichts Offizielles, aber du kennst doch die Geschichte mit seiner Frau und seiner Tochter. Wahrscheinlich wollte er einfach nicht mehr. Sorry, der Alte will schon wieder was von mir.« Von Loeben schob sich hastig kauend durch die Menge. Ich suchte nach Mattis Kamp, der als Wirtschaftsreferent den engsten Kontakt zu Kranitz gehabt hatte. Kamp war in ein Gespräch mit einem deutschen Manager verwickelt. Ich überlegte einen Moment, ob ich mich dazustellen sollte.

»Unter Suharto haben wir gute Geschäfte gemacht. Als Manager kann man nicht ständig durch die moralische Brille schauen. Ein grüner Außenminister kann sich das vielleicht erlauben – zumindest mit einem wirtschaftlich angeschlagenen Land wie Indonesien. Für uns Kaufleute zählt doch vor allem, ob es gute Bedingungen für Geschäfte gibt und die hat es hier gegeben, seit Suharto Mitte der sechziger Jahre die Macht übernommen hat.«

Kamp lächelte den Mann verständnisvoll an und nickte. Ich ging weiter.

Eigentlich hätte ich an der Botschaft als Erste davon erfahren müssen, wenn es in der deutschen Community einen Todesfall gab. Ich leitete das Konsulat und war für den ganzen Papierkram verantwortlich, der in einem solchen Fall anfiel. Ich kannte Kranitz von diversen Empfängen, hatte einige Male mit ihm gesprochen – ein distinguierter älterer Herr. Morgen würde ich sicher mehr in Erfahrung bringen. Ich schaute mich um und sah Gedé.

Tjokorte Gedé Raka Dekawati hatte in Hamburg studiert und später als Journalist in Hamburg und Berlin gearbeitet. Er entstammte einer balinesischen Fürstenfamilie mit umfangreichem Landbesitz auf Bali und hatte nach seiner Rückkehr aus Deutschland Anfang der neunziger Jahre ein politisches Magazin nach dem Vorbild des »Spiegel« gegründet, das sich immer sehr nah an der Grenze des Machbaren bewegt hatte. Seine finanzielle Unabhängigkeit und sein Ansehen als Adliger hatten es ihm ermöglicht, bereits unter Suharto für damalige Verhältnisse kritische Artikel zu publizieren. Dennoch war »Pantulan«, was auf Indonesisch »Spiegel« bedeutet, 1993 verboten worden, nachdem Gedé über den Ankauf von 39 Schiffen der ehemaligen DDR-Marine durch Indonesien berichtet hatte. Die für tropische Verhältnisse völlig untauglichen Schiffe seien nur aufgrund »persönlicher Beziehungen und Verpflichtungen« des damaligen Technologieministers gekauft worden. Das war die damalige Umschreibung für Korruption. Heute ist der damalige Technologieminister zum Präsidenten aufgestiegen und hatte freie Wahlen und eine Demokratisierung angekündigt. Verbote passten nicht mehr in die neue Zeit. »Pantulan« erschien seit einigen Monaten wieder. Gedé kannte ich seit dem Empfang, bei dem ich vor zwei Jahren durch den damaligen Botschafter vorgestellt wurde. Er war ein Intellektueller und Gourmet. Er hätte sich leicht als schöngeistiger Betrachter in irgendeinen Elfenbeinturm zurückziehen können. Statt dessen war er einer der führenden Intellektuellen und politischen Analytiker geworden. Zunächst hatte ich seine Nähe gesucht, um an seinen klugen Analysen teilzuhaben, die ich nicht selten als Presseberichte getarnt nach Deutschland weitergab mit dem Ziel, der offiziellen und regierungsnahen Berichterstattung des Botschafters eine andere Meinung entgegenzusetzen. Später war so etwas wie Freundschaft entstanden.

Gedé saß mit seiner kleinen rundlichen Figur einem Buddha gleich in einem Sessel und balancierte einen Teller Pasta auf den Knien. Neben ihm war gerade ein Platz frei geworden und ich setzte mich.

»Hallo Charlotte, kannst du deinem Chef ausrichten, er soll sich eine neue Rede einfallen lassen oder seine Dauergäste erst für 20 Uhr einladen?«

»Das heißt, du hast nichts Neues mehr entdeckt?«

»Absolut nicht.«

»Ist dir nicht aufgefallen, dass er den Schluss variiert hat? Die Sache mit den schwierigen Lebensbedingungen ist rausgefallen.«

»Stimmt.«

»In Moskau hatten wir früher Spezialisten, die so genannten Kreml-Astrologen. Die untersuchten die Fotos von der Militärparade am 1. Mai danach, ob ein Politbüromitglied im Vergleich zur Parade im vergangenen Jahr näher bei Breschnjew stand oder von ihm abgerückt worden war. Daraus wurden dann Schlüsse auf die internen Auseinandersetzungen in der Führungsspitze der Sowjetunion gezogen.«

»Verstehe. Schenk wird versetzt und deshalb ist ihm die Moschee plötzlich egal.«

»Genau das war mein erster Gedanke, aber den habe ich inzwischen verworfen. Schenk hat das falsche Parteibuch. Ich glaube nicht, dass er noch einen neuen Posten oder gar eine Beförderung bekommt. Vielleicht geht er einfach frühzeitig in Pension.«

»Dazu ist er zu geizig.«

Gedé schob die letzte Nudel in seinen Mund und legte die Gabel beiseite. Sofort kam ein Diener und nahm ihm Teller und Besteck ab. Ein anderer Kellner brachte einen Cognac. Gedé erhielt von der indonesischen Dienerschaft eine Sonderbehandlung. Sie sahen in ihm den Fürsten und Gebieter. In der indonesischen Werteskala stand er weit über dem Verkehrsminister, einem neureichen Emporkömmling. Daran änderte auch die Tatsache nichts, dass Gedé nicht der moslemischen Mehrheitsreligion angehörte, sondern wie alle Balinesen Hindu war. Hinzu kam der besondere Respekt, den er als ehemaliger Regime-Kritiker genoss.

»Am übernächsten Wochenende gebe ich ein kleines Fest in Ubud. Hast du Lust zu kommen?«

Ich kannte Gedés »kleine Feste«. Das erste Mal, als ich einer seiner Einladungen gefolgt war, hatte es sich um eine Art Erntedankfest gehandelt, zu dem mehrere tausend von Gedés Pächtern zusammengekommen waren und in einer farbenprächtigen Prozession zu einem Tempel zogen und bis spät in die Nacht zum Rhythmus des Gamelan tanzten.

»Ich würde gerne, aber ich fliege Freitag nach Deutschland. Ich habe dir doch erzählt, dass ich versetzt werde.«

»Mein Gott, wie die Zeit vergeht. Wie lange bist du jetzt hier?«

»Zwei Jahre und seit ich hier bin hat Hannah dieses Asthma. Deshalb habe ich um eine vorgezogene Versetzung gebeten.«

»Wenn du nicht nach Bali kommst, dann sehen wir uns Weihnachten in Berlin. Ich werde ein paar alte Freunde besuchen.«

Um 21 Uhr verließen die ersten indonesischen Gäste den Empfang. Den Anfang machte der Minister, die meisten anderen Indonesier folgten im Anschluss.

»*Sudah makan pulang*«, bemerkte ich zu Gedé. Das war ein Sprichwort, das in etwa »fertig gegessen und nach Hause« bedeutet und trefflich das auffällige Verhalten indonesischer Gäste beschreibt.

»Wenn Deutsche und Indonesier sich begegnen wie heute Abend hier, dann stoßen Welten aufeinander. Du glaubst gar nicht, wie fremd wir uns sind. Hinzu kommt, dass diese neureichen Emporkömmlinge aus Indonesien keine Fremdsprache sprechen und die Deutschen sich nicht der Mühe unterziehen, Indonesisch zu lernen. Also kommt man zusammen, um ein Ritual zu begehen. Der deutsche Botschafter lädt ein. Man geht hin, weil man aus Höflichkeit und aus protokollarischen Gründen hingehen muss, tut der Pflicht genüge und geht wieder. Nimm diesen General Hadijandra. Der wurde vor 55 Jahren in Ost-Java geboren und hat vier Jahre lang eine Moslemschule besucht. Danach ist er zum Militär gegangen als Stallbursche von irgendeinem Offizier aus seinem Dorf. Während der Unruhen von 1966 hat er sich als Unteroffizier dem Befehl eines Obersten widersetzt und auf die Seite Suhartos geschlagen. Als der Alte später davon Wind bekam, begann Hadijandras Karriere. In den 70er Jahren war er eine Zeit lang Befehlshaber der Streitkräfte in Ost-Timor. Dort soll er besonders grausam gewütet haben. Letztes Jahr hatte er wieder den richtigen Riecher und hat Suharto zum richtigen Zeitpunkt die Unterstützung entzogen und wurde dadurch ministrabel. Hadijandra hat nie einen Fuß in ein fremdes Land gesetzt. Er ist ein instinktgetriebener Machtmensch, der das javanische Schattenspiel der Politik beherrscht. Wer nicht gerade ein ausgesprochener Kenner Indonesiens und auch der indonesischen Sprache und Kultur ist, versteht gar nicht, in welchen Begriffen dieser Mensch überhaupt denkt, selbst wenn euer Dolmetscher es in deutsche Sätze überträgt. Was heißt es, wenn ein Mann wie Hadijandra von Demokratie spricht?«

»Das klingt ziemlich elitär.«

»Das ist schlicht realistisch.«

»Du könntest genauso gut fragen, was es heißt,

wenn Schenk von deutsch-indonesischer Freundschaft spricht«, entgegnete ich.

»Der meint wahrscheinlich die Anglerfreunde Kohl und Suharto. Die beiden haben sich prächtig verstanden. Kohl war in seiner Amtszeit als Bundeskanzler vier Mal offiziell in Indonesien. Das benachbarte Malaysia hat er nicht ein einziges Mal besucht.«

»Das ist moderne deutsche Außenpolitik. Wie im Feudalismus oder sollte man besser vom Zeitalter der Männerfreundschaften sprechen?«

»Das ganze Geschäft ist oberflächlich. Die meisten Diplomaten verstehen Indonesien nicht. Sie gehen aus einer klimatisierten Villa, steigen in ein klimatisiertes Auto, schauen sich Jakarta aus getönten Fenstern an und arbeiten in einer klimatisierten Botschaft, die durch einen drei Meter hohen Zaun vom Rest der Welt isoliert ist. Ihr habt euch euer kleines Deutschland mitten in Jakarta aufgebaut. Der Bundespräsident hängt an der Wand, es wird Deutsch gesprochen und die Wirklichkeit nehmt ihr nicht wahr. Und so ähnlich seid ihr alle, Briten, Franzosen, Amerikaner.«

Um 22 Uhr herrschte Aufbruchstimmung. Die verbliebenen Gäste hatten sich zur Verabschiedung versammelt.

»Auf den schwulen Balinesen scheinst du ja mächtig zu stehen.« Mattis Kamp stand neben mir und lächelte mich provozierend an. Mattis hatte mir ein Vierteljahr lang den Hof gemacht. Als er merkte, dass er bei mir nicht landen konnte, hatte er damit begonnen mich zu provozieren. Und ausgerechnet mit ihm hatte ich ständig zu tun, denn wir vertraten uns gegenseitig.

»Du bist und bleibst ein Schwein«, sagte ich ein bisschen zu laut und eine ältere Dame drehte sich mit einem strafenden Blick zu mir um. Mattis lachte.

Plötzlich erblickte mich Schenk, ich sah ihm an, dass er wohl schon ein paar Gläser seines rheinhessischen Hausweins getrunken hatte.

»Herr Bohnstedt, derf isch Ihne noch meine Mitarbeiterin Frau Dr. Valentin vorstelle.«

»Reizend«, sagte Bohnstedt, reichte mir die Hand und sah mich gierig an. Er war ein großer, schöner Mann mit schwarzem Haar und ich fragte mich, was ich an ihm nicht mochte. Möglicherweise hatte das Wort »reizend« ausgereicht oder es war der taxierende Blick, mit dem er meinen Körper zu begutachten schien. Vielleicht erinnerte er mich auch nur an Hannahs Vater, der mich am liebsten zur Hausfrau gemacht hätte, um in Ruhe seine berufliche und politische Karriere zu verfolgen.

»Schade, dass wir heute Abend noch keine Gelegenheit hatten, uns kennen zu lernen. Vielleicht dürfte ich Sie noch auf ein Gläschen ins Hotel einladen?«

Ich musste unter Aufbietung all meiner Professionalität eine passende Antwort vermeiden und mir ein höfliches Nein abringen.

Bohnstedt bedankte sich bei Schenk und dessen Frau und gesellte sich beim Hinausgehen wieder zu mir, legte mir die Hand auf die Hüfte und sagte, er sei ja noch ein paar Tage in der Stadt.

»Sie könnten Jahre bleiben«, sagte ich lächelnd und ließ ihn stehen.

3

Montag, 11. Oktober 1999.

Ich stand wie gewöhnlich um sechs Uhr auf, zog den Bademantel über und ging zum Pool. Ich zögerte eine Sekunde, weil es jedes Mal wieder eine Überwindung war, den nachtwarmen Körper in das morgenfrische Wasser zu tauchen. Dann sprang ich und genoss die plötzliche Kühle und Frische. Ich ließ meinen Körper über die Kacheln am Grund des Beckens gleiten und tauchte erst am anderen Ende wieder auf. Dann fing ich an zu kraulen. Nach fünf Minuten stieg ich außer Atem in die Dusche neben dem Pool. Auf dem Weg ins Bad schenkte ich in der Küche ein Glas Mineralwasser ein, in das ich eine zusätzliche Mineraltablette warf, die sich perlend auflöste. Zehn Minuten später saß ich mit den Kindern am Frühstückstisch.

Leo aß wortlos seinen Haferflockenbrei in sich hinein, den er zuvor mit einem kegelförmigen Berg Kakao garniert hatte. Die Kuppe des Berges drückte er mit einem Löffel ein, so dass sie aussah, wie der Krater eines Vulkans. Dann ließ er langsam zwei Löffel Honig in den Krater träufeln, der sich füllte und dann überlief. Die goldene Lava lief langsam an den

Seiten des Vulkans herunter und erreichte schließlich den Ozean aus Haferbrei. Kinder lieben Rituale. Dieses dauerte nun schon bald vier Jahre und wiederholte sich jeden Morgen. Leo würde nichts sagen und wenn ich ihn etwas fragte, hätte ich bestenfalls die Chance auf eine kurze nichtssagende oder ausweichende Antwort. Ich hatte es deshalb aufgegeben, ihn morgens überhaupt anzusprechen. Außerdem hielt mich Hannah beschäftigt. Sie redete unentwegt.

»Heute Mittag will Mary-Ann mit zu uns kommen. Ist das okay?«

»Ja, klar. Warum spielt ihr eigentlich nie bei ihr?«

»Ihre Mutter ist so doof. Kannst du dir vorstellen, sie will nicht, dass wir mit meinen Barbies spielen.«

»Hat Mary-Ann keine Barbies?«

»Nein, ihre Mutter hat es verboten.«

»Warum denn das?«

»Mary-Ann sagt, ihre Mutter sagt, Barbies seien sexisch.«

»Sexistisch.«

»Genau. Was ist das, Mama?«

»Vielleicht meint sie, dass die Barbies so unnatürlich schön sind und deshalb in jedem Kind das Gefühl erwecken, dass es genauso aussehen will und weil das eigentlich gar nicht geht, sind die Kinder deshalb unzufrieden. Weiß der Teufel, was Mary-Anns Mutter für Probleme hat.«

»Wenn du nur lange Haare hättest, würdest du auch aussehen wie Barbie. Und ich werde später aussehen wie du. Dann lasse ich mir lange Haare wachsen wie Barbie.«

»Und genau deshalb darf Mary-Ann nicht mit Barbies spielen«, sagte ich und Hannah schaute für zwei Sekunden sehr nachdenklich.

»Du meinst, weil ihre Mama so dick ist und Mary-Ann ...«

»Mein Schatz, wir müssen jetzt los. Außerdem kommt heute Nachmittag jemand von der Umzugsfirma. Eigentlich wäre es mir lieber, wenn ihr heute bei Mary-Ann spielt.«

Seit zwei Jahren fuhr ich gemeinsam mit den Kindern morgens zur internationalen Schule, setzte sie ab und fuhr dann weiter in die Botschaft – das heißt eigentlich fuhr nicht ich, sondern Mumu, unser Fahrer. Anfänglich hatte ich mich gesträubt, einen Fahrer einzustellen, war mir aber bald der Notwendigkeit bewusst geworden. In dieser Stadt ließ sich nichts zu Fuß erledigen, es gab keine Bürgersteige, die öffentlichen Verkehrsmittel waren überfüllt und Fahrrad fahren wäre einem Selbstmordversuch gleichgekommen. Die Kinder mussten aus der Schule abgeholt und die Köchin zum Markt gefahren werden. Außerdem ernährt Mumu mit den 300 Mark, die er bei mir monatlich verdient, eine sechsköpfige Familie.

»Freut ihr euch schon auf Berlin?«

»Nein, wir wollen hier bleiben«, antwortete Leo ohne zu zögern. »Du hast beim letzten Besuch in Deutschland selber gesagt, dass die Leute da ganz schön komisch sind. Sie mögen keine Kinder und haben stattdessen Hunde.«

»Es ist kalt in Deutschland. Wir können nicht mehr in den Pool«, ergänzte Hannah.

»Und alle unsere Freunde sind hier.«

Ich hatte versucht, ihnen den Umzug so schmackhaft wie möglich zu machen.

»Lukas und Constanze sind auch nach Berlin gezogen.« Die Kinder meiner besten Freundin waren im gleichen Alter wie Hannah und Leo. Wir hatten die letzten Ferien bei ihnen in Berlin verbracht. Mit Sabine hatte ich eine Wohnung angemietet, in die wir gemeinsam ziehen würden. Ich hatte mir die Schule angeschaut, einen Fußballclub für Leo ausfindig gemacht und Hannah in einem Kampfsportverein angemeldet. Dennoch hatten beide Kinder Angst vor dem Umzug. Hier war alles vertraut und dort würde alles neu sein. Mir ging es ähnlich. Ich hatte keine Lust auf das Auswärtige Amt, diese riesige Behörde mit ihren fast 3000 Mitarbeitern und fragmentierten Arbeitsabläufen.

»Wir können es uns leider nicht aussuchen. Es ist wegen Hannahs Husten und ich muss nun mal ohnehin irgendwann zurück.«

»Immer geht es nur darum, was du willst.«

»Hannah, ich gehe wegen dir. Weißt du noch, als ich dich vor zwei Wochen nachts ins Krankenhaus gefahren habe und du fast erstickt wärst? Ich will hier nicht weg, ich muss weg. Ihr werdet euch schnell einleben.«

Leo hatte aus Protest seinen Gameboy eingeschaltet und signalisierte damit den Abbruch des Gesprächs. Er erkannte nicht den Zusammenhang zwischen Hannahs Anfällen von akuter Atemnot und der Dunstglocke über diesem Moloch: 20 Millionen Menschen, die ihren Müll zumeist an Straßenecken und in Gärten oder auf wilden Müllkippen in der Stadt verbrannten, Millionen von Fahrzeugen, die schwarzen Ruß ausstießen und Industriebetriebe, die ohne jegliche Umweltauflagen produzierten. Auch ich hatte mich anfangs geweigert, einen

Zusammenhang herzustellen. Dann war Sabine zu Besuch gekommen. Sie war eine der alleinstehenden Mütter, mit denen ich drei Jahre lang in Bonn in einer Wohngemeinschaft gelebt hatte. Sabine ist Anwältin in Berlin und überzeugte Vegetarierin. Jedes Mal, wenn ich mir ein Stück Fleisch in die Pfanne gelegt hatte, hatte sie aus Protest den ganzen Tag die Küche nicht mehr betreten. Ich lehne fanatische Menschen ab, egal auf welcher Mission sie sind. Irgendwie hatten wir es trotzdem geschafft, miteinander auszukommen und unsere Kinder waren dicke Freunde. Sabine kam für zwei Tage auf dem Rückweg von Peking in Jakarta vorbei. Sie hatte an einem Seminar über Naturkost in der traditionellen chinesischen Küche teilgenommen. Hannah hatte am ersten Abend von Sabines Besuch einen schweren Asthmaanfall und ich gab ihr die übliche Cortisonration.

»Du bist ja wahnsinnig, absolut wahnsinnig. Wie kannst du mit deinen Kindern in so einem Drecknest leben!« Sabine hatte schon immer ein Faible für drastische Ausdrücke gehabt.

»Der Arzt sagt, dass Hannahs Husten und möglicherweise eine verschleppte Infektion der Atemwege …«

»So 'n Quatsch, so 'ne Scheiße! Selbst wenn es so wäre, würde ich das Kind hier so schnell wie möglich rausbringen. Wie können Menschen in so einem Mief leben?«

»Ich bin hierher versetzt worden. Ich kann hier nicht einfach weg. Selbst wenn es so wäre, wie du sagst, müsste ich ein amtsärztliches Zeugnis haben, sonst hätte ich doch bei der Personalabteilung keine Chance.«

»Dann hol es dir! Geh zu einem Arzt, nimm dir einen Anwalt und rück ihnen jeden Tag auf die Pelle.«

»Hör mal, Sabine, du bist selbstständig, hast deine Kanzlei und lebst davon. Ich bin beim Auswärtigen Amt und wenn du da arbeitest, dann musst du wissen, dass du nicht in Luftkurorten eingesetzt wirst.«
Drei Wochen später hatte Hannah ihren nächsten Asthmaanfall und seitdem versuchte ich, eine möglichst schnelle Versetzung zu erreichen. Auch wenn ich mich damit bei der Personalabteilung unbeliebt machte, auch wenn mich einige Kollegen für hysterisch hielten.

Mumu reihte sich in die Schlange der Fahrzeuge ein, die sich vor der Jakarta International School gebildet hatte.

»Da ist Jeffrey«, sagte Hannah und Leo unterbrach sein Gameboyspiel. Aus dem Wagen vor uns winkte Leos bester Freund. Leo winkte aufgeregt zurück.

»Darf Jeffrey heute mit zu uns kommen?«

»Na schön, ich werde mit seiner Mutter sprechen.«

Der Wagen hielt vor dem Schulportal und schon war Leo draußen, schmiss mit Schwung die Wagentür zu und begrüßte seinen Busenfreund. Laufend verschwanden sie auf dem Schulhof. Hannah hatte es weniger eilig, sie warf vor dem Aussteigen noch einen Blick in den Rückspiegel, um ihre Haare zu kontrollieren. Woher hatte sie das? Ich hatte beide gleich erzogen und doch legte meine Tochter ein ganz und gar mädchenhaftes Verhalten an den Tag.

Um halb acht war ich pünktlich an der Botschaft, einem modernen Bürogebäude am Selamat Datang Square, dem Willkommensplatz, einem riesigen Kreisverkehr mit einem Teich in der Mitte, aus dem sich zwei 40 Meter hohe Pfeiler erhoben, auf denen zwei kindliche Figuren nach Norden winkten. In der Botschaft waren die beiden als »Hänsel und Gretel« bekannt. Im Norden war der Hafen, wo früher die Fremden angekommen waren. Auf ihrem Weg ins Landesinnere kamen die meisten von ihnen unweigerlich am Willkommensdenkmal vorbei. Sukarno, der Staatsgründer, hatte überall in der Stadt riesige Denkmäler hinterlassen, die unter den unterschiedlichsten Spitznamen bekannt waren und gute Orientierungspunkte boten. Fragte jemand nach dem Büro der Lufthansa, so konnte man ihn zum Pizzamann schicken. Die deutsche Botschaft? Gleich neben Hänsel und Gretel. Der Weg nach Bandung? Beim »Seven-up«-Denkmal, einer überdimensionalen Figur des Affengottes Hanuman aus dem hinduistischen Ramayana-Mythos, nach Süden.

1963 hatte Sukarno Jakarta zur offiziellen Hauptstadt Indonesiens gemacht. Danach hatte der Bau der Botschaften begonnen. Die deutsche Botschaft war 1967 fertiggestellt worden und Mitte der neunziger Jahre aufwendig renoviert worden. Durch eine Sicherheitsschleuse fuhr man auf den Botschaftshof. Das Gebäude selbst war durch eine weitere Sicherheitsschleuse geschützt und wurde von sechs Bundesgrenzschutzbeamten und einem privaten Sicherheitsunternehmen bewacht. Dieser Overkill war auf die jahrelange Bedrohung durch asylsuchende Osttimoresen zurückzuführen, die versuchten, dem brutalen Wüten des indonesischen Militärs in Osttimor zu entfliehen. Vorwiegend nachts enterten sie eine der Botschaften und wurden dann in der Regel innerhalb weniger Tage aufgrund eines Abkommens mit der indonesischen Regierung außer Landes gebracht, zumeist nach Portugal, der ehemaligen Kolonialmacht, dem Land ihrer Träume. Diese Methode war einfacher als die Flucht auf wackligen Dschunken nach Malaysia oder Australien. Während meiner Zeit war es auf dem deutschen Botschaftsgelände allerdings nie zu Besetzungsversuchen von Osttimoresen gekommen. Die deutsche Botschaft galt als schwierig zu nehmen. Vor Jahren hatte es mal eine Gruppe geschafft nachts den Zaun zu übersteigen und war dann von dem privaten Wachdienst mit Hilfe der herbeigerufenen Polizei vom Gelände geprügelt worden, ohne dass man auch nur einen der deutschen Diplomaten informiert hatte. Das hatte den völlig ahnungslosen Botschafter beinahe den Kopf gekostet und bei den Timoresen zu der Auffassung geführt, bei den Deutschen solle man es lieber nicht probieren. Die skandinavischen Botschaften, die Spanier und Österreicher erfreuten sich dagegen größerer Beliebtheit.

Mein Büro war im zweiten Stock mit Blick auf Hänsel und Gretel und das Mandarin-Hotel. Auf der anderen Seite des Flurs lag das Büro von Josef Nerlinger, daneben das von uns gemeinsam genutzte Sekretariat mit Frau Puffendorf. Der Rest des Flurs war mit indonesischen Ortskräften besetzt: Marani und Rosita, deren Aufgabe die Auswertung der indonesischen Presse und die technische Vorbereitung von Pressekonferenzen war, und Herrn Jagakarsa, dem Übersetzer. Am anderen Ende des Ganges war die Bibliothek mit einem Sitzungsraum. Wie gewöhnlich begann ich meinen Tag mit dem Studium der beiden englischen Tageszeitungen Indonesiens, der »Jakarta Post« und dem »Observer«. Beide vermeldeten auf ihrer Jakartaseite kurz den Freitod von Wilhelm Kranitz. Der Vizedirektor Somarsono wurde zitiert mit dem Satz, Kranitz sei seit dem tragischen Vorfall mit seiner Frau und seiner Tochter depressiv gewesen. Frau Puffendorf brachte mir das Ergebnis ihrer Internetrecherche.

»Haben Sie schon von Dr. Kranitz gelesen? Was für eine Tragödie. So ein netter Mann. Beim Empfang zum 3. Oktober habe ich ihn noch gesehen. Er sah schlecht aus, so mager. Aber das ist ja nach allem, was passiert ist auch nicht verwunderlich. Schade, schade.«

Ich schaute mir die Internetauszüge von Frau Puffendorf an. Was hatten die anderen wichtigen Zeitungen Südostasiens zu berichten? Am besten informiert war in der Regel die »Strait Times« aus Singapur. Und schließlich las ich noch, was in Deutschland über Indonesien berichtet wurde, aber das beschränkte sich meist auf kleine Meldungen. Für die deutsche Presse war Indonesien irgendwo am anderen Ende der Welt und interessierte kaum. Um zehn Uhr hatte ich ein Treffen mit drei indonesischen Journalisten, die zu einer Reise nach Kalimantan einladen wollte, um sich deutsche Entwicklungsprojekte anzusehen und darüber zu berichten. Außerdem musste ich mich um die Pressekonferenz kümmern, die morgen zum Abschluss der Reise der Bundestagsdelegation stattfinden sollte. Nebenbei musste noch der Umzug organisiert werden. Morgen sollten die Packer mit ihrer Arbeit beginnen und in vier Tagen würden wir das Land verlassen.

Trotz der Termine nahm ich vorher noch Josef Nerlingers Einladung an.

»Kommst du rüber, heute gibt's was Besonderes.« Josefs Teerunde. Wann immer er Zeit hatte, veranstaltete er morgens ein zweites Frühstück mit Gebäck und Tee, zu dem er mich, Gerd Metz von der Visastelle und Hinrich Drescher einlud.

Neben der Teekanne stand eine halbe Schwarzwälder Kirschtorte. Ich schaute ihn fragend an.

»Meine Frau hatte ein paar Mädels zu Besuch. Die haben was übergelassen.«

Er lud mir ein riesiges Tortenstück auf und ich überschlug, wie lange ich joggen musste, um die Kalorien wieder abzutrainieren.

»Guck nicht so kritisch. Kannst du denn nicht einfach nur mal genießen?«

»Nein, nicht bei Torten. Deine barocke Genussfreude beneide ich schon, aber – mein Lieber – mit deinem Bauch möchte ich nicht rumlaufen.«

»So viele Weizenbiere könntest du auch gar nicht mehr trinken. Ich hab ja praktisch schon mit 16 Jahren angefangen, meine Ernährung auf Hefebasis umzustellen.«

Gerd Metz kam mit seinem üblichen verbeulten Becher herein, lud sich ein Stück Torte auf und goss sich Tee ein.

»Die nächste Torte bringe ich mit«, sagte er. »Vor drei Wochen habe ich ein paar Papiere von so einer völlig unbekannten Firma am neuen Markt gekauft und gestern wieder abgestoßen. 150 Prozent Gewinn. In drei Wochen. Wahnsinn.«

»Warum hast du denn nicht noch gewartet?«, wollte Josef wissen.

»Das machen nur Laien. Du musst dir einen Punkt setzen, bei dem du verkaufst. Wenn die Aktie einen bestimmten Wert erreicht hat, musst du verkaufen.

Wenn du nämlich zu lange hältst, ist es irgendwann zu spät. Is' doch klar, oder? Und dieser ganze neue Markt, das ist eine Seifenblase, die irgendwann zerplatzt.«

Gerd Metz war ein ehemaliger Bundesgrenzschützer, der vor ein paar Jahren in den Auswärtigen Dienst übergewechselt war und seit einigen Jahren so erfolgreich mit Aktien spekulierte, dass er eigentlich nicht mehr hätte arbeiten müssen.

»Aber wenn ich ständig nur Zuhause rumhängen würde, bekäme ich Ärger mit meinen Girls.« Das war einer seiner Standardsprüche. Metz war 35 Jahre alt und hatte drei Töchter im Alter zwischen elf und dreizehn und die Zeit im Büro, so hatte er mir mal erklärt, sei für ihn wie Urlaub.

»Nehmt euch noch Kuchen. Hinrich kommt nicht. Der muss irgendwo seine Uniform vorführen. Irgendein Gedenktag an eine Schlacht im Befreiungskrieg gegen die Holländer.«

»Habt ihr schon von Kranitz gehört?«, fragte Gerd Metz.

»Ja, steht ja in allen Zeitungen, Loeben wusste es gestern schon und mit Sicherheit auch der Botschafter«, sagte ich.

»Dass der gerade jetzt vom Balkon springt, passt einigen Leuten natürlich gar nicht in den Kram«, Gerd Metz lachte und deutete zur Decke, wo zwei Stockwerke über uns Schenk saß.

»Was meinst du?«

»Na die AMKU-Indonesia ist eine Tochtergesellschaft der AMKU und gehört zu 30 Prozent einem indonesischen Firmenkonsortium, an dem die Präsidentenfamilie irgendwie beteiligt ist. Präsidentin der AMKU-Indonesia ist die Schwester des Präsidenten.

Kranitz nannte sich offiziell »geschäftsführender Direktor«. Natürlich hat er den Laden geleitet. Die Ibu tauchte allenfalls auf, wenn es um wichtige Entscheidungen ging, bei denen das Familieninteresse berührt war. Als Statthalter der Familie wurde ein Indonesier in der Firmenleitung installiert, der den Deutschen auf die Finger schauen sollte. So läuft es doch in vielen Firmen.«

»Woher weißt du das alles?«

»Na ich hab' doch früher auch an der hiesigen Börse gehandelt. Da erfährst du 'ne ganze Menge.« Die Tür ging auf und Frau Puffendorf steckte ihre silbergraue Dauerwelle herein.

»Herr Nerlinger, entschuldigen Sie, aber da ist ein Herr Mufti Gunawan von der Mozartgesellschaft unten und möchte zu Ihnen.«

»Der ist nicht angemeldet und ich bin in einer wichtigen Besprechung. Sagen Sie ihm, er soll morgen anrufen.« Frau Puffendorfs Kopf verschwand aus dem Türspalt.

»So ein Saupreuß. Auch einer von unseren guten »Alumnis Jerman«, den 16.000 ehemaligen indonesischen Studenten in Deutschland. Mit ein paar anderen hat er die Mozartgesellschaft gegründet. Der rennt mir die Bude ein mit seinen Projekten. Vor vier Wochen wollte er Geld für ein pränatales Musikzentrum.«

»Was?«

»Siehst du, so habe ich auch reagiert. Sie wollen werdende Mütter mit Mozart beschallen, um die Entwicklung des ungeborenen Kindes zu fördern.«

»Das ist nicht dein Ernst.«

»Doch. Genau das hatten die vor. Dafür wollten sie einen Zuschuss aus dem Kulturfonds der Botschaft.«

»Und wie hast du reagiert?«

»I hoab sie zu den Österräichern gschickt. Mozart woar schließlich aner von denen.«

Nerlinger imitierte den österreichischen Dialekt so perfekt, als habe er sein ganzes Leben in Wien verbracht.

»Österreich gab's zu Mozarts Zeiten noch gar nicht«, warf Gerd ein.

»Ha, da solltest du dir mal den österreichischen Botschafter anhören. Was hat der einen Aufstand gemacht, als das Goethe Institut vor zwei Jahren das Mozartfestival organisiert hat. Ganz klar: Mozart ist Österreicher und Hitler Deutscher, wenn du den österreichischen Botschafter fragst.«

»Anscheinend ist er bei den Österreichern auch abgeblitzt.«

»Natürlich, und dann hat er den Botschafter Schenk getroffen. Der hat jetzt die Schirmherrschaft über die Mozartgesellschaft übernommen. Deshalb versucht Mufti jetzt einen zweiten Anlauf. Ich werde ihn demnächst empfangen und einen Bericht mit dem Projektantrag nach Berlin schicken mit dem Hinweis, dass Schenk das Projekt unterstützt. Dann gibt es zwei Möglichkeiten: Entweder die merken endlich, dass sie hier den Obertrottel aus Hessen zum Botschafter gemacht haben oder wir kriegen das Geld tatsächlich. Dann allerdings rufe ich auf der Stelle den Bundesrechnungshof und den ›Spiegel‹ an.« Josef schob sich ein Stück Torte in den Mund.

Ich schaufelte gerade den Rest des Tortenstücks in mich hinein, als Frau Puffendorfs Kopf erneut erschien.

»Ein Herr Timoreit für Sie am Telefon, Frau Valentin. Er lässt sich nicht abwimmeln.«

»Stellen Sie das Gespräch in mein Büro.« Ich nahm die Teetasse, dankte Josef für die Bewirtung und zog ab.

Alexander Timoreit arbeitete für den »Wirtschaftsspiegel« und lebte in Singapur. Von dort deckte er die ganze Südostasiatische Region ab, was ihn alle vier Wochen für ein paar Tage nach Jakarta führte. Ich kannte ihn seit meinem ersten Unisemester in München. Timo, so nannten ihn seine Freunde, war damals Universitätsassistent und brachte uns Anfängern die ersten Schritte in Allgemeiner Volkswirtschaftslehre bei. Ihm wurde eine glänzende Universitätskarriere vorausgesagt und keiner verstand damals, warum er die Uni verließ und eine Journalistenlaufbahn vorzog. Innerhalb weniger Jahre hatte er es geschafft, sich einen Namen als Wirtschaftsjournalist zu machen. Sein bislang größter Erfolg war ein Interview mit einem bankrotten Baulöwen, der untergetaucht war, bevor sein Imperium zusammenbrach. Timo hatte ihn in den USA ausfindig gemacht und zu einem Interview überredet, lange bevor die Zielfahnder des BKA den Mann festnehmen konnten. In anderen Artikeln war er immer wieder den verschlungenen Wegen von Geldwäschern gefolgt und unter Journalisten galt er als Spezialist für schwierige Fälle. Ich hatte ihn aus den Augen verloren, als ich in die USA gegangen war, um mein Studium fortzusetzen. Vor zwei Jahren hatte er mich überraschend in Jakarta angerufen und sich als neuen Korrespondenten des »Wirtschaftsspiegel« für Indonesien vorgestellt. Seitdem kam er regelmäßig nach Jakarta.

»Hallo Timo, wo steckst du?«, fragte ich aufgeregt.

»Gegenüber, schau mal aus dem Fenster.«

Ich drehte mich zum Fenster und suchte die Fensterfront des gegenüberliegenden Mandarin-Hotels ab. Das Mandarin war das Journalistenhotel Jakartas. Wie in jeder Stadt hatten die Auslandskorrespondenten ein bevorzugtes Hotel. Dort traf man sich und tauschte Informationen aus.

»18. Stock«, ergänzte er, »wie immer«.

Ich schaute an der Fassade des in die Jahre gekommenen Hochhauses hinauf und erkannte in einem der oberen Stockwerke die Umrisse eines winkenden Mannes und winkte zurück.

»Was willst du schon wieder hier in Jakarta? Es gibt nichts Neues. Die Wirtschaft liegt in Trümmern, die Investoren halten sich fern, keine Bewegung an der Börse – also was zieht dich her?«

»Erzähl' ich dir heute Mittag. Schon was vor?«

»Laufen.«

Wir verabredeten uns im fünften Stock des Mandarin. Dort befand sich einer der schönsten und modernsten Fitnessclubs der Stadt. Meine Mittagspausen verbrachte ich regelmäßig in diesem Club, falls nicht irgendeine Zwangsverpflichtung zu einem Mittagessen dazwischen kam, was leider häufig der Fall war.

Der Club war leer, wie meistens um die Mittagszeit. Nicht einmal die beiden muskelbepackten Hormonschlucker, die hier als Trainer arbeiteten, ließen sich um diese Zeit blicken. Mein Trainingskalender sah nach einem schnellen 10-km-Lauf, den ich gestern Mittag absolviert hatte, heute ein gemütliches Lauftraining vor und anschließend noch ein paar Übungen für Schultern und Bauch. Ich programmierte das Laufband auf eine dreiprozentige

Steigung, drückte auf Start und beschleunigte auf zehn Stundenkilometer. Timo kam aus der Umkleidekabine gehumpelt, als ich bereits die ersten zwei Kilometer hinter mir hatte. Er war seit seiner Geburt behindert. Sein rechtes Bein war zu kurz geraten. »Vielleicht ist auch das linke zu lang«, hatte er einmal gewitzelt. Trotz der Spezialschuhe hatte er einen wackelnden Gang. Timos Lausbubengesicht mit der kurzen Nase und den klugen Augen strahlte mich an. Ich drückte ihm einen Kuss auf die Wange und brachte dabei das Kunststück fertig, nicht vom Laufband zu fallen. Timo setzte sich auf den Fahrradergometer neben dem Laufband und begann zu strampeln.

»Na, was führt dich nach Jakarta? Die Wirtschaftskrise nimmt kein Ende, es gibt keine Anzeichen einer Erholung, die Investoren warten ab und für die Präsidentschaftswahlen ist es noch zu früh.«

»Ich wollte dich noch mal sehen, bevor du abreist.«

»Ha, dass ich nicht lache.«

»Hast du Minderwertigkeitskomplexe?«

»Nein, aber ich kenne dich. Du hast immer nur deinen Job im Kopf und würdest nie, bloß um irgendjemanden zu sehen, von Singapur nach Jakarta reisen.«

»Du bist nicht irgendjemand.«

Ich schaute ihn skeptisch an.

»Na schön. Ich bin hinter einer interessanten Geschichte her, die mich nach Jakarta führt und ich freue mich sehr, dich vor deiner Abreise noch mal zu sehen.«

»Das hört sich schon viel typischer an. Wir kommen der Realität allmählich näher. Kann es sein, dass du bei dieser interessanten Geschichte die Hilfe der Botschaft brauchen könntest?«

»Möglicherweise. Was machen die Kids?«

»Sie wollen nicht hier weg.«

Ich beschleunigte das Laufband und musste mir eingestehen, dass es mich doch ärgerte, dass der Mann, mit dem mich seit zwei Jahren eine intime Freundschaft verband, die sich bei realistischer Betrachtung allerdings auf einige wenige Nächte in einem Hotelzimmer reduzierte, sich wenig daraus machte, dass ich demnächst die Stadt verlassen würde. Aber ich durfte mich nicht beschweren. Vor 15 Jahren war ich es gewesen, die nach einer kurzen und heftigen Affäre einfach in die USA verschwunden war.

»Also los, erzähl mir, worum es geht.«

»Es geht um die AMKU.«

»Du meinst den Selbstmord von Dr. Kranitz?«

»Es geht um eine viel größere Geschichte. Um Geldwäsche in einer außergewöhnlichen Größenordnung auf Veranlassung des indonesischen Staatspräsidenten und durchgeführt mit Unterstützung eines führenden deutschen Wirtschaftsunternehmens.«

»Du meinst, der Präsident hat mit Hilfe der AMKU ein paar Millionen auf die Seite geschafft? Das interessiert kein Schwein. So etwas ist hier landesweit üblich. Jeder erwartet, dass Politiker korrupt sind. Und dass wir mit solchen Leuten zusammenarbeiten ist ja wohl auch nicht von Neuigkeitswert.«

»Das hier hat eine andere Dimension: Vor einer Woche rief mich jemand in meinem Büro in Singapur an. Der Mann wollte seinen Namen nicht sagen. Er kündigte an, dass er einen Brief mit brisanten Unterlagen über die Geschäfte der Allgemeinen Motoren- und Kraftwerksunion senden wolle und fragte, ob ich an der Geschichte interessiert sei. Es sollte sich um Finanztransaktionen der AMKU aus den letzten Wochen handeln. Insgesamt ginge es um die Summe von über 400 Millionen Dollar. Der Brief ist nie angekommen. Gestern erhielt ich einen weiteren Anruf, wieder anonym. Der Mann hatte Angst. Er sagte, Kranitz sei ermordet worden.« Timo legte eine Pause ein und schaute mich abwartend an.

»Nach allem, was ich gehört habe und was heute in den Zeitungen stand, ist er von der Dachterrasse gesprungen.«

»Meine Quelle sagt, das Büro sei verwüstet gewesen. Vielleicht war man ihm beim Sprung vom Dach behilflich.«

»Indonesien ist ein Land der Gerüchte. Mein Kollege vom BND hört ständig Gerüchte. Das Militär bereite einen Putsch vor, Suharto stecke hinter den Unruhen auf den Molukken, Golkar werde den Präsidenten fallen lassen, usw. Solange du keine Beweise hast, kannst du so etwas nicht drucken. Außerdem tendieren asiatische Despoten nun mal dazu, sich aus der Staatskasse zu bedienen. Suharto hat gut 20 Milliarden auf die Seite gebracht, als er abtreten musste. Denk an Marcos auf den Philippinen. Das Problem ist doch immer, dass man diesen Raffkes nichts nachweisen kann. Damit das Geld konfisziert werden kann, muss man nachweisen, dass es unter Verstoß gegen die Gesetze des Landes angehäuft wurde. Die Gesetze in diesen Staaten sind aber selten eindeutig genug, um diesen Nachweis zu erbringen.«

»Wenn sich wenige Tage vor der Präsidentenwahl herausstellt, dass der Amtsinhaber Hunderte von Millionen ins Ausland gebracht hat während hier die Wirtschaft zusammenbricht und Tausende von Menschen nicht mehr wissen, wie sie ihre Familien ernähren sollen, dann ist das eine politische Bombe und wenn die vor den Wahlen platzt, kann das die Entscheidung der Volksversammlung erheblich beeinflussen. Suhartos Nachfolger ist schließlich als Saubermann angetreten. Wenn sich herausstellt, dass er dieselben korrupten Praktiken fortgesetzt hat, wie sie unter Suharto herrschten, dann hat er jede Glaubwürdigkeit verloren.«

»Du vergisst, dass der Präsident nicht vom Volk gewählt wird, sondern von der Volksversammlung. Nimmt man die Mitglieder der Regierungspartei Golkar, die reservierten Sitze für das Militär, die von den Regionen entsandten Abgeordneten zusammen, so kann sich eine Mehrheit für den Präsidenten ergeben.«

»Wenn der Präsident weiter an Rückhalt in der Bevölkerung verliert, wird selbst die Regierungspartei sich von ihm abwenden. Teile des Militärs liebäugeln ohnehin mit den anderen Kandidaten. Das Rennen um die Präsidentschaft wird verdammt knapp ausgehen.«

»Na schön. Was hast du vor?«

»Ich will mich bei der AMKU umhören. Der Anrufer hatte Insiderwissen über die Geldtransfers der AMKU und er hatte Zugang zum Büro von Kranitz. Deshalb bin ich hier. Vielleicht könntest du dich mal umhören, wer als anonyme Quelle bei der AMKU infrage kommt. Es muss ein Deutscher sein. Mehr weiß ich nicht.«

»Okay, ich werde nachfragen.«

Nach der Mittagspause erwartete mich Frau Puffendorf mit der Nachricht, dass mich der Botschafter zu sehen wünsche. Ich lief in den vierten Stock, ging an der Ahnengalerie vorbei, dem langen Flur mit den Fotos aller deutschen Botschafter in Indonesien seit Aufnahme der diplomatischen Beziehungen im Jahre 1952. Im Vorzimmer saß Frau Schmuck und begrüßte mich mit einem »Sie können gleich reingehen. Der Botschafter wartet schon.«

Schenks Büro nahm das gesamte Kopfende des vierten Stockes ein und war mit dem typischen Amtsmobiliar für Botschafter der Besoldungsgruppe B6 eingerichtet. Anstelle des stillosen PVC-Schreibtisches in den übrigen Büros stand hier ein stilloser Holzschreibtisch und auf der anderen Seite des Raumes eine Sitzgarnitur aus braunem Leder mit einem Couchtisch aus Acryl. Hier empfing der Botschafter seine Gesprächspartner.

»Frau Valentin, schön, dass Sie da sind. Wie läuft's mit dem Umzug?«

»Es ist alles geregelt. Morgen kommen die Packer. Die Einladungen für meinen Abschiedsempfang sind raus. Es ist alles okay.«

»Des is ja erfreulich. Sischer habe Sie schon gehört, die Sach mit dem Kranitz. Sehr unerfreulich.«

Ich nickte.

»Ausgerechnet jetzt. Hätte der net noch a paar Tage warte könne?«

Ich musste mir ein Grinsen verbieten. Genau wie Gerd Metz es vorausgesehen hatte. Der Zeitpunkt von Kranitz' Ableben kam dem Botschafter äußerst ungelegen.

»Wie meinen Sie?«

»Na, mir habe doch jetzt genug um die Ohren, so kurz vor der Wahl. Und dann ach das noch. Mich hat jetzt der Somarsono angerufe und gesagt, dass der Leichnam freigegebe is. Die mache des natürlich alles mit der Überführung von der Firma aus. Awer sie wisse ja, die Papiere müsse natürlich von uns ausgestellt werde.«

»Das ist Routine. Herr Metz wird sich darum kümmern.«

»Vorsischt, Frau Valentin. Mir müsse da wachsam sein. Es gibt Gerüchte und mir wolle net, dass die kolportiert werde. Also möchte ich Sie bitte, sisch darum zu kümmern, des die Papiere wirklich schnell ausgestellt werde und wenn diese Heinis von der Presse nachfrage, dann stelle mir uns dumm.«

Schenk brauchte sich dazu nicht zu verstellen. Ich musste mir erneut ein Lachen verkneifen.

»Welche Gerüchte meinen Sie?«

»Na, offensichtlich hat der Kranitz vor seinem Absprung noch im Büro randaliert. Weiß der Teufel, was in so einem Mensche vorgeht. Und Sie wisse ja, was die Presse aus so aner Sache mache kann. Ich möchte, dass das alles seinen normalen Gang geht, nur ein bissche schneller als sonst. Der Somarsono sagt, dass morgen bereits der Leichnam nach Deutschland gefloge werde könnt. Heute Mittag kommt aner von der Amku mit den notwendigen Papieren von der Polizei und dem Arzt für den Leichentransportschein. Bitte kümmern Sie sich darum.«

Mattis Kamp hatte sein Büro im fünften Stock auf der Südseite. Aus seinem Fenster konnte man in das Geschäftsviertel der Metropole sehen. Vor zwei Jahren, als ich hier zum ersten Mal am Fenster gestanden hatte, war Jakarta ein pulsierendes Geschäftszentrum gewesen. Überall drehten sich Baukräne. Hochhäuser schossen wie Pilze aus dem Boden. Die Börse stürmte von einem Rekord zum nächsten. Investoren gaben sich die Klinke in die Hand und in Europa empfahlen die Anlageberater »Kaufen, kaufen, kaufen«. Im Sommer 1997 begann dann die so genannte Asienkrise. Thailand war das erste Land, in dem aus dem Wirtschaftswunder eine Wirtschaftskrise wurde. Die Banken hatten Kredite mit langen Laufzeiten vergeben und sich das Geld dafür auf dem internationalen Kapitalmarkt mit kurzfristigen Krediten besorgt, deren Laufzeit sich in der Regel nur über wenige Monate erstreckte. Das war so lange kein Problem, wie alle von dem Pazifischen Jahrhundert überzeugt waren und auf ungebrochenes Wachstum der asiatischen Wirtschaft setzten. War ein kurzfristiger Kredit abgelaufen, so konnte man ihn problemlos verlängern. Als in Thailand erste Zweifel am asiatischen Wunder auftauchten, wurden innerhalb kürzester Zeit die größten Banken des Landes zahlungsunfähig. Nun fragten sich die Gläubiger, ob ihr Geld in den anderen asiatischen Staaten noch sicher sei, oder ob es dort zu ähnlichen Entwicklungen kommen könnte. Mit den ersten Zweifeln begann die Krise. Der Boom war auf Sand gebaut oder besser gesagt auf Kredite und »Kredit« hat etwas mit Glauben zu tun. Der Glaube schwand mit den ersten Anzeichen einer Krise. Das System brach wie ein Kartenhaus zusammen, zuerst in Thailand und wenige Wochen später in den anderen asiatischen Staaten, die über Jahre als Musterknaben der Weltwirtschaft gegolten hatten. Wenn ich jetzt aus Mattis Kamps Fenster schaute, sah ich direkt neben der Botschaft eine Baugrube, die sich mit Wasser gefüllt hatte. Schräg gegenüber auf der anderen

Seite der *Thamrin*, verkündete ein Plakat den Bau eines neuen WestIn Hotels. Hinter dem Plakat ragten rostende Stahlkonstruktionen in den Himmel. Wie diese Projekte waren Hunderte andere einfach gestoppt worden. Die Baukräne streckten sich nach wie vor überall in den Himmel, doch keiner drehte sich mehr. Allein aus der Baubranche waren in Jakarta 200.000 Menschen arbeitslos geworden. Das bedeutete für mehr als 200.000 Familien, die ohnehin am Existenzminimum lebten, den Ausfall des zumeist einzigen Verdienstes, der nicht wie in Europa durch staatliche Unterstützung aufgefangen werden konnte. In Indonesien gab es kein Arbeitslosengeld. Hier konnte man allenfalls noch seine Habe verkaufen, die Bretterbude verlassen, die Kinder zum Betteln schicken und auf der Straße schlafen.

»Was verschafft mir die Ehre?«, Mattis deutete auf einen Stuhl gegenüber seinem Schreibtisch.

»Kranitz' Tod. Ich soll mich um die Papiere kümmern.«

»Das ist doch reine Routine.«

»Schenk meint, es sei so kurz vor den Wahlen besonders sensibel. Naja, jedenfalls wollte ich dich fragen, wer jetzt die Geschäfte der AMKU-Indonesia führt.«

»Zunächst wohl Somarsono. Und dann werden die sicher bald einen neuen Direktor aus Deutschland schicken. Die AMKU ist trotz der Krise noch gut im Geschäft. In Surabaya bauen die ein Kraftwerk, in Sumatra Überlandleitungen und in Merak sind sie groß im Geschäft bei der Modernisierung von *Krakatau Steel*. Außerdem werden jetzt schon die Grundlagen für die Zeit nach der Krise gelegt. Jetzt kann man sich für wenig Geld bei Konkurrenten und Zulieferern einkaufen. Einige der Großprojekte sind nur aufgeschoben. Eine Modernisierung des Eisenbahnsystems gehört dazu und natürlich die U-Bahn für Jakarta. Da fehlt es jetzt am Geld, aber die Regierung hat vorgeschlagen, dass die großen Konsortien den Bau selbst finanzieren und dann später auch betreiben sollen. Mit den Einnahmen aus dem Betrieb könnten dann die Investitionen finanziert werden. Die AMKU ist durchaus daran interessiert. Das heißt sie brauchen hier jemanden mit einem kurzen Draht zum Vorstand in Deutschland. Somarsono hat eher den kurzen Draht zur Familie des Präsidenten.«

»Und von den Deutschen?«

»Da sind eine ganze Reihe von Leuten hier, die sich um die einzelnen Geschäftsfelder kümmern. Die Kraftwerksleute sitzen in Surabaya und die von der Stahlbranche draußen in Merak. Hier in Jakarta ist nur noch einer von der Finanzabteilung. Warte mal.«

Mattis kramte in einem Karteikasten für Visitenkarten.

»Hier: Hannes Neudecker, Leiter der Finanzabteilung.« Ich notierte mir die Telefonnummer.

»Der ist erst seit ein paar Monaten hier, aber wenn es nur um den Transport einer Leiche geht, wird er dir schon helfen können.«

Ich bedankte mich, ging in mein Büro und rief Timo an.

»Goldstück, ich werde dir ewig dankbar sein und beweise dir meine Dankbarkeit, indem ich dich zum Essen einlade. Kommst du um 19 Uhr ins Mandarin, 18. Stock?«

»Wenn ich um 19 Uhr in deinem Hotelzimmer erscheine, wirst du sicher nicht mit mir essen gehen wollen – ich wäre sonst ziemlich beleidigt.«

Ich legte auf und dachte an Timos Lachen. Ich würde ihn vermissen in Berlin. Auch wenn er nur alle vier bis sechs Wochen für eine oder zwei Nächte meinen Lebensrhythmus zwischen Büro und Kindern gestört hatte, war er doch zu einer festen und wichtigen Größe für mich geworden. Ich hatte mich ertappt, dass ich die Zeit einteilte in Tage nach seinem Besuch und Tage vor seinem Besuch. Ich würde um 19 Uhr in seinem Hotelzimmer sein und vielleicht würden wir danach noch essen gehen.

Ich machte mich auf den Weg nach Hause. Nachmittags war für gewöhnlich Mumu mit dem Auto unterwegs, um die Kinder zu Freunden zu bringen, abzuholen oder Besorgungen zu machen. Viele Dinge, die man in Deutschland in jedem Supermarkt erledigen konnte, waren hier nur aufgrund der Ortskenntnisse eines alteingesessenen Indonesiers zu beschaffen: Die Glasplatte des Couchtisches war gesprungen und ich musste eine neue besorgen. Im Plaza Indonesia, Jakartas größter Shopping Mall, die sich ans Hyatt anschloss und bequem für mich zu erreichen war, gab es ein Geschäft mit Glasartikeln und dort sollte die Platte 50 Dollar kosten. Mumu hatte sie vorgestern für 50.000 Rupiahs besorgt. Das waren umgerechnet zehn Mark, aber er war dafür einen halben Tag unterwegs gewesen. Heute würde er damit beschäftigt sein, Hannahs Freundin zu chauffieren. Mary-Ann wohnte in Kemang, zehn Kilometer weiter im Süden. Hin und Rückfahrt, würden selbst unter Vermeidung der Rushhour mindestens zwei Stunden in Anspruch nehmen. Also lief ich nachmittags meistens zu Fuß nach Hause. Im Mandarin kaufte ich Erdbeerkuchen für die Kinder. Ich ging vorbei an dem hypermodernen Gebäude der Deutschen Bank und dem Bungalow der deutsch-indonesischen Handelskammer, überquerte einen stinkenden Kanal, der noch aus holländischen Zeiten stammte. Die 200 Meter entlang des Kanals waren der schlimmste Teil meines Fußwegs. Dann erreichte ich die *Jalan Lombok*. Wenn ich in die kleine Straße einbog, hatte ich jedes Mal das Gefühl, nach Hause zu kommen. In Menteng sah es aus wie in einer holländischen Vorstadtsiedlung. Häuser, Straßen und Bürgersteige waren sauber und gepflegt. Im Unterschied zu Holland waren hier allerdings mehr Menschen auf der Straße. Vor den Häusern saßen die Satpams, die Angestellten privater Wachdienste, auf der Erde oder auf einfach zusammengezimmerten Stühlen. Zudem hatte jeder Haushalt mehrere Hausangestellte, die einen Großteil des Tages ebenfalls mit Unterhaltungen auf der Straße verbrachten. Ich grüßte nach rechts und links, erhielt ein freundliches »Selamat Sore« oder »Hello Madam« zurück. Eka, der Satpam, ein 18-jähriger Junge aus Sumatra öffnete mir das Hoftor.

Auf der Terrasse erwartete mich eine Indonesierin. Sie war um die 40 Jahre alt und reichlich mit Schmuck behängt. Sie stellte sich in breitem Amerikanisch als Ibu Janny vor und überreichte mir eine Visitenkarte der Umzugsfirma. Wir gingen gemeinsam durch das Haus und ich erklärte ihr, welche Gegenstände ich mitnehmen und welche ich hier lassen wollte. Die alte Küche aus meiner Studentenzeit hatte ich Mumu versprochen. Die Ikea-Schränke würden ohnehin keinen Umzug mehr überstehen. Ibu Janny machte sich fleißig Notizen. »Wir brauchen einen 40 Fuß Container. Morgen früh fangen wir mit fünf Packern an. Wahrscheinlich werden wir drei Tage benötigen. Da wir mit dem Container nicht in die enge Straße fahren können, werden wir Ihr Umzugsgut zunächst zu unserem Lager bringen und dort umladen. Sie brauchen sich keine Sorgen zu machen. Wir haben ein erfahrenes Team.«

Um kurz vor 19 Uhr verließ ich mit schlechtem Gewissen das Haus. Jedes Mal wenn ich etwas für mich unternahm, mich rein privat und ohne jeden dienstlichen Hintergrund mit jemandem verabredete, hatte ich das Gefühl, ich würde den Kindern etwas wegnehmen und meiner Pflicht als Mutter nicht nachkommen. Natürlich konnte ich mir einreden, dass das Unsinn war. Schließlich verbrachte ich fast jede freie Minute mit den beiden und erlebte diese Zeit intensiv und ganz bewusst. Ich versuchte einen guten Job zu machen und trotzdem eine gute Mutter zu sein. Meine eigenen Bedürfnisse hatte ich weit zurückgestellt. Die einzige Zeit, die ich mir für mich nahm, war die Mittagspause im Sportclub und einmal die Woche ein zweistündiges Training mit dem Taekwondo Team der Atmajaya Universität und die wenigen Abende, die ich mit Timo verbracht hatte. Timo empfing mich im Bademantel und mit struppigen nassen Haaren. Er hatte Musik aufgelegt: Heitor Villa Lobos' Klavierwerke. Schon beim letzten Besuch hatte er mir eine CD mit dieser Musik geschenkt. »Spannung und Leidenschaft« sei in dieser Musik. Timo war ein Schöngeist, er liebte Architektur und Bildhauerei und hatte selbst auf Reisen immer eine Auswahl seiner Lieblingsmusik dabei. Er zog mich an sich und küsste mich. Timo war nur wenige Zentimeter größer als ich. Er erinnerte mich mit seinem feingliedrigen, filigranen Körper und seiner haarlosen Brust und dem glattrasierten Gesicht eher an einen Heranwachsenden als an einen Mann. Er öffnete den Reißverschluss meines Kleides, schob es über meine Schultern, so dass der leichte Stoff nur noch an meinen Brustwarzen hing. Mit der Zunge legte er die Warzen frei und das Kleid fiel zu Boden. Ich stand nackt vor ihm, denn mehr als dieses eine Stück Stoff hatte ich nicht am Leib. Er zog mich aufs Bett und begann mich zu küssen. Ich genoss jede Sekunde mit ihm – diesmal besonders, denn es war vielleicht das letzte Mal für lange Zeit. Danach lagen wir lange dicht aneinander. Ich presste meinen Körper an seinen und wollte ihn nicht loslassen. Irgendwann brach er das Schweigen.

»Ich habe dir etwas mitgebracht.« Timo zauberte ein Geschenk hervor und legte es mir auf den nackten Bauch.

»Ein Buch.«

»Kein Buch.«

Ich öffnete eine hölzerne Schatulle mit dem geheimnisvollen Schriftzug JLC. Die Schatulle enthielt ein Buch und eine goldene Uhr, die in eine passende Nische aus blauem Samt eingebettet war. Eine Reverso, auf deren Rückseite die Buchstaben CV eingraviert waren.

»Timo, du bist verrückt.«

»Damit du mich nicht vergisst.«

»Das ist gemein. Ich werde jedesmal wenn ich auf die Uhr schaue daran denken müssen, dass du sie mir im Bett geschenkt hast. Dann werde ich mich nicht mehr konzentrieren können.«

Die »Sweet and Sour Soup« beim Chinesen im Mandarin würde ich in Berlin mit Sicherheit vermissen. Von einem Land bleiben immer auch Gerüche und besonders köstliche Speisen in der Erinnerung haften, so wie Bilder und Gesichter von Menschen. Jakarta würde für mich verbunden sein mit den köstlichen Saté-Spießchen, die überall an der Straße gegrillt und mit Erdnusssauce serviert wurden und mit der Sweet and Sour Soup der vielen chinesischen Restaurants, von denen das beste im ersten Stock des Mandarin war.

»Neudecker war ein Volltreffer. Ich habe mit ihm telefoniert und die Stimme sofort wiedererkannt. Das habe ich mir natürlich nicht anmerken lassen. Ich treffe ihn morgen früh um zehn Uhr.«

»Wir könnten uns in meiner Mittagspause am Laufband treffen und du kannst mir erzählen, was du herausgefunden hast.«

»Und morgen Abend?« Er schaute mich schelmisch an.

»Morgen Abend werde ich zum letzten Mal zum Taekwondo gehen. Ich hab's den Studenten versprochen, dass ich mich richtig von ihnen verabschiede.«

Um 23 Uhr öffnete ich Hannahs Zimmertür und hörte auf ihre Atemgeräusche. Sie schlief ruhig und fest. Erst danach konnte ich beruhigt einschlafen.

4

Dienstag, 12. Oktober 1999.

Die Morgenrunde fand in Jakarta nur einmal wöchentlich statt. Unter Leitung des Botschafters tagten die Referenten der Botschaft und berichteten über Aktuelles aus ihren jeweiligen Arbeitsgebieten. Aufgaben wurden verteilt, die Organisation von Besuchen besprochen, Probleme und ihre Lösung wurden diskutiert. An manchen Botschaften fanden solche Runden mehrmals in der Woche statt. In Jakarta waren sie unter Schenks Leitung auf das absolute Minimum beschränkt und fielen zudem häufig aus. Schenk hielt nicht allzu viel von Transparenz und war der Meinung, es sei völlig ausreichend, wenn jeder seinen Job mache. Es genüge, wenn er über alles Bescheid wisse.

Das Konferenzzimmer war im vierten Stock der Botschaft. Um den Konferenztisch standen 26 Stühle. Die Fenster gingen nach Süden auf das Geschäftsviertel und nach Norden zum Mandarin hin. An der Breitseite des Raumes hing eine große Karte Indonesiens, eine Karte der Bundesrepublik Deutschland und das Foto des Bundespräsidenten. Unter diesem saß der Botschafter, neben ihm sein Stellvertreter Theo Hampf und auf der anderen Seite der Militärattaché. Es gab eine ungeschriebene feste Sitzordnung. Die hochrangigen und wichtigen Referenten außer Hampf und dem Militärattaché, oder wer sich dafür hielt, saßen dem Botschafter gegenüber. Wurde jemand versetzt, gab es bisweilen groteske Versuche, einen Platz näher in das Zentrum der Sitzordnung zu rücken. Ich hatte mich an diesen wahrscheinlich typisch männlichen Revierkämpfen nie beteiligt und nahm mir die Freiheit, mich mal hierhin, mal dorthin zu setzen. Die Morgenrunden begannen mit einem Pressevortrag von Marani. Sie fasste zusammen, was in der indonesischen Presse von Bedeutung war. Natürlich ging es kurz vor den Wahlen vor allem um die Chancen der drei Präsidentschaftsbewerber. Die meisten Kommentatoren waren sich einig, dass es für den Amtsinhaber knapp werden könnte, vor allem, weil ihm eine zu große Nähe zu Suharto angelastet wurde und das Volk nach einem Neuanfang verlangte. Nach dem Pressevortrag verließ Marani den Raum. Schenk wartete, bis sie die Tür hinter sich geschlossen hatte. Dann begann er mit seinen Bemerkungen. Für den Präsidenten werde es in der Tat knapp. Schenk schaute von Loeben an, der sofort die Chance ergriff, sich zu produzieren.

Die Volksversammlung, die den Präsidenten wähle, so führte von Loeben aus, setze sich aus 700 Mitgliedern zusammen. Etwa ein Drittel stehe auf Seiten des Präsidenten, ein weiteres Drittel auf Seiten der Nationalisten und das restliche Drittel setze sich aus unterschiedlichen Gruppen von Moslems zusammen.

»Alle möglichen Konstellationen sind denkbar. Mit der Fraktionsdisziplin sei es nicht weit her und außerdem werde in geheimer Wahl abgestimmt. Da könne jeder machen, was er wolle. Die Möglichkeit, dass in großem Ausmaß Stimmen gekauft werden, könnte das Ergebnis zudem beeinträchtigen. Die Religiösen könnten den Präsidenten unterstützen, vielleicht aber auch zu den Nationalisten überlaufen. Letztlich wird wohl das Militär den Ausschlag geben. Die Militärs verfügen nicht nur über 38 Abgeordnete in der Volksversammlung, sondern sind auch hinter den Kulissen die wichtigsten Strippenzieher. Der Präsident bemüht sich, das Militär einzubinden, indem er dem Generalstabschef den Posten eines Vizepräsidenten angeboten hat, aber der hält sich bedeckt.«

»Das Militär wird sich erst ganz zum Schluss entscheiden. Sie wollen Zünglein an der Waage sein und sich nicht zu früh festlegen«, ergänzte der Militärattaché.

»Wir jedenfalls müsse uns darüber klar sein, dass dies auch für uns eine wichtige Wahl is«, resümierte Schenk. Einen derart deutschfreundlichen Politiker wie den Präsidenten gäbe es wohl kein zweites Mal auf der Welt und es sei für die deutsch-indonesischen Beziehungen von großer Bedeutung, dass dieser Mann im Amt bestätigt werde. Diese Ansicht vertrat Schenk seit dem Beginn des Wahlkampfes und sie wurde von den meisten meiner Kollegen geteilt, aber nicht von allen.

»In der deutschen Wirtschaft gibt es viele, die die Auffassung vertreten, dass es mit diesem Präsidenten gar nicht aufwärts gehen könne, weil er das Volk nicht hinter sich habe, weil er keine politische Ruhe bringe und weil die Korruption noch genauso schlimm sei wie unter Suharto.«

»Herr Kamp, des ist – mit Verlaub – dummes Geschwätz. Dieser Mann hat in Deutschland studiert und 15 Jahre bei uns gearbeitet. Meinen Sie irgendein anderer hätte uns die komplette DDR-Marine abgekauft?«

»Bei den Provisionen, die damals angeblich geflossen sind, wäre vielleicht auch so manch anderer schwach geworden«, sagte Bernhard Zerner. Zerner war Referent für Wirtschaftliche Zusammenarbeit und zuständig für die zahlreichen Entwicklungsprojekte, die Deutschland in Indonesien durchführte. Zerner kam vom Entwicklungshilfeministerium und hatte sein Leben lang nichts anderes gemacht als Entwicklungsprojekte. Inzwischen stand er kurz vor der Pensionierung, litt an Magengeschwüren und war zum Zyniker geworden.

»Herr Zerner, wir sollten uns hüten, solche Gerüchte zu verbreiten«, sagte Dr. Hampf und schaute den WZ-Referenten böse an.

»Von wegen Gerüchte. Nennen Sie mir einen vernünftigen Grund, warum diese seeuntüchtigen Wracks aufgekauft wurden.«

»Ein Staat mit 13.000 Inseln und einer Küstenlänge, die größer ist als diejenige von ganz Europa braucht ja wohl eine starke Marine.«

»Aber eine einsatzbereite Marine und nicht diese Rostlauben, die für tropische Gewässer völlig ungeeignet sind.«

»Die Schiffe werden nachgerüstet, bis die volle Einsatzfähigkeit hergestellt ist.«

»Das wird keiner von uns je erleben.«

Rededuelle zwischen Zerner und Hampf gehörten fast schon regelmäßig zu den Morgenrunden. Zerner, der alte Zyniker, war am Ende seiner Karriere angekommen und Hampf war gerade dabei, seine zu machen. Der eine erlaubte sich eine kritische Weltsicht und der andere glaubte besser zu fahren, indem er die Parolen des Botschafters nachbetete. Der Einzige, der dieser Auseinandersetzung mit Sachargumenten hätte helfen können, war Militärattaché Drescher, der selbst jahrelang auf der Ostsee ein Schnellboot kommandiert hatte. Drescher hatte einmal erklärt wie er die Dinge sah: »Wir waren froh, den Schrott loszuwerden. Die Indonesier haben für wenig Geld viel Material bekommen. Jetzt werden die billigen Schiffe teuer nachgerüstet. Davon bezahlen die Indonesier einen Teil und wir den anderen. Wenn alles gut geht, hat die indonesische Marine am Ende 39 Fregatten. Die Frage ist nur, ob das die optimale Ausrüstung für dieses Land ist. Eigentlich bräuchten die schnelle, kleine Schiffe, die man gegen Piraten und Schmuggler einsetzen kann. Stattdessen haben die sich ausgerüstet als ginge es um die Schlacht von Midway. Diese Art von Konflikten ist aber eher unwahrscheinlich geworden.«

Drescher blätterte in seinen Akten und dachte gar nicht daran, in den Streit zwischen Zerner und Hampf einzugreifen. Es war Schenk, der die Auseinandersetzung unterbrach.

»Keine alten Diskussionen aufwärme, meine Herrn, das bringt uns net weiter. Wir stehe vor einer historischen Entscheidung und wir wären dumm, wenn wir unseren Kandidaten net unterstützen täte. Gibt es sonst noch was? Ich muss in fünf Minute weg, Bohnstedt hat einen Termin beim Präsidente und danach bei der Marine. In diesem Zusammenhang, Frau Valentin, wäre isch Ihne dankbar, wenn Sie für morgen Nachmittag eine Pressekonferenz vorbereite könnte. Sagen wir gegen 15 Uhr. Der Bohnstedt-Besuch is eine weitere Gelegenheit die Solidarität des deutschen Volkes mit Indonesien deutlich zu mache.

Das sollte in die Presse. Meinen Sie net auch?« Schenk schaute in die Runde.

»Das Programm von Herrn Bohnstedt ist sehr regierungslastig«, begann ich. »Soweit ich informiert bin, sieht er keinen Vertreter der Opposition, geschweige denn, einen der anderen beiden Präsidentschaftskandidaten. Das könnte uns als Einmischung in den Wahlkampf ausgelegt werden. Hinzu kommt, dass Bohnstedt als ehemaliges Vorstandsmitglied der Saturnwerft und jetziger Abgeordneter eben dieses Wahlkreises leicht in Verdacht geraten könnte, dass sein Besuch vornehmlich dem Verkauf militärischer Ausrüstung an die indonesische Marine dienen soll. Das dürfte mitten in einer Wirtschaftskrise bei der Mehrzahl der Bevölkerung auf wenig Verständnis stoßen. Da sollte man sich schon genau überlegen, ob man eine Pressekonferenz ansetzt.«

»Frau Valentin, wir müsse doch net soweit in die Details gehe. Ein schönes Foto mit dem Herrn Bohnstedt und mir und vielleicht auch noch mit Ihne, Frau Valentin, weil eine schöne Frau, des macht sich immer gut in der Presse. Zwei, drei nette Worte über die deutsch-indonesische Beziehungen und dann freue ich mich in der nächsten Botschafterrunde der Europäischen Union schon auf die neidische Gesichter von dem Franzos und dem Engländer. Frau Valentin mache Sie mal, 's dürfte ohnehin die letzte Pressekonferenz sein, die Sie für uns organisiere, gell. So meine Damen und Herrn, gibt's sonst noch was?«

Sybille Schaub räusperte sich. Sie war Kanzlerin und neben mir die einzige Frau in der Runde.

»Nächste Woche beginnen die Arbeiten an der Pfütze«, erklärte sie mit süffisantem Grinsen. Die

Pfütze war ein Brunnen im Hof der Botschaft. Über vier versetzt übereinander gestapelte Betonplatten ergoss sich Wasser in ein flaches Becken, dessen Boden aus grünen und goldfarbenen Mosaiksteinen bestand.

»Sie wissen, dass die Pfütze porös ist und deshalb dringend renoviert werden muss. Wir hatten einen entsprechenden Kostenvoranschlag bei einer hiesigen Baufirma eingeholt. Danach sollte die Pfütze für insgesamt 5700 Mark abgedichtet werden. Ich hatte das dem Auswärtigen Amt mitgeteilt. Die haben dann die Bundesbaudirektion eingeschaltet. Das ist eine Standardprozedur bei allen Bau- und Renovierungsvorhaben mit einem Finanzvolumen über 5000 Mark. Die Bundesbaudirektion hat die Pfütze zu einem Kunstwerk erklärt, das nicht ohne Hinzuziehung des Künstlers und eines Brunnenarchitekten renoviert werden darf. Das Ganze ist jetzt über ein Jahr her. Gestern haben wir umfangreiche Unterlagen bekommen. Fazit: Die Arbeiten an der Pfütze beginnen nächste Woche unter Leitung eines deutschen Bauingenieurs und eines indonesischen Architekten und werden sich voraussichtlich über drei Wochen erstrecken. Die Schaub schaute in die Runde und genoss die staunenden Gesichter. Um ihre Mundwinkel ein leichtes Grinsen und ich hatte das sichere Gefühl, dass sie noch eine Pointe in petto hatte. Sie wartete, bis sich das Geraune gelegt hatte und sagte dann: »Für die Arbeiten sind insgesamt 92.000 Mark veranschlagt.«

Zerner schlug mit der flachen Hand auf den Tisch: »Unglaublich.«

»So ist es«, sagte die Schaub.

Der Botschafter stand auf.

»Meine Damen, meine Herrn, genau daran wird unser Gemeinwesen noch einmal zugrunde gehen.«

Mit diesem Schlusswort war die Morgenrunde beendet und ich verzog mich in mein Büro. Kurz darauf steckte Josef seinen bayrischen Rundschädel durch meine Tür.

»Komm rüber, wir trinken einen Tee.«

Ich folgte ihm in sein Büro, wo schon der Militärattaché saß.

»Diese Morgenrunden wirst du bald vermissen. So was gibt's in Berlin nicht«, sagte Josef.

»Da wäre ich mir nicht so sicher«, meinte Hinrich Drescher.

»Ich werde euch berichten. Mit Sicherheit finden sich auch da Sonderlinge und der alltägliche Wahnsinn ist auch nicht auf diese Botschaft begrenzt.«

»Hinrich, warum bist du dem alten Zerner denn nicht beigesprungen heute Morgen. Er hatte doch Recht, mit seinen Einwänden gegen den Kauf der DDR-Schiffe.«

»Das ist doch alles bekannt und schon hundert-mal durchgekaut. Klar, die Schiffe taugen nichts für Indonesien und mit ziemlicher Sicherheit ist wie üblich bei Geschäften in dieser Größenordnung auch Geld geflossen. Das ist gar nicht anders denkbar. Das ist die eine Sache. Ob ich dem alten Zerner in der Morgenrunde beistehe, ist eine ganz andere. Ich kann den Typ nicht leiden. Diese ganzen Weltverbesserer und Entwicklungshelfer kann ich nicht abhaben. Entwicklungshilfe ist ein ziemlich mieses Geschäft. Mit hohem moralischen Anspruch wird da der größte Mist verbockt. Vor drei Wochen war ich mit den anderen Militärattachés vom indonesischen Generalstab nach Kalimantan eingeladen. Da haben wir unter anderem ein Projekt zur nachhaltigen Holzbewirtschaftung besichtigt, das aus deutschen Entwicklungshilfegeldern mitfinanziert worden war. Da werden Urwaldriesen zu Spanplatten verarbeitet, dass dir das Herz blutet, wenn du die alten Bäume fallen siehst. Damit die Spanplatten auch im umweltbewussten Deutschland Käufer finden, druckt die Firma in deutscher Sprache ›garantiert kein Tropenholz‹ auf die Platten. Danach werden statt der Urwaldriesen ein paar schnell wachsende Hölzer gepflanzt und das Ganze nennt sich dann ›nachhaltiger Waldbau‹ und wird vom deutschen Steuerzahler finanziert. Ne, ne, wegen dem Zerner verderbe ich mir doch nicht den Tag. Da fand ich den Auftritt von der Schaub schon besser.«

»Genial«, ergänzte ich.

»Ich bin mir fast sicher, dass sie wusste, dass der ursprüngliche Kostenvoranschlag ein paar hundert Mark über dem Limit lag, bei dem die Bundesbaudirektion einzuschalten ist. Sie hat einen riesen Spaß daran, diese ganzen Verwaltungsvorschriften ad absurdum zu führen.«

Den Vormittag verbrachte ich damit, die Pressekonferenz vorzubereiten und mein Büro aufzuräumen. Ich sortierte meine Handakten aus, gab die wichtigen Vorgänge zu den Akten und schrieb auf die unwichtigen das Kürzel »wgl«, was weglegen bedeutete. Diese Akten würden ein Jahr lang in der Registratur gesammelt und dann vernichtet. Die Vorgänge, die in den nächsten Wochen operatives Handeln erfordern würden, sammelte ich in einer gesonderten Mappe für meinen Vertreter und meinen Nachfolger, der in drei Monaten meinen Job übernehmen würde. Auf Mattis Kamp kam eine lange Zeit der Doppelbelastung zu, aber mein Mitleid hielt sich in Grenzen. Eine lückenlose Jobübergabe oder gar eine Überschneidung, um den Nachfolger noch einarbeiten zu können, gab es nur in seltenen Ausnahmen. Es fehlte an Stellen und wahrscheinlich auch an der Weitsicht bei der Personalplanung. Um halb eins ging ich ins Mandarin und stellte das Laufband auf Intervalltraining. 30 Minuten lang wechselte das Band im zwei Minuten-Rhythmus zwischen schnellen und langsamen Geschwindigkeiten. Danach machte ich ein paar Dehnübungen. Timo steckte suchend sein Gesicht in den Fitnessclub. Als er mich entdeckt hatte, kam er angehumpelt und legte sich auf eine Matte neben mich.

»Wo bleibst du denn? Hatte dieser Neudecker so viel zu erzählen?«

»Der hatte vor allem Angst. Wir haben uns in einem Fastfood-Restaurant gegenüber des Büroturms getroffen.«

»Kannst du mal meine Füße festhalten?« Ich verschränkte die Hände hinter dem Kopf und begann mit Situps für die Bauchmuskulatur. Nach 30 langsamen Bewegungen wurde der Schmerz im Bauchmuskel fast unerträglich. Ich hielt mit der Bewegung inne und zählte bis zehn. Dann streckte ich auf Füßen und Schultern ruhend das Becken in die Höhe. Der Schmerz ließ sofort nach.

»Dann hast du also was aus ihm herausbekommen?«

»Der Mann war kaum zu bremsen. Er sei eine halbe Stunde nach Kranitz' Tod in dessen Büro gewesen, schließlich habe man ihn als Ersten benachrichtigt. Das Büro sei völlig verwüstet gewesen: Der Schreibtisch, die Regale, alles ausgeräumt und kreuz und quer auf dem Boden verstreut. Der Schreibtischstuhl umgeschmissen und die Glasplatte des Schreibtisches gesprungen. Kranitz sei kaum freiwillig von der Dachterrasse gesprungen. Es sei ja wohl völlig undenkbar, dass jemand in den Freitod geht und vorher noch sein Büro verwüstet. Außerdem habe man nirgends einen Abschiedsbrief gefunden. Neudecker glaubt nicht daran, dass Kranitz freiwillig gesprungen sei. Er nimmt an, dass es zu einem Kampf gekommen sei, in dessen Verlauf das Büro verwüstet und Kranitz dann über die Terrasse geworfen wurde.«

»Was hattest du denn für einen Eindruck von Neudecker?«, fragte ich und begann mit dem zweiten Set von 30 Situps.

»Der Mann ist vielleicht Ende zwanzig oder Anfang dreißig, sehr nervös, aber kein Spinner. Durchaus glaubwürdig. Er ist streng religiös, redet ständig von Gewissen und dem ›richtigen Weg‹ und dass es nicht Gottes Willen entspreche, was man von ihm verlangt habe und Kranitz' Tod eine Folge davon sei, dass dieser nur noch dem Mammon gedient habe.«

»Also doch ein Spinner.«

»Vielleicht etwas überzogen religiös, na und?«

»Wenn Kranitz kurz vor seinem Tod noch Besuch hatte, muss das ja irgend jemand mitbekommen haben.«

»Neudecker hat erzählt, dass die komplette Woche aus dem Terminkalender herausgerissen worden sei. Außer dem Wächter sei abends um diese Zeit niemand mehr in den Büroetagen der AMKU gewesen und dieser Wächter sei seit dem betreffenden Abend verschwunden. Zunächst habe es geheißen der Mann stünde unter Schock und später, er sei zu seinen Verwandten aufs Land gefahren und werde demnächst zurück erwartet.«

»Und, gibt es irgendwelche Ermittlungen der Polizei?«

»Laut Neudecker ist kurz nach ihm Somarsono erschienen und hat sofort mit den Aufräumarbeiten begonnen. Er war es auch, der alles mit der Polizei geregelt hat. Neudecker meint, dass Somarsono die Selbstmordversion unbedingt habe stützen wollen, was ihm mit seinen ausgezeichneten Kontakten ja schließlich auch gelungen sei. Er selbst sei jedoch davon überzeugt, dass Kranitz' Tod mit finanziellen Unregelmäßigkeiten zusammenhing, die in den letzten drei Wochen abgelaufen seien.«

»Was für Unregelmäßigkeiten?«

»Das hat er nicht gesagt. Es kamen zwei Indonesier in das Restaurant, setzten sich an den Nachbartisch, lächelten freundlich zu uns herüber und Neudecker erzählte nur noch davon, dass er demnächst mit seiner Frau nach Bali in den Urlaub wolle, sobald ein neuer Chef angekommen und eingearbeitet sei. Dann stand er auf und war weg.«

Ich machte die nächsten 30 Situps. Bei den letzten Bewegungen fing meine Bauchdecke an zu zittern. Ich stöhnte vor Schmerz.

»Wie kann sich ein Mensch nur derart quälen?«

»Das sind nun wirklich keine Qualen. Vor 15 Jahren habe ich mich gequält. Da wollte ich unbedingt eine Meisterschaft gewinnen. Ich habe jeden Tag vier Stunden auf der Matte gestanden plus Konditionstraining. Jeden Morgen um sechs Uhr zum Joggen. Die schlimmste Qual ist es, wenn du im warmen Bett liegst und Angst vor dem Wecker hast, weil du an einem regnerischen Novembermorgen im Dunkeln zehn Kilometer joggen musst. Da kriege ich heute noch eine Gänsehaut, wenn ich nur dran denke.«

»Du warst unglaublich diszipliniert. Ich weiß noch, als du im ersten Semester in Allgemeiner Volkswirtschaftslehre ausgerechnet in meiner Gruppe auftauchtest. Du hattest als Einzige immer alle Skripte gelesen und warst die Einzige, die nie mit in die Kneipe kam. Ich in meinem ersten Jahr als Assi und dann ausgerechnet so eine Streberin in meiner Gruppe. Aus Angst vor deinen Fragen habe ich jede Stunde bis ins Detail vorbereitet.«

»Jetzt übertreibst du aber.«

»Nein, ehrlich, und nachdem du dann die Europameisterschaft gewonnen hattest, warst du eine richtige Berühmtheit. Ich wundere mich heute noch darüber, dass ich den Mut aufgebracht habe, dich zum Essen einzuladen.«

»Ich wäre schon viel früher mitgekommen, aber ich hätte dich wohl nie angesprochen.«

»An Selbstbewusstsein hat es dir doch nie gefehlt.«

»Doch, bei Männern schon. Ich hielt mich damals für ziemlich unförmig. Ich war dreimal die Woche im Kraftraum und hatte ein Kreuz wie ein Möbelpacker und war nach den Kämpfen immer mit blauen Flecken übersät. Und dir sind die Frauen die Bude eingerannt. Da hatte ich mir keine Chancen ausgerechnet.«

»So ein Quatsch, du warst die schönste Frau am ganzen Institut.«

»Warum hast du mich dann nicht früher angesprochen?«

»Ich dachte im Traum nicht daran, dass du ausgerechnet auf einen humpelnden Krüppel wartest. So hat sich halt keiner von uns getraut, den ersten Schritt zu tun.«

»Ein Jahr guten Sex verschenkt«, lachte ich.

»Zum Glück ging es dann nach dem ersten gemeinsamen Essen ziemlich schnell. Du hattest mich genauso schnell auf der Matte wie deine Gegnerinnen im Judo.«

»Der Widerstand war nicht sehr stark. Außerdem musste ich am nächsten Tag für zwei Wochen in ein Trainingslager und ich hatte Angst, du hättest mich schon wieder vergessen, wenn ich zurückkäme. Also habe ich dann doch endlich die Initiative ergriffen.«

»Und warst danach für Wochen verschwunden. Ich habe es nie verstanden, mit welcher Disziplin du an deinem sportlichen Erfolg gearbeitet hast. Aber es hat sich gelohnt. Immerhin warst du Judoweltmeisterin.«

»Wovon man sich leider gar nichts kaufen kann.«

»Dann hättest du besser Tennis spielen sollen.«

»Ich hab mich halt lieber geprügelt und ich glaube nicht, dass ich im Tennis Erfolg gehabt hätte.« Ich schaute auf die Uhr.

»Mein Gott, ich muss in die Botschaft. Um drei Uhr haben wir zu einer Pressekonferenz zum Abschluss des Besuchs von Bohnstedt, diesem Abgeordneten, eingeladen.«

»Wann sehen wir uns?«

»Ich komme gegen 21 Uhr ins Mandarin.«

Im Foyer der Botschaft war ein Podium aufgebaut. Etwa zwanzig Journalisten waren der Einladung gefolgt. Jeder von ihnen hatte eine Plastiktasche mit Infomaterial über die Bundesrepublik Deutschland erhalten. Die meisten kannte ich persönlich. In einige dieser Journalisten hatte ich in den vergangenen zwei Jahren viel Zeit und Geld gesteckt. August Sitambul stand auf und streckte mir die Hand entgegen. Er arbeitete für eine große indonesische Tageszeitung. Vor einem halben Jahr war er durch meine Vermittlung drei Wochen lang als Gast von Inter Nationes durch Deutschland gereist. Ich hatte ihn im letzten Jahr mehrfach zum Essen eingeladen und mit Besuchern aus Deutschland zusammengebracht. Mittlerweile erschien August regelmäßig bei Presseterminen der Botschaft. Bisweilen entstand daraus ein kleiner Artikel über Deutschland oder, wie zuletzt, eine ganze Serie über den deutschen Föderalismus. August Sitambul war darin der Frage nachgegangen, ob ein föderales System für den Inselstaat eine mögliche Alternative zu dem seit der Unabhängigkeit praktizierten Zentralismus sei. Manchmal wünschte ich mir, dass ich an ein Happyend für dieses Land glauben könnte. Die täglichen Berichte von Aufständen in den weit entfernten Provinzen hatten aber noch die meisten Beobachter eines Besseren belehrt. Indonesien war ein Staat im Zerfall. Zu lange hatten die javanischen Militärs die anderen Völkerschaften blutig unterdrückt und ausgebeutet. Der unglaubliche Reichtum einer kleinen Oberschicht in Jakarta war durch millionenfache Armut in den Provinzen bezahlt worden und jetzt, wo Jakarta Schwäche zeigte, gab es kein Halten mehr. Ich war überzeugt, dass der Staat Indonesien in einigen Jahren auf seinen javanischen Kern zusammenschrumpfen würde und daran konnte ich – anders als die meisten meiner Kollegen – nichts Schlimmes erkennen. Vielleicht lag in diesem Verfall der Beginn von etwas Neuem. Letztlich müssen sich Staaten und Regierungen daran messen lassen, wie viel Glück und

Wohlstand sie für ihre Bürger schaffen können. Das große Indonesien hatte da für die Mehrzahl seiner 210 Millionen Einwohner nicht viel vorzuweisen.

Schenk betrat mit Bohnstedt das Foyer der Botschaft. Der Abgeordnete trug einen makellosen blauen Anzug mit Einstecktuch und im Gesicht ein professionelles Lächeln. Sie nahmen hinter den jeweiligen Namensschildern Platz. Ich begrüßte die Journalisten, stellte Bohnstedt vor und übergab dem Botschafter das Wort. Schenk hielt seinen üblichen Sermon über die jahrhundertealten deutsch-indonesischen Beziehungen und übergab dann an Bohnstedt. Der blies ins gleiche Horn und ergänzte das Ganze um die Bemerkung, Deutschland sei an einem strategischen Gleichgewicht in Südostasien interessiert und man wünsche sich daher ein starkes Indonesien. Diese Fragen habe er auch mit der politischen Führung besprochen, wo man weitgehend mit seiner Analyse übereingestimmt habe. Gleich die erste Frage der Journalisten zielte auf das Thema des Verkaufs von militärischen Gütern und Bohnstedt eierte herum. Es sei zunächst um eine Analyse der Lage gegangen und erst zu einem späteren Zeitpunkt sei an eine Kooperation im Ausrüstungsbereich zu denken. August Sitambul hielt ein Handbuch des deutschen Bundestages in den Händen und fragte, worin denn die Tätigkeit von Herrn Bohnstedt bei der Saturnwerft bestanden habe und welche Schiffe die Werft denn hauptsächlich produziere. Ob der Herr Bohnstedt nach wie vor etwas mit der Werft zu tun habe. Bohnstedt erklärte, dass die Saturnwerft der führende Anbieter von »Spezialschiffen« sei und man bereits 1997 vier U-Boote an die indonesische

Marine geliefert habe. Bohnstedt betonte, er sei keineswegs in Sachen U-Boote unterwegs, aber das Kind war bereits in den Brunnen gefallen. Ich konnte mir schon die Überschriften in den Zeitungen des morgigen Tages vorstellen. So sehr Bohnstedt und Schenk sich bemühten, den politischen Charakter der Gespräche zu betonen, es gelang ihnen nicht, die Journalisten von dem einmal gefundenen Fressen wieder abzubringen. Schenk wurde zusehends nervös und Bohnstedts Lächeln wirkte zunehmend unnatürlich. Drescher, der sich eine Reihe hinter die Journalisten gesetzt hatte, verbarg aus Trauer oder Verzweiflung Mund und Nase hinter betenden Händen. Vielleicht amüsierte ihn auch nur, wie der Alte sich gegen jede Vernunft in diese Situation gebracht hatte.

»Dieses impertinente Pack«, raunte mir Schenk zu.

»Es gibt einfach keine Dankbarkeit mehr auf der Welt. Schon gar nicht bei Journalisten«, flüsterte ich zurück und Schenk schaute mich zerknittert an, weil er derlei altkluge Weisheiten aus meinem Munde beim besten Willen nicht erwartet hatte.

Ich riet Schenk, die Pressekonferenz mit einer Einladung zu Tee und Gebäck zu beenden, das ich am anderen Ende des Saals hatte auffahren lassen. Der Botschafter griff den Hinweis sofort auf und brach die Pressekonferenz ab. Das tat er mit solch einer Vehemenz, dass sich selbst bei dem wohlmeinendsten Zuhörer der Eindruck festsetzen musste, er wolle etwas verbergen. Ich hatte Schenk in den letzten beiden Jahren schon so manches Mal bei Pressekonferenzen und Interviews erlebt. Er hatte sich schon oft verplappert, aber seinen heutigen Auftritt würde ich für ewige Zeiten als traurigen Höhepunkt in Erinnerung behalten. Ausgerechnet bei der letzten von mir organisierten Pressekonferenz in Jakarta lief er zu derlei kommunikativen Glanzleistungen auf. Schenk und Bohnstedt hatten sich erhoben. Ich begleitete die beiden zu dem Tisch, an dem zwei Ortskräfte Tee und Kaffee servierten. Hier passte er August Sitambul ab, den er von früheren Veranstaltungen her kannte.

»Herr Sitambul, über die politischen Gespräche müsse Sie was schreiben, über die deutsch-indonesische Freundschaft, die sich auch in diesen Krisenzeiten bewährt.« Schenk versuchte den Journalisten fast flehentlich zu überreden.

»Der Herr Bohnstedt kommt doch hierher, obwohl Indonesien gerade mitten in einer Wirtschaftskrise steckt. Über dieses Zeichen der Solidarität sollte Sie berichte.«

»Herr Botschafter, die Zeiten sind vorbei, in denen man uns sagen konnte, was wir schreiben sollen. Wenn morgen fünf Zeitungen über die Verbindungen ihres deutschen Gastes zu einem U-Boot-Hersteller berichten und ich über deutsch-indonesische Solidarität schreibe, dann wirft mich mein Chefredakteur raus. Und er hätte sogar Recht.«

Nach der denkwürdigen Veranstaltung ging ich nach Hause. Es war ein heißer Nachmittag. Eine milchige Sonne schien durch eine Glocke aus Abgasen und Dunst. Es regte sich kein Lüftchen und ich hatte gerade erst den Kreisel mit Hänsel und Gretel erreicht, da lief mir bereits der Schweiß am Rücken herunter. An dem stinkenden Kanal verrichtete ein Mann seine Notdurft. Ratten liefen unbeeindruckt von Tageslicht und Autoverkehr am Ufer der Kloake herum. Ich wechselte die Straßenseite. In der *Jalan Lombok* kam mir ein Fahrrad entgegen, das zu einem fahrenden Obststand umgebaut war. Der Verkäufer schlug fortwährend im Rhythmus von Ravels Bolero zwei Bambusstöckchen gegeneinander, um auf sich aufmerksam zu machen. Ein Eiscremeverkäufer hatte auf seinem Gefährt einen Lautsprecher installiert. Schon aus weiter Entfernung war der rollende Eissalon zu hören. Auf einem Endlosband wurde die immer gleiche Melodie abgespielt. Die Musik bestand aus nur vier Takten. Der Mann kam mit seinem Eissalon dreioder viermal täglich an unserem Haus vorbei. Die Melodie würde mich bis an mein Lebensende verfolgen. Wie mochte es dem Verkäufer mit dieser Musik gehen? Ich stoppte den Mann und kaufte ihm zwei Eis ab. Die Kinder würden sich freuen.

Um kurz nach sechs Uhr machte ich mich auf den Weg zur katholischen Universität an der *Sudirman*. Hannah beschwerte sich, dass ich nun schon drei Tage hintereinander nicht mehr mit ihr gekuschelt hätte.

»In Deutschland wird das jetzt alles besser«, erklärte ich und verließ mit schlechtem Gewissen das Haus. Dieser eine Abend in der Woche, diese zwei Stunden an der katholischen Uni waren das einzige Vergnügen, das ich mir regelmäßig gönnte. Seit zwei Jahren trainierte ich einmal die Woche mit der Taekwondo Mannschaft der Atmajaya Universität. Eigentlich bin ich Judoka, aber das ist in Indonesien nicht sehr populär. Taekwondo dagegen ist eine Art Volkssport und wird auf hohem Niveau praktiziert. Ich hatte mich also vor zwei Jahren einem Universitätsclub angeschlossen – dem besten in Indonesien. Taekwondo ist eine uralte koreanische Kampfkunst, die ich früher immer für eine ziemlich brutale und im Vergleich zum Judo stillose Treterei gehalten hatte. Inzwischen hatte ich gelernt, dass Taekwondo eine Schulung von Körper und Geist war, die Ausdauer, Reaktionsfähigkeit und Kraft und gleichzeitig Bescheidenheit und Selbstkritik trainiert. Ich parkte den Wagen vor der Sporthalle der Universität. Den weißen Taekwondo-Anzug mit dem schwarzen Gürtel hatte ich schon zu Hause angezogen. Die Kämpfer waren zumeist Studentinnen und Studenten der Universität. Pak Ricky, der Trainer, war ein Goldmedaillengewinner der Asienspiele und verdiente heute sein Geld als Trainer. Beim Eintritt in die Sporthalle blieb ich kurz stehen und begrüßte ihn mit einer Verbeugung, wie es das Zeremoniell des Taekwondo verlangte. Der Gruß ist nicht nur eine Bezeugung von Respekt, sondern auch ein Zeichen dafür, dass man alles aus dem normalen Leben zurückgelassen hat und sich voll auf den Sport konzentriert. Das Training begann wie immer mit den Grundtechniken, die Anfänger wie Träger der höchsten Dans immer wieder übten. Sie müssen mit Perfektion und völlig entspannt beherrscht werden. Die Entspannung ist wichtig, damit der Körper nicht zu schnell ermüdet und vor allem, damit die notwendige Schnelligkeit der Bewegungen entstehen kann. Erst beim Auftreffen auf ein Ziel in der jeweiligen Endphase einer Technik wird der Körper als Einheit angespannt, insbesondere die Bauchmuskulatur, und zwar nur für den Bruchteil einer Sekunde. Danach folgt die sofortige Entspannung der Muskulatur, um mit möglichst großer Schnelligkeit die nächste Technik vorzubereiten. Außer der Abfolge von Entspannung und Anspannung des ganzen Körpers ist es vor allem das Gleichgewicht, das mit Taekwondo einstudiert wird. Die vielen Fußtechniken verlangen, dass das Gleichgewicht auch bei schnellstem und stärkstem Einsatz gewahrt bleibt. Gleichgewicht bedeutet Übersicht. Der Verlust des Gleichgewichts und der Übersicht führt zu Fehlreaktionen und macht verwundbar.

Wir nahmen in Reih und Glied Aufstellung vor Pak Ricky. In der ersten Reihe standen die höchsten Gürtelgrade mit dem Höchstgraduierten auf der rechten Seite. Der äußerste rechte Platz war heute frei geblieben und mein üblicher Platz in der zweiten Reihe war belegt. Pak Ricky deutete mir kurz an, dass ich den freien Platz einnehmen sollte. Das war ein Geschenk zum letzten gemeinsamen Training. Nachdem ich den Platz eingenommen hatte, stellte sich Pak Ricky vor uns und nahm die Stellung ein, mit der jedes Training und jeder Kampf begann, die »Moa-sogi«, bei der die Füße auf kleinstmöglichem Raum stehen, so dass sich Zehen und Fersen berühren. Pak Ricky gab das Kommando »Charyot!«, worauf wir alle diese Konzentrations- und Grußstellung einnahmen. Es entstand eine Pause und leichte Unruhe, bis mir bewusst wurde, dass ich in meiner Funktion als erster der Schüler heute zu antworten hatte. »Sabomnim-kyongle«, rief ich mit fester Stimme den koreanischen Gruß für einen Großmeister. Es folgte der Aufruf verschiedener Grundstellungen. Dieser Trainingsabschnitt, der sich wie immer über eine halbe Stunde erstreckte, erscheint den meisten Anfängern so langweilig, dass sie sich schnell nach Sportarten mit mehr »Action« umsehen. Taekwondo erfordert Disziplin. Auch die nachfolgenden Übungen waren nichts anderes als der kontrollierte Ablauf immer gleicher Bewegungen. Wir stellten uns zu Paaren auf und begannen mit Armtechniken. Die erste Technik war die »Jumok-jirugis«, bei der mit den Fäusten kurze ansatzlose Schläge ausgeführt werden, bei denen nicht die ganze Faustfläche das Ziel trifft, sondern nur die Gelenkknöchel von Zeige- und Mittelfinger. Dadurch wird die Wirkung des Stoßes erheblich erhöht. Bei dem Schlag vollführt die Faust eine Drehbewegung. Weist die Innenhand zunächst nach oben, so deutet sie am Ende der Bewegung nach unten. Dieser Bohreffekt erhöht die Wirkung eines Stoßes. Bei allen Bewegungen im Taekwondo ist das plötzliche Abstoppen von großer Bedeutung. Die Faust stoppt etwa fünf bis zehn Zentimeter hinter der Aufschlagfläche. So wird die Geschwindigkeit des Stoßes optimal weitergeleitet. Der Körper des Angreifers ist nur in dieser Phase vom Zeitpunkt des Auftreffens bis zur Arretierung der Bewegung angespannt und wird dadurch zu einem Block. Beim Partnertraining werden die einzelnen Angriffstechniken dreimal wiederholt und vom Gegenüber durch Blocktechniken abgewehrt. Der letzten Abwehr folgt ein Konter mit einem Energie freisetzenden Kampfschrei, dem »Gihab«. Die nächste Phase des Trainings bestand aus Kampfsparring. Dabei kommen zuvor abgesprochene Techniken zur Anwendung. Für einen Außenstehenden sieht das Kampfsparring bereits wie eine wilde Prügelei aus, doch die Bewegungen folgen einer festen Choreographie, bei der nur leichter Körperkontakt erlaubt ist. Das Ende des Trainings bildeten wie immer die freien Kämpfe, zu denen wir unsere Schutzausrüstungen, bestehend aus Kopfschutz, Kampfweste, Unterarm- und Schienbeinschützer, anlegten. Die Kämpfer setzten sich in einem Rechteck auf den Hallenboden. An den vier Ecken nahmen die jeweiligen Punktrichter Platz. Die Übungskämpfe dauerten jeweils drei Minuten und nicht wie bei einem Wettkampf drei mal drei Minuten. Ich durfte als Erste antreten gegen eine junge Chinesin, die bereits mehrere nationale Meisterschaften gewonnen hatte. Wir nahmen in einer Entfernung von zwei Metern Aufstellung und verneigten uns kurz. Sie attackierte und ich wich zurück. Sie zielte mit einer Fußtechnik gegen meinen Kopf. Ich konnte die Attacke abblocken und konterte mit einem Körpertreffer. Surani, so hieß meine Partnerin, hatte den dritten Dan und ich hatte sie noch nie bezwungen. Als ich nach drei Minuten mit fünf zu vier Treffern zur Siegerin erklärt wurde, hatte ich den starken Verdacht, dass sie mich hatte gewinnen lassen. Auch die kurze Ansprache, die Pak Ricky zum Ende des Trainings hielt, war offenbar ein Abschiedsgeschenk für mich. Noch nie, so sagte er auf Indonesisch, habe er eine Schülerin gesehen, die in nur zwei Jahren den zweiten Dan erreicht habe. Die Gruppe sei traurig, mich zu verlieren und man wünsche mir eine gute Reise. Ich bedankte mich für die freundliche Aufnahme, den guten Unterricht und wünschte, wie es sich der alten javanischen Höflichkeit entsprechend für einen Abreisenden ziemte, den anderen ein gutes Zurückbleiben. Ich verneigte mich gegenüber dem Meister und der Gruppe. Das war das vorläufige Ende meines Taekwondo-Unterrichts. In Europa wäre man jetzt zusammen in eine Kneipe gegangen, aber in Indonesien wäre das nicht angebracht gewesen. Ich war für die Studentengruppe eine westliche Diplomatin und gehörte nicht dazu, auch wenn ich zwei Jahre mit ihnen trainiert hatte. Sie hatten mich als Sportlerin akzeptiert, doch die sozialen Schranken blieben erhalten. Sie würden in die Gemeinschaftsunterkünfte ihrer Wohnheime zurückkehren und ich in eine Villa in Menteng. Derlei soziale Unterschiede ließen sich nur schwer überwinden. Möglicherweise hatte ich nicht genug dafür getan.

Timo saß in der Lobby des Mandarin.

»Und, wie war's?«

»Sie haben mich zum Abschied gegen die nationale Taekwondo Meisterin gewinnen lassen.«

»Ein schönes Geschenk«, meinte Timo ironisch.

»Dass Ricky überhaupt daran gedacht hat, dass ich heute zum letzten Mal im Training war, hat mich schon gefreut. Und eine Rede hat er gehalten, die längste, die ich je von ihm gehört habe.« Ich ließ mich in einen der tiefen Sessel fallen.

»Und du?«

»Ich habe mich bei der Security-Firma umgehört, die den Zugang zur AMKU bewacht. Der Wachmann, der am Abend von Kranitz' Fenstersturz Dienst hatte, hat sich krank gemeldet, aber ich habe die Adresse. Morgen werde ich mal einen Krankenbesuch machen.« Timo schaute auf die Uhr. »Außerdem habe ich uns um 21 Uhr in den Hilton Apartments bei Wilhelm Kranitz angemeldet.«

»Wie bitte?«

»Seine Haushälterin hält dort nach wie vor die Stellung. Ich habe sie angerufen und gesagt, dass ich vorbeikommen will. Ich dachte, du hättest vielleicht Lust …«

»Was soll das?«

»Ich will mich mal umschauen. Das Büro ist ja anscheinend schon ausgeräumt. Da findet man nichts mehr, aber in seinem Apartment gibt es vielleicht noch Hinweise.«

»Was suchst du eigentlich?«

»Irgendeinen Hinweis auf krumme Geschäfte der AMKU, die beweisen, dass der Präsident oder seine Familie mit Hilfe einer der führenden deutschen Firmen in Indonesien einen größeren Geldbetrag außer Landes geschafft hat. Das wäre doch eine schöne Geschichte, oder?« Timo grinste mich spitzbübisch an.

Das Hilton ist ein ziemlich hässlicher Komplex aus vier grauen Betontürmen und einem dazwischen liegenden kleineren Gebäude, dem eigentlichen Hotel. In den Türmen befinden sich Apartments, die an Langzeitgäste vermietet sind. Darunter sind zahlreiche Geschäftsleute, die die zentrale Lage zu schätzen wissen. Durch einen unterirdischen Gang ist die Hotelanlage mit dem Messegelände verbunden. Der Komplex besitzt sogar eine eigene Autobahnauffahrt zur Flughafenautobahn und liegt neben dem großen Senayan Sportgelände an der *Sudirman*. Zentraler geht es nicht. Hier brauchte man sich, anders als bei der Anmietung eines Hauses, um nichts zu kümmern. Sicherheit, Personal, Freizeitmöglichkeiten – alles war im Preis inbegriffen. Zudem verfügt die Anlage über einen parkähnlichen Garten, den größten in der Megacity. Kranitz' Apartment war im 15. Stockwerk eines der Türme. Wir waren einer vom zentralen Hotelkomplex etwas wirren Ausschilderung gefolgt und ich hätte nicht mehr auf Anhieb sagen können, in welchem der Türme wir uns befanden. Der Aufzug trug uns in den 15. Stock. Von einem kleinen Flur gingen vier Türen ab. Timo klingelte zielsicher an der Tür des Apartments A 15-C. Eine ältere Indonesierin öffnete uns.

»Sie kommen von der Botschaft?«, fragte sie und ich ahnte, wie Timo sich bei ihr eingeführt hatte.

»Ja«, sagte ich und ergänzte »von der Konsularabteilung. Wir haben noch einige Fragen, was den Tod von Herrn Kranitz betrifft.«

Die Indonesierin, die sich als Ibu Sally vorgestellt hatte, bat uns herein. Sie führte uns in ein Wohnzimmer mit Blick über das Senayan-Stadion. Jetzt wusste ich endlich wieder, wo ich war und fühlte mich sofort sicherer. Die Frau fragte uns, ob wir ein Glas Wasser zu trinken wünschten. Wir bejahten und sie verschwand in der Küche. Ich ließ mich in einen Ledersessel fallen und Timo humpelte durch das Wohnzimmer. Auf dem Parkettfußboden lagen teure Teppiche, die wenigen Möbel zeigten gediegenen Geschmack. Die Stücke stammten samt und sonders aus einer Zeit, als es den Staat Indonesien noch nicht gegeben hatte und der Archipel noch unter dem kolonialen Namen »Niederländisch-Indien« bekannt war. Timo blieb vor einem Foto stehen, das auf einem Mahagonischrank mit Ebenholzintarsien stand. Es zeigte zwei Frauen, die unschwer als Mutter und Tochter zu erkennen waren. Ibu Sally kam mit zwei Gläsern Wasser zurück und setzte sich auf die Kante der Couch, so als gehöre es sich nicht für Dienstpersonal, dort Platz zu nehmen.

»Das ist Mrs. Kranitz und ihre Tochter. Sie war eine gute Frau. Sie können mir glauben, ich bin schon seit über zehn Jahren bei den Kranitz'. Mr. Kranitz ist einfach nicht darüber hinweggekommen. Deshalb hat er seinem Leben ein Ende gesetzt.«

»Woher wissen Sie das?«, fragte Timo überrascht.

»Mr. Kranitz war sehr traurig seitdem er seine Frau verloren hatte. Dann kamen im August wieder die Schmerzen dazu. Und er hat sich so um Katrin gesorgt. Pak Somarsono war gestern hier. Er hat mir von dem Selbstmord erzählt und mich gebeten zunächst weiter hier zu bleiben, bis geklärt ist, was mit den persönlichen Sachen geschehen soll.«

»Hat Mr. Kranitz so etwas wie einen Abschiedsbrief hinterlassen?«

»Danach hat auch schon Pak Somarsono gesucht und obwohl er das Büro auf den Kopf gestellt hat, hat er nichts dergleichen gefunden.«

Timo schaute mich vielsagend an.

»Wir würden auch gerne einmal einen Blick in das Büro werfen.«

»Bitte kommen Sie.«

Das Büro war ein kleines Zimmer, dessen Fenster auf das Messegelände hinausgingen. Auf dem antiken Schreibtisch stand ein einziges Foto. Es handelte sich um einen weiteren Abzug des Fotos, das wir auch schon im Wohnzimmer gesehen hatten: Miriam Kranitz vor dem Hintergrund eines weißen Strandes mit türkisfarbenem Wasser an einem Gartentisch sitzend und ihre Tochter, die ihr über die Schulter blickt und leicht die Wange an die ihrer Mutter drückt. Beide Frauen strahlen in die Kamera. Zur Rechten des Schreibtisches war ein Regal mit Aktenordnern. Timo schaute sich um.

»Hier finden wir nichts. Das scheinen alles private Unterlagen zu sein. Außerdem war Somarsono schon hier«, sagte er enttäuscht.

Ich holte einen der Ordner aus dem Regal, ohne mich weiter um die Anwesenheit der Haushälterin zu kümmern.

»Ein Aktiendepot, schau mal.«

Timo überflog die Unterlagen.

»Nicht schlecht, zumindest, was die europäischen Werte betrifft. Eine Mischung aus konservativen Papieren und neuem Markt.«

Timo blätterte weiter.

»Alles verkauft. Schau mal. Vor zwei Monaten hat er eine Verkaufsorder gegeben – und zwar für das gesamte Depot. Sogar den neuen Markt. Mitten in einem sagenhaften Aufschwung verkauft der Mann Aktien im Wert von über 200.000 Mark.«

»Vielleicht hat er Geld gebraucht.«

»Es sieht fast so aus.«

Timo stellte den Ordner zurück und zog einen mit der Aufschrift »Katrin I« aus dem Regal. Es handelte sich um medizinische Gutachten, die nach den schweren Verletzungen erstellt worden waren, die Katrin auf Lombok erlitten hatte. St. Anns Hospital Singapore tauchte immer wieder auf. Röntgenaufnahmen, auf denen selbst für einen Laien ein Schädelbruch im Bereich der rechten Stirn erkennbar war. Ein zweiter Aktenordner war ebenfalls mit Diagnosen und Ähnlichem gefüllt. Diesmal stammten sie aus einem Hamburger Krankenhaus und einem Pflegeheim, dem Sankt Josefs-Stift. Mehrmals blieb ich an dem Begriff »irreversibel« hängen. Ein dritter Ordner war mit Krankenhausrechnungen gefüllt. Gleich die erste Rechnung des Krankenhauses in Singapur zeigte einen Betrag von 15.700 USDollar.

»Vielleicht findet sich hier die Erklärung für den Aktienverkauf«, sagte ich und hielt Timo den Ordner unter die Nase.

»Das sollte ja wohl von einer Versicherung übernommen werden.«

»Überprüf es doch einfach mal.« Timo zog einen Ordner mit der Aufschrift »Versicherungen« aus dem

Regal. Ich setzte mich in einen Planters chair, einen großen Korbsessel mit breiten ausklappbaren Armlehnen, auf denen man Teetassen und Ähnliches abstellen konnte.

»Kann ich Ihnen noch etwas anbieten?«, fragte die Haushälterin.

»Vielleicht einen Tee«, erwiderte Timo und die Frau verschwand.

Während ich die Rechnungen sichtete, vertiefte sich Timo in den Aktenordner, der den Schriftverkehr mit der Versicherung enthielt.

»Allein bis August beliefen sich die Kosten für die Behandlung auf über 100.000 Mark.«

»Und seine Versicherung hat nicht gezahlt. Hier, schau mal.« Er hielt mir den aufgeschlagenen Leitz-Ordner entgegen.

»Seit Beginn ihres Studiums im Oktober 1998 war sie nicht mehr bei ihren Eltern mitversichert.«

»Ich musste zu meiner Zeit noch bei jeder Einschreibung einen Versicherungsschein vorlegen.«

»Katrin Kranitz hat in Boston studiert.« Timo blätterte weiter durch den Aktenordner. »Kranitz hat dann anscheinend noch einen Rechtsanwalt eingeschaltet, der ihm von einer Klage abgeraten hat. Da war wohl nichts zu machen.

Im August hat er dann den Platz in dem Hamburger Pflegeheim zum Jahresende gekündigt. Und das letzte Schreiben in diesem Ordner ist mal gerade drei Tage alt. Er hat die Kündigung zurückgezogen und den Pflegeplatz unbefristet verlängert«, sagte er erstaunt.

»Dazwischen lag der Verkauf der Aktien.«

»Das mag sein, erklärt aber nicht die Abmeldung und Wiederanmeldung in dem Pflegeheim. Erstens konnte er den Wert der Aktien auch schon im August berechnen, das Geld wäre ja schnell verfügbar gewesen. Und zweitens konnte er mit dem Erlös von gut 200.000 Mark das Pflegeheim auch nur mal eben für circa zwei Jahre bezahlen.«

In diesem Augenblick klingelte mein Handy. Ich zog den Nokia-Communicator aus der Handtasche und schaute auf das Display. Dort leuchtete meine eigene Telefonnummer auf. Ein Anruf von zu Hause um diese Zeit konnte nur eins bedeuten. Ich drückte die grüne Taste zur Annahme des Anrufs und sagte kurz »ja?«.

»Hannah kriegt keine Luft mehr«, hörte ich Kims Stimme.

»Hat sie Sultanol genommen?«

»Ja, schon vor zehn Minuten, aber es wird nicht besser.«

»Gib ihr eine Euphyllin-Tablette. Ich komme so schnell ich kann.« Ich steckte das Handy in die Handtasche.

»Hannah?«, fragte Timo.

»Ja, komm lass uns verschwinden, ich habe schon die ganze Zeit ein schlechtes Gefühl. Wenn das jemand rausbekommt, dass ich hier in den privaten Unterlagen von Kranitz rumschnüffle, hängt mir Schenk noch ein Disziplinarverfahren an den Hals.« Wir stellten die Akten in das Regal zurück und verabschiedeten uns von Ibu Sally.

»Aber Ihr Tee …«

»Danke, sehr freundlich, aber es ist schon spät.«

Ich setzte Timo am Mandarin ab und fuhr mit quietschenden Reifen los. Noch drei Tage musste ich in diesem Mief überstehen. Statt mich um meine Kinder zu kümmern, spielte ich Privatdetektiv in einer

Sache, die mich nichts anging. Ich musste verrückt sein. Kim kam mir schon im Hof entgegen, als ich aus dem Auto stieg.

»Es wirkt, keine Sorge. Es geht ihr schon besser.« Ich atmete auf. Dennoch lief ich sofort ins Kinderzimmer. Hannah schlief und atmete schwer aber gleichmäßig. Ich setzte mich zu ihr und streichelte über ihre langen blonden Haare. Auf dem Nachttisch lagen die Asthma-Tabletten und ein Notset mit einer Cortison-Ampulle und einer Spritze. Schon mehrfach hatte ich zu diesem Mittel greifen müssen. Bei der ersten Spritze wäre ich fast in Panik geraten. Die kleine Hannah nach Luft japsend, meine Unerfahrenheit, ihre Angst vor einer Spritze. Es war fast, als hätte sich ihre Angst auf mich übertragen. Ich hatte einen Schweißausbruch bekommen und hätte am liebsten nur noch um Hilfe geschrien und den Notarzt angerufen, aber den gab es hier nicht. Geholfen hatte mir damals eine Konzentrationsübung, die ich beim autogenen Training erlernt und vor schwierigen Kämpfen angewendet hatte, um Ängste und Zweifel abzubauen. »Du bist der Aufgabe gewachsen«, so hieß das Ziel dieser Übung. So hatte ich es damals geschafft der nach Luft ringenden Hannah die rettende Cortison-Spritze zu verpassen und war dabei sogar einigermaßen ruhig geblieben.

Ich legte mich neben meine Tochter, horchte auf ihren Atem und schlief irgendwann ein.

5

Mittwoch, 13. Oktober 1999.

Kleider, Geschirr, Gläser, Besteck, Bücher – alles war bereits aus den Schränken geräumt, in Papier eingeschlagen und in Umzugskisten verpackt, die sich in der Eingangshalle bis unter die Decke türmten. Heute würden die restlichen Kleinteile verpackt werden und morgen die Schränke, die Kinderzimmer und mein Schlafzimmer.

»Ihr müsst euch heute ein paar Kleinigkeiten zur Seite legen, die ihr besonders gerne habt. Die kommen dann in das unbegleitete Fluggepäck. Das bekommen wir dann in der nächsten Woche schon. Der Rest kommt in einen Container und der braucht vier Wochen, bis er in Deutschland ist.«

»Die Ritterburg«, sagte Leo knapp und löffelte seinen Brei weiter.

»Zu groß. Wir haben nur drei Seekisten und ich hab schon eine ganze Reihe von Kleidungsstücken beiseite gelegt, die wir in Deutschland brauchen, da wird es nämlich jetzt bald kalt. Außerdem haben wir ab morgen kein Bett mehr. Wir behalten nur drei Isomatten und drei Schlafsäcke. Die müssen dann zum Schluss auch noch eingepackt werden. Ich dachte eher an den Gameboy und Ähnliches.«

Leo schaute mich verständnislos an. »Den Gameboy sowieso.« Wie hätte jemand annehmen können, er ginge irgendwo ohne seinen Gameboy hin.

»Vergesst bitte nicht, euch von allen Schulfreunden die Adressen geben zu lassen, damit wir ihnen schreiben können.«

»Ja, und besuchen.« Hannah sah mich fordernd an.

»Ja, natürlich.«

»Ich will in den Sommerferien auf jeden Fall zu Mary-Ann. Das habe ich gestern schon mit ihr verabredet.«

»Na schön. Vielleicht kommt sie ja auch mal zu uns, wegen der Barbies, du weißt schon.«

»Das glaube ich nicht. Jakarta ist einfach besser.«

»Warum?«

Hannah schaffte es, mir in der nächsten halben Stunde auf dem Weg zur Schule etwa hundert Gründe zu nennen, warum Jakarta der beste Platz auf Erden sei. Ich dachte an Hannah. Ihren Asthmaanfall von gestern schien sie schon wieder vergessen zu haben. Noch zwei Tage.

Als Erstes ging ich an diesem Morgen zu Dr. Schrot. Er war der Regionalarzt des Auswärtigen Amtes und hatte seine Praxis und sein Büro im sechsten Stock der Botschaft. Er war zuständig für ganz Südostasien und häufig auf Reisen. Schrot war Mitte fünfzig, hatte eine Glatze und schwitzte ständig. Ich hatte ihn selbst in Räumen, die von Klimaanlagen auf Kühlschrankniveau abgekühlt waren nie anders als mit einem Taschentuch in der Hand gesehen, mit dem er sich in regelmäßigen Abständen über Stirn und Nacken fuhr.

»Ich brauche noch eine Packung Euphyllin, bis ich in Deutschland bin.«

»Hat Hannah wieder einen Anfall gehabt?«

»Ja, gestern Abend. Aber zum Glück haben die Medikamente gewirkt.«

»Schrot griff zu einem Rezept, besann sich dann aber eines Besseren, ging zu einem Medikamentenschrank und fand nach einigem Suchen eine Schachtel des Medikaments.«

»Ich habe noch eine Packung da. Die können Sie mitnehmen.«

»In Deutschland werde ich es hoffentlich nicht mehr brauchen.«

»Seien Sie da nicht so sicher. Sie wissen, ich bezweifle, dass Asthma unbedingt etwas mit der Luftverschmutzung hier zu tun haben muss. Das kann ganz andere Ursachen haben, von angeborenen Veranlagungen bis hin zu psychosomatischen Störungen. Das werden Ihnen alle Fachleute bestätigen.«

»Das mag sein, aber in Hannahs Fall ist der Zusammenhang zwischen den Anfällen und dem Aufenthalt in dieser Stadt so ausgeprägt, dass ich an eine andere Möglichkeit nicht glauben kann.«

»Hoffentlich haben Sie Recht, dann ist sie es ja bald los. Das bedeutet dann aber, dass ein großer Teil der weltweiten Einsatzorte für Sie nicht mehr in Frage kommt. Ich komme gerade von einer Rundreise durch die Region zurück. Bangkok, Manila, Hanoi, Kuala Lumpur – da ist es auch nicht besser als hier. Bangkok ist wahrscheinlich sogar noch schlimmer. Wissen Sie, was da momentan der große Renner ist?«, Schrot tupfte sich den Schweiß von der Stirn. »Autofernseher. Ist das nicht großartig? Der durchschnittliche Bangkoker Autofahrer verbringt täglich mehrere Stunden im Stau. Was liegt da näher, als den Wagen zu einer Art Wohnzimmer mit TV umzubauen. Ich warte nur noch, bis sie mit einer autotauglichen Miniküche auf den Markt kommen. Die ganze Stadt ein stinkender Stau und natürlich stellt keiner den Motor ab, weil dann die Klimaanlage nicht mehr funktioniert. Bleifreies Benzin – Fehlanzeige.«

Bevor Schrot sich weiter in Rage reden konnte unterbrach ich ihn.

»Herr Schrot, was sagen Sie dazu, dass sich Dr. Kranitz das Leben genommen hat?«

»Da könnte ich mit der makabren Feststellung antworten, dass es da nicht mehr viel zu nehmen gab. Kranitz hatte Magenkrebs und obwohl ich ihm dazu geraten habe, sich in Deutschland einer Behandlung zu unterziehen, war ich doch eher skeptisch, ob das überhaupt noch etwas bringen würde.«

»Wusste er, wie es um ihn stand?«

»Ja sicher, so einem Mann können sie das nicht verheimlichen. Das wäre unmöglich gewesen und unfair noch dazu. Unmöglich, weil er von seiner Krankheit wusste, nachdem ihm vor einem Jahr schon einmal ein Karzinom entfernt worden war. Als jetzt im Sommer die gleichen Beschwerden wie damals einsetzten, war ihm klar, was da in seinem Magen passierte. Als ich ihm den Befund einer Magenspiegelung eröffnen wollte, fragte er mich nur ›Wie lange habe ich noch?‹. Unfair wäre es gewesen, weil ich ihm die Möglichkeit geben musste, seine Sachen zu regeln. Sie haben vielleicht von seiner Tochter gehört.«

Ich nickte.

»Das Mädchen ist pflegebedürftig für den Rest ihres Lebens. Kranitz' Sorge galt allein seiner Tochter. Das war es, was ihn umtrieb. Also habe ich ihm gesagt, dass er noch ein paar Monate habe. Sicher kann man natürlich nie sein, aber bei seinem schlechten körperlichen Zustand, einem faustgroßen Tumor im Bauch, da ging es eher um Wochen als um Monate.«

»Ist so etwas nicht sehr schmerzhaft?«

»Ohne Morphium hätte er es sicher nicht ertragen können. Schade um den Mann.«

Ich stand auf.

»Ich gehe doch davon aus, dass Sie morgen Abend zu dem kleinen Empfang zu meiner Verabschiedung kommen?«

»Aber gewiss, Frau Dr. Valentin.«

Schrot war wieder einmal die Höflichkeit in Person. Damit kompensierte er möglicherweise den schlechten Ruf, den er bei nahezu all meinen Kollegen genoss. War früher noch jeder Botschaftsangestellte oder Familienangehörige, der mehr als einen leichten Schnupfen hatte, nach Singapur zur Behandlung geschickt worden, so waren heute die begehrten Tickets selbst bei mittleren Eingriffen kaum mehr zu bekommen. Das Auswärtige Amt musste sparen und Schrot sollte seinen Teil dazu beisteuern. Unter meinen Kollegen hatte sich deshalb die Meinung durchgesetzt, man müsse den Kopf schon unter dem Arm tragen, damit Dr. Schrot eine Behandlung außerhalb Indonesiens empfehle.

In mein Büro ging ich heute nur, um Frau Puffendorf zu sagen, dass ich mit meinem Umzug beschäftigt sei und erst am Nachmittag noch mal reinschauen würde. In dringenden Fällen sei ich über Handy zu erreichen.

Marani saß über einem Stapel indonesischer Zeitungen.

»Und, gibt's was Neues zur deutsch-indonesischen Freundschaft und der gestrigen Pressekonferenz?«, fragte ich.

»Einige kleinere Artikel spekulieren über Verhandlungen zwischen Deutschland und Indonesien zum Ankauf von Kriegsschiffen. August Sitambul hat einen längeren Artikel in der ›Suara‹ und fragt, ob es der richtige Zeitpunkt sei, um über Schiffe für die Marine zu verhandeln.«

Ich bat Marani, Übersetzungen für Schenk anzufertigen.

Dann rief ich Mattis Kamp an, um ihm mitzuteilen, dass ich heute nicht im Hause sei. Er war mein Vertreter und würde sowieso die nächsten Monate meine Arbeit zu erledigen haben.

»Wenn du wenigstens einen Tee mit uns trinken würdest. Der Gerd bringt eine Schokotorte mit und Hinrich kommt auch«, sagte Nerlinger, der bei dem Telefonat neben mir stand.

»Heute kann ich leider nicht. Bei mir zu Hause geht es drunter und drüber. Morgen früh bin ich wieder dabei und ich bringe was mit. Du kannst den anderen schon mal Bescheid sagen, dass morgen die letzte Teestunde mit Charlotte ist.« Auf dem Weg aus der Botschaft schaute ich noch kurz bei unserem Dolmetscher herein. Er war einer der besten Kenner Jakartas und ich brauchte seine Hilfe.

Timo stand vor dem überdachten Eingangsbereich des Mandarin, als ich mit dem Wagen vorfuhr. Er stieg zu mir ins Fond und drückte mir einen Kuss auf die Wange.

»Wie geht es Hannah?«

»Sie ist wieder okay. Es war nur ein leichter Anfall.«

»Welch ein schöner Morgen: 35 Grad Celsius, eine Luftfeuchtigkeit wie in einem türkischen Dampfbad, milchiger Himmel, die Sonne ist nur als heller Fleck durch den Smog zu erkennen und in der Luft liegt der Duft von Abgasen und stinkenden Müllfeuern und ich bin mit dir auf dem Weg zu einem der Traumziele in Asien. Weiß dein Fahrer, wo wir hinmüssen?«

»Ich habe ihm heute Morgen gesagt, wir fahren nach Teluk Utara. Ich nehme an, er hat sich inzwischen umgehört, wo das ist.«

»Frag ihn doch mal.«

»Unsinn. Wenn ich ihn frage, ob er weiß wo Teluk Utara ist, wird er natürlich mit »ja« antworten. Ein Fahrer wird niemals zugeben, dass er ein Ziel nicht kennt. Das würde gegen seine Ehre verstoßen.«

»Also lassen wir uns überraschen.«

»Nicht ganz, ich habe natürlich auch meine Erkundigungen eingezogen.«

Ich schlug einen Stadtplan auf.

»Teluk Utara ist ein *Kampung* an der nördlichen Spitze eines Viertels zwischen zwei Kanälen im Nordwesten Jakartas. Ungefähr da, wo die Flughafenautobahn nach Westen abknickt. Die Gegend ist anscheinend zur Regenzeit regelmäßig überschwemmt. Die Leute arbeiten, wenn überhaupt, dann auf den Garnelenfarmen an der Küste oder als Tagelöhner auf dem Bau oder im Hafen, aber da gibt es derzeit keine Arbeit mehr.«

»Mein Gott, woher weißt du das denn alles.«

»Jagakarsa, der Dolmetscher, kennt jeden Fleck in der Stadt. Da, wo wir hinfahren wollten, sei es nicht sehr angenehm, hat er gesagt. ›Nicht sehr angenehm‹ ist die abfälligste Bezeichnung zu der ein Javaner in der Lage ist. Wahrscheinlich handelt es sich um ein Slum.«

Mumu hatte sich tatsächlich schlau gemacht. Er fuhr beim Hilton auf die Flughafenautobahn Richtung Norden und bog in Grogol wieder ab. Im Schritttempo ging es weiter nach Westen. Die Straße war gesäumt von Läden, die allesamt Autoersatzteile anboten und kleinere Reparaturen ausführten. Bei den Läden handelte es sich um einfache Bretterverschläge, die – so schien es – jeweils nur einige wenige Produkte anboten. Einige der Läden waren hinter Reifen und Felgen kaum zu erkennen, andere verschwanden hinter einem Sortiment von Auspuffanlagen. Männer saßen am Straßenrand in einer für Südostasien typischen Hockstellung, die gewöhnlichen Europäern schon beim Hinschauen die Beine einschlafen lässt. Die Reparaturen wurden auf der Straße durchgeführt. Das war der Grund für den Stau. Immer wieder musste Mumu anhalten, um entgegenkommende Fahrzeuge passieren zu lassen. Dazwischen boten Kinder den genervten Fahrern Zigaretten und Plastikbecher mit Wasser oder Kaffee an. Nach zehn Minuten hielt Mumu kurz an und fragte einen Mann, der über die geöffnete Motorhaube eines japanischen Wagens gebeugt war, nach dem Weg. Ein Redeschwall strömte auf uns ein. Mumu nickte mehrfach. An der nächsten Kreuzung bog er nach rechts ab. Die Straße wurde zur Gasse. Mumu hatte das Fenster heruntergelassen, weil das Vorankommen hier nur noch mit Zurufen und Handzeichen möglich war. Vor dem Wagen liefen drei Halbwüchsige her, die uns einen Weg durch das Chaos bahnten. Ohne diese Verkehrsregelung auf privater

Basis ging an vielen Stellen in Jakarta nichts. Fahrradrikschas wurden an den Straßenrand gewiesen und Lastenträger verscheucht. Mumu klappte den Außenspiegel ein, um zwischen einem parkenden Minivan und einer am Straßenrand aufgebauten mobilen Garküche vorbeizukommen. Der Duft gebratener Saté-Spieße erfüllte den Wagen. Wir erreichten eine weitere Kreuzung. Mumu hielt an und schaute sich um. Dann fragte er erneut einen Passanten und wandte sich schließlich an mich. Hier fange jetzt der *Kampung* an und es sei wohl besser, wenn er nicht in die schmalen Gassen hineinfahre. Vielleicht sollten wir uns eine Fahrradrikscha nehmen. Ich kramte einen Kompass aus dem Handschuhfach und stieg aus.

»Vielleicht sollten wir Mumu als Dolmetscher mitnehmen«, schlug Timo vor.

»Kein Mensch würde auf die Idee kommen in dieser Gegend ein Auto ohne Fahrer abzustellen. Da merkt man wieder, dass du in Singapur lebst. Außerdem ist mein Indonesisch gut genug für das, was wir vorhaben.«

Kampung hieß auf Indonesisch eigentlich Dorf, war aber auch zu einer Bezeichnung für die ärmlichen Wohnviertel geworden, die in Jakarta zwischen den Geschäftsvierteln und Apartmentblöcken jeden Quadratzentimeter freien Raumes füllten und am Rande dieses wuchernden städtischen Geschwürs entstanden, um den landflüchtigen Indonesiern Unterkunft zu bieten. Der Kampung Teluk war eine solche Wucherung. Unter normalen Umständen wäre wohl niemand auf die Idee gekommen, zwischen zwei Kanälen, die regelmäßig während der Monsunregenfälle im April und Mai über ihre Ufer traten, eine Siedlung zu errichten. Aber was waren schon normale Umstände für Menschen, für die jeder Tag ein Kampf gegen Hunger und Armut war. Was machte es schon, wenn die Gegend hier zwei Monate im Jahr unter Wasser stand oder im Matsch versank. An zehn Monaten hatte man ein Dach über dem Kopf, ein Zuhause.

Timo humpelte neben mir her durch die Gassen des Kampungs. Eine Fahrradrikscha hatte er abgelehnt. Unter seinen Achselhöhlen und entlang der Wirbelsäule zeigten sich große feuchte Flecken auf seinem blauen Hemd. Hinter uns lief eine Schar von Kindern, die lachend immer wieder nach »Chewinggum« und »Bani« fragten. »Bani« heißt Geld und in Indonesien kann man kaum einen Schritt machen, ohne dass irgendwoher ein »Hello Madam« oder »Hello Mister« gerufen wird, meist noch verbunden mit dem Betteln um Kaugummis, Bonbons oder Geld. Eine meiner Hosentaschen hatte ich immer für kleine Münzen reserviert, die ich zu bestimmten Gelegenheiten verschenken konnte. Hier war es allerdings nicht angebracht. Die Schar der Bittsteller wäre dann um ein Vielfaches gewachsen. Ein circa zehnjähriger Junge hatte sich zu unserem Führer aufgeschwungen. Der Junge hatte intelligente Augen und ein gewinnendes Lächeln, war sehr mager und auf dem Rücken der linken Hand hatte er ein offenes Geschwür von der Größe eines Markstücks. Irgendwo hatte er ein passables Englisch aufgeschnappt. »Where are you going?«, hieß sein Zauberspruch, mit dem er die Unterhaltung begann und sich von den anderen abhob, die nur »Chewinggum« und »Bani« sagten. Ich erklärte ihm, dass wir einen Mann in Teluk Utara besuchen wollten, der als Satpam arbeite.

»I know, I show you«, wiederholte er freudestrahlend mehrmals und lief vor uns her, drehte sich immer wieder um und machte Scherze mit den Kindern, die uns folgten wie der Schweif einem Kometen. »Stupid kids, you know«, sagte er dann zu uns. Inzwischen hatte er sich als »Paul« vorgestellt und auch unsere Namen erfragt, was anscheinend für Vertraulichkeiten auszureichen schien. Er deutete auf Timos Bein »Bad leg, he?«, meinte er und imitierte Timos Humpeln. Die Kinder lachten. »Better no walk.« Auf die Frage, wie weit es sei, hatte er vor zehn Minuten geantwortet: »five minutes«. Bei dieser Zeitangabe blieb es auch nach einer Viertelstunde noch. Inzwischen hatten wir einen der Kanäle erreicht. Das Wasser schien zu stehen und war mit einer dicken Kruste von Müll bedeckt. Es stank bestialisch. Hölzerne Verschläge, vorwiegend mit Wellblech überdacht oder auch nur mit Plastikplanen,waren auf Stelzen bis in das Wasser der Kloake gebaut. Unser Führer wechselte mehrmals ein paar Worte mit Anwohnern. Ich verstand nur das Wort »Satpam«. Schließlich, wir waren inzwischen fast zwanzig Minuten durch die engen Gassen des Kampungs gegangen, deutete er auf eine Hütte »The big house«.

Das große Haus war das einzige in der Straße, das auf steinernen Säulen und nicht auf wackligen Holzkonstruktionen stand. Eine Holztreppe führte auf eine Terrasse, die sich über die gesamte Breite der Hütte erstreckte. Hier saß ein älterer Mann auf der Erde und rauchte Kretek, die indonesischen Nelkenzigaretten. Er trug einen Sarong, ein traditionelles Beinkleid, das wie ein Wickelrock um die Taille gebunden wird, und ein ehemals weißes Hemd. Von der Schulterklappe zur Brusttasche verlief eine schwarze, geflochtene Schnur, an der bei allen Satpams eine Trillerpfeife hing, das einzige Hilfsmittel der Wachmänner. Über der Brusttasche war der Name des Mannes eingenäht: R.C. Setiabudi. Paul übernahm die Vorstellung. Ich bedankte mich bei ihm und fragte den Mann mit höflicher indonesischer Anrede, ob er der Wachmann Setiabudi sei, der bei der AMKU arbeite. Setiabudi nickte. Ob er uns ein paar Fragen beantworten könne, wollte ich wissen, und Setiabudi bat uns zu sich hinauf. Der Mann war klein und hager und mochte an die sechzig Jahre alt sein. Er stand auf und ging in die Hütte, die aus nur einem einzigen Raum bestand und bedeutete uns, ihm zu folgen. Die Tür war gleichzeitig die einzige Lichtquelle. Als sich die Augen an das Dämmerlicht gewöhnt hatten, sah ich auf einer Bastmatte eine alte Frau auf dem Boden der Hütte liegen. Sie drehte uns den Rücken zu und bewegte sich nicht. In einer Ecke lagen Kochutensilien auf der Erde, ein verbeulter Blechtopf, ein Stein und ein Mörser, Teller, ebenfalls aus Blech, ein Glas mit der Aufschrift »Beck's«. Der Mann schob mir einen dreibeinigen Schemel entgegen, das einzige Möbelstück in der Behausung. Dann setzte er sich und wartete ab. Timo setzte sich ebenfalls auf den Boden und ich nahm den Schemel an. Timo erklärte, dass wir von der deutschen Botschaft kämen und ihn gerne fragen möchten, wer am Sonntagabend zuletzt bei »Pak Kranitz« gewesen sei. Setiabudi lächelte und sagte, dass er leider kein Englisch spreche. Ich wiederholte die Frage auf Indonesisch. Unser Gastgeber lächelte weiter und erklärte, dass er zum Zeitpunkt des tragischen Unfalls von Pak Kranitz im Waschraum gewesen sei. Er habe sich an diesem Tag nicht wohl gefühlt. Ich schaute Timo an.

»Biete ihm Geld«, schlug ich vor.

Timo holte ein Bündel Dollarnoten aus der Hosentasche. Das Geld wurde mit einer Krawattennadel zusammengehalten. Timo zählte fünf Zehndollarscheine ab und legte sie vor den Mann. Der Wächter schaute gierig auf das Geld, lächelte und sagte, dass er eine kranke Mutter zu versorgen habe, wobei er auf die Frau deutete, die auf der Bastmatte lag. Seine Söhne und Schwiegersöhne seien allesamt ohne Arbeit und er versorge die ganze Familie. Ich übersetzte für Timo, der fünf weitere Scheine abzählte. Setiabudi zögerte. Er schien zu überlegen, ob er hoch genug gepokert hatte. Timo legte zwei weitere Scheine dazu und gab dem Wachmann zu verstehen, dass nun das Ende der Fahnenstange erreicht sei. Setiabudi nahm die Geldscheine an sich. Pak Hartono sei am Sonntagabend in den Räumen der AMKU gewesen. Hartono der Fußballmanager.

Ob er alleine gewesen sei, wollte ich wissen. In Begleitung von zwei Mann sei Hartono gewesen. Nicht länger als 20 Minuten sei er bei Pak Kranitz gewesen, doch der sei womöglich schon vorher aus dem Fenster gesprungen. An die genaue Uhrzeit könne er sich nicht erinnern. Ich schaute Timo an.

»Das genügt, lass uns gehen.«

Als ich vor die Tür in das gleißende Licht der Sonne trat, wagte ich es zum ersten Mal wieder, richtig durchzuatmen. Was ich vorhin als üblen Gestank empfunden hatte, erschien mir nun im Vergleich zu dem süßlichen Geruch in Setiabudis Hütte wie frische Luft. Vor der Hütte lagerten noch immer mindestens 20 Kinder und kaum war ich vor die Tür getreten, erhob sich vielstimmig wieder die Forderung nach Chewinggum und Bani. Paul strahlte uns an. Natürlich würde er uns zurückführen und durfte dafür zu Recht einen ordentlichen Lohn erwarten. Ich schaute mich um und sah ein paar Hütten weiter zwei Männer im Schatten lehnen, die in den Slum passten, wie Suharto in eine Mitgliederversammlung von amnesty international. Beide trugen sandfarbene Bundfaltenhosen, ein weißes Hemd, schwarze Halbschuhe und Sonnenbrillen. Beide hatten die Statur von Bodybuildern. Einer der beiden hatte ein Handy am Ohr und schaute beim Telefonieren in unsere Richtung.

»Hast du die beiden Schläger gesehen?«, wollte Timo wissen. Ich nickte. Paul übernahm die Führung und wir gingen zurück. Als wir abbogen, wagte ich einen kurzen Blick zurück. Die beiden Männer lehnten noch immer an einer der Hütten. Das schien beruhigend, aber ich hatte mich zu früh gefreut. Wenige Meter weiter bogen wir in eine Gasse ein, von der ich nicht sicher war, ob wir auch auf dem Hinweg hier vorbeigekommen waren. Zehn Meter vor uns standen zwei Männer im gleichen Aufzug wie die beiden vor Setiabudis Hütte – mit einem Unterschied. Diese beiden hatten Baseballschläger dabei und ich war mir ziemlich sicher, dass sie nicht zum Baseballspielen in den Kampung gekommen waren. Ich schaute mich um und musste feststellen, dass hinter uns zwei weitere Liebhaber dieses amerikanischen Ballsports aufgetaucht waren. Timo blieb stehen.

»Scheiße, was jetzt?«

Zeit zum Überlegen hatten wir keine.

»Da müssen wir durch«, sagte ich und ging vor. Paul sah mich fragend an. Ich deutete ihm mit einer Kopfbewegung an, dass er verschwinden solle. Dann ging ich weiter. Die beiden Männer hatten sich jetzt mitten in der Gasse aufgebaut. Es gab kein Entrinnen. Ich spürte das Adrenalin in meinen Adern und während ich langsam auf die beiden Männer zuging, versuchte ich mir eine Taktik zu überlegen, Chancen auszurechnen, die Angst und Nervosität zu besiegen und mich zu entspannen. Zwei Meter vor den beiden Männern blieb ich stehen. Sie waren mittelgroß und muskulös, grinsten und der eine ließ den Baseballschläger in seine Hand klatschen. »Naranhi-sogi« – Parallelstellung der Füße – Konzentration und Entspannung. Meine Reichweite gegen die Baseballschläger war für eine Armtechnik zu kurz. Ein »Ap-chagi« schien mir am Vielversprechendsten. Ich riss das Knie hoch, streckte das Schienbein und den Fuß. Trefferfläche ist der Fußballen. Noch bevor der Mann ausweichen konnte, hatte ich ihn am Kinn erwischt. Der Baseballspieler wurde nach hinten geschleudert und schlug auf den Sand der Straße, ohne auch nur eine Bewegung zu machen, um sich abzufangen. Die Überraschung war mein Vorteil. Den heransausenden Baseballschläger des verbliebenen Bösewichts konnte ich mit einem Handkantenblock meiner linken Hand an meinem Körper vorbei führen. Meine rechte Hand bohrte sich flach ausgestreckt und mit leicht gekrümmtem Mittelfinger in den Solarplexus des Mannes, der zusammenklappte und langsam zur Seite fiel. Das Ganze hatte vielleicht drei Sekunden gedauert. Ich schaute zu Timo und setzte mich in Bewegung. Die beiden Schläger hinter uns waren aufgerückt, folgten uns im Laufschritt und aus einer Seitengasse weiter hinten kamen zwei weitere Männer dazu. Das Wegrennen war keine Lösung, sondern allenfalls ein Mittel, um Zeit zu gewinnen. Timo war nun mal nicht der Schnellste. Bis zum Wagen war es schätzungsweise noch ein Kilometer und das würde Timo auf keinen Fall schaffen. Die bettelnden Kinder waren inzwischen verschwunden, aber Paul lief noch neben mir her und zerrte an meinem Arm, bis ich endlich verstand. Er lotste uns in eine schmale Abzweigung, nicht breiter als eine Tür. Ein paar Hühner flatterten auf. Paul schlug einen weiteren Haken. Wir waren in einem 20 Meter langen Gang, der auf beiden Seiten von Bretterzäunen begrenzt wurde. Der Junge blieb plötzlich stehen und zwängte seine Finger zwischen zwei Brettern durch. Zu meinem Erstaunen öffnete sich eine Brettertür. Paul zog mich hindurch. Timo folgte. Der Junge kam als Letzter, schaute sich noch einmal um und schloss die Brettertür von innen. Wir standen im matschigen Garten einer Hütte. Zu unseren Füßen lagen zwei Schweine, die uns neugierig anschauten. Eine Sau erhob sich grunzend. »My uncle's house«, sagte unser Retter. Ich musste wohl einen ungläubigen Eindruck gemacht haben, so dass er erklärte, seine Familie sei aus Sulawesi. Christen aus Manado. Das erklärte zumindest die Schweinezucht im Kampung. Der Schweinehof setzte sich unter dem auf Pfählen stehenden Haus fort. Hierhin führte uns der Junge. Gebückt krochen wir unter die Hütte. Auch im vorderen Teil des Geheges gab es eine Holztür. Paul öffnete sie und vergewisserte sich, dass die Luft rein war. Dann winkte er uns heraus. Noch immer schwer atmend standen wir auf einer engen Gasse und mussten uns neugierige Blicke von Passanten und Anwohnern gefallen lassen. Paul sagte etwas zu den Nachbarn, was ich nicht verstand und worauf diese anfingen, herzhaft zu lachen. Er war ein talentierter Täuscher. Auf Umwegen führte er uns – immer wieder prüfend, ob keiner unserer

Verfolger in der Nähe war – durch den Kampung. Er ging vor, spähte um Hausecken und zog uns unvermittelt in Hinterhöfe und enge Gassen. Ich hatte völlig die Orientierung verloren und auch ein Blick auf den Kompass konnte mir nicht helfen. Dafür wechselte der Junge zu oft die Richtung. Nach gut einer Stunde erreichten wir die Hauptstraße. Hier musste irgendwo der Wagen stehen. Doch anstatt die Straße entlangzugehen, zog er uns erneut in verwinkelte Gassen und Hinterhöfe, bis wir durch einen engen Gang wiederum auf die Hauptstraße kamen und direkt neben dem Pajero standen. Mumu stand an den Kuhfänger gelehnt und rauchte. Paul ging zu ihm hin. Mumu wollte das Kind zunächst wegschicken. Dann schaute er sich um und erschrak. Er öffnete die Tür zum Fond des Wagens. Wir kletterten hinein und duckten uns, denn auf der gegenüberliegenden Seite standen drei Toyota Jeeps, deren Fahrer zur Gruppe unserer Verfolger zu gehören schienen. Paul selbst hatte sich auf den Beifahrersitz gesetzt und gab Mumu Anweisungen und erzählte dann die ganze Geschichte aus seiner Sicht, wobei er sich – mit Armen und Beinen fuchtelnd – besonders lange bei der Kampfszene aufhielt. Mumu unterbrach ihn nur, um zu fragen wo er hinfahren solle.

»Pulang«, sagte ich, nach Hause.

Timo sah aus, als sei er durch einen Schweinestall gekrochen. Ich musste lachen.

»Was ist an der Geschichte so komisch?«

»Du siehst aus wie ein Schwein und du stinkst wie ein Schwein.« Dann fing auch Timo an zu lachen und Paul schloss sich an. Er hatte ohnehin gute Laune. Nur Mumu stank die Sache sichtlich. Dem gläubigen Moslem war es offensichtlich unangenehm, in welcher Gesellschaft wir uns herumgetrieben hatten. Die Möbelpacker waren gerade mit dem Zerlegen eines Schrankes in der Halle beschäftigt und schauten kurz auf, als wir hereinkamen. Kim fragte aufgeregt, was denn passiert sei.

»Ein Unfall«, entgegnete ich. »Haben wir noch Handtücher oder sind die auch schon verpackt?«

»Nur die für die Reise. Sie liegen bei den Koffern im Schlafzimmer.« Kim holte die Handtücher.

»Kannst du dich um Paul kümmern, er braucht ein Bad und frische Sachen. Vielleicht passt ihm was von Leo.« Mein Sohn war zwar erst acht, aber als Sohn eines Basketballspielers war er groß gewachsen und Paul war von eher zierlicher Statur. Dem Augenschein nach konnte das hinkommen. Ich erklärte unserem Retter, dass er mit Kim gehen solle. Anschließend gebe es etwas zu essen. Ich ging unter die Dusche und holte mir ein paar frische Sachen, die eigentlich für das unbegleitete Fluggepäck vorgesehen waren. Timo hatte die Dusche neben dem Pool benutzt und saß mit dem Handtuch um die Hüften auf der Terrasse.

»Wer kann das gewesen sein? Wollte irgend jemand verhindern, dass wir mit Setiabudi sprechen?«

»Ich weiß nicht, aber wir werden es wahrscheinlich herausfinden. Ich habe mir das Autokennzeichen von einem der Toyotas gemerkt. Was mich mehr beunruhigt ist die Tatsache, dass du es mit ziemlich miesen Typen zu tun hast und ich fliege übermorgen definitiv nach Deutschland. Es wäre besser, du würdest ebenfalls ausreisen.«

»Wenn dieser Neudecker auspacken würde, hätte ich wahrscheinlich genug für meine Story. Aber der Mann hat Angst.«

Paul kam in einer knielangen Hose und mit frischem Poloshirt auf die Terrasse und schaute mit großen Augen auf den Pool. Kim hatte sogar die Wunde auf seinem Handrücken verbunden. Ob das Ding zum Schwimmen sei, wollte er wissen. Er könne nicht schwimmen. In Manado sei er früher mal baden gewesen, aber in Jakarta habe er für derlei Kinderkram keine Zeit. Womit er denn seine Zeit verbringe, fragte ich. Früher sei er in die Schule gegangen, sagte er. Aber jetzt nicht mehr. Jetzt fehle das Geld. »Krismon«, sagte er knapp zur Erklärung. »Krismon« ist eine Abkürzung für die indonesischen Worte »Krisis moneter«, womit die Wirtschaftskrise bezeichnet wurde. Krismon kam seit einem Jahr in jeder Politikerrede vor. Krismon war für alles Schlechte verantwortlich. Krismon war wie der böse Geist im javanischen Schattenspiel. Niemand schien mehr zu fragen, wer eigentlich für Krismon verantwortlich war. Wie eine Naturkatastrophe oder ein böser Dämon war Krismon über die Menschen gekommen. Wegen Krismon habe sein Onkel den Job bei einer Baufirma verloren. Schuluniform und Bücher hätten mindestens 100.000 Rupiahs für das neue Schuljahr gekostet. Der Onkel habe dann entschieden, dass Paul jetzt mithelfen müsse, die Familie zu versorgen. Der Junge sprach von sich nicht in der Ich-Form, sondern sagte Paul. Das Wort »ich« existiert in der indonesischen Sprache nicht und auch im Englischen schien vielen Indonesiern die Vorstellung eines vom Namen unabhängigen »ich« ungewohnt.

»Paul geht nicht mehr zur Schule«, sagte er. »Paul arbeitet manchmal auf der Garnelen-Farm.«

Indonesien ist der weltgrößte Exporteur von Garnelen, die in riesigen Farmen an der Küste Javas gezüchtet werden. Durch den Verfall der Rupiah waren indonesische Garnelen unvergleichlich billig – einer der wenigen boomenden Wirtschaftszweige.

»Paul geht manchmal ins Kino. Paul mag Sylvester Stallone.«

Kim rief uns zum Mittagessen. Gemüsereis mit Auberginen in Chilisauce. Der Junge schaufelte einen riesigen Berg Reis auf seinen Teller und legte dann los, ohne uns auch nur eines weiteren Blickes zu würdigen. Er ignorierte das Besteck und aß mit der rechten Hand, schnell und gierig.

»Timo, ich muss noch mal in die Botschaft. Ich nehme den Jungen mit wegen seiner Hand. Der Doc soll sich das mal anschauen. Danach holt Mumu die Kinder von der Schule, bis dahin sind deine Klamotten wieder trocken. Mumu kann dich ins Hotel fahren. Ich rufe dich später an.«

»Das könnten Streptokokken sein – jungle soares – sehr weit verbreitet in den Tropen«, sagte Dr. Schrot. »Wie lange hast du das denn schon?«

»Schon lange. Vielleicht vier Wochen«

»Dann müsste er eigentlich noch mehrere von den Dingern haben. Jungle soares sind ansteckend und verbreiten sich schnell. Ein so singuläres Geschwür ist da eher die Ausnahme. Hast du dich irgendwie verletzt?«

Paul erzählte, dass es eine kleine rote Stelle gewesen sei, die immer größer wurde. Anfangs habe es gejuckt.

»Möglicherweise ein Ekzem, das dann von einem Pilz befallen wurde. Ekzeme sehen Sie jetzt bei vielen Kindern, die auf der Straße leben. Wahrscheinlich ein Resultat von Mangelernährung und Umweltbelastung. Ich werde einen Abstrich machen und im Labor untersuchen lassen. Rufen sie mich morgen um die Mittagszeit an, dann habe ich das Ergebnis. Bis dahin gebe ich Ihnen eine antibakterielle Salbe mit.« Dr. Schrot erklärte dem Jungen, dass er alle drei bis vier Stunden die Salbe auftragen müsse. »Vorher die Hände waschen, damit kein Schmutz in die Wunde kommt.«

Ich überlegte, wie man es im Kampung Teluk anstellen sollte, keinen Schmutz in die Wunde zu bekommen, ob es überhaupt eine realistische Möglichkeit gab, sich mit sauberem Wasser die Hände zu waschen.

»Mumu kann dich nach Grogol fahren«, erklärte ich auf dem Weg nach unten. »Ich gebe dir Geld mit. Morgen um 14 Uhr kommst du noch mal in die *Jalan Lombok* in mein Haus. Ich gebe dir dann noch eine andere Medizin.« Ich hatte mein Portemonnaie geöffnet und hielt dem Jungen ein Bündel Geldscheine entgegen. Ich hatte es nicht abgezählt. Es waren einige hunderttausend Rupiahs – irgendein Betrag zwischen 50 und 100 Mark. Paul nahm das Geld ohne zu zögern an sich.

»Ich nehme den Bus«, sagte er, drehte sich grußlos um und ging.

»Marani, ich habe hier ein Autokennzeichen. Können sie herausfinden, auf wen der Wagen zugelassen ist?«

»Ich werd's versuchen.«

In meinem Büro wartete noch immer ein Berg von Akten darauf, ausgemistet und übergeben zu werden. Das ARD-Studio Singapur rief an um mitzuteilten, dass man zu den Präsidentschaftswahlen in der nächsten Woche ein Fernsehteam schicken wolle und dass man bei der kurzfristigen Akkreditierung Hilfe brauche. Ich bat um Übermittlung der notwendigen Unterlagen, Kopien der Pässe, vorraussichtliche Aufenthaltsdauer und geplante Drehorte. Fünf Minuten später krochen die Unterlagen aus dem Faxgerät im Zimmer von Frau Puffendorf. Ich verfasste ein kurzes Anschreiben auf meinem PC und leitete die Unterlagen per Fax an das Informationsministerium weiter. Meine Ansprechpartnerin dort war Ibu Mahfud, auf die ich mich verlassen konnte. Eine Kopie legte ich – mit einer Notiz versehen – in einen Aktendeckel auf den ich »Kamp« schrieb. Mattis würde am Montag nachfragen, ob alles geklappt hatte. Ich säße dann schon in Berlin und Jakarta würde weit weg sein. Danach ging ich ins Erdgeschoss, wo sich in den Räumen der Konsularabteilung ein PC mit den Daten aller in Jakarta gemeldeten deutschen Staatsbürger befand, die wir für Evakuierungsmaßnahmen in Notfällen angelegt hatten. Inzwischen war Dienstschluss und meine Mitarbeiter waren nach Hause gegangen. Als Leiterin der Konsularabteilung verfügte ich aber über Schlüssel und Passwort für den PC. Ich fuhr den Computer hoch, rief die Datei auf und gab den Namen »Neudecker« ein. Sekunden später öffnete sich ein Fenster mit Neudeckers Angaben.

Um 16 Uhr kam Marani in mein Büro.

»Der Wagen ist auf einen Fußballclub zugelassen, den ›Central Jakarta Soccer Club‹.«

»Das ist doch der Club von diesem Hartono.«

»Hartono ist der Club-Präsident und Sponsor. Früher war das der Armeeclub. Vor ein paar Jahren hat Hartono die Präsidentschaft übernommen. Er lässt sich gerne als Förderer des Sports und der Jugend feiern und versucht damit seinem schlechten Ruf entgegenzuwirken.«

Hartono war ein früherer Armeegeneral, der ein Vermögen mit illegalem Holzeinschlag in Kalimantan gemacht hatte. Seine Nähe zum Militär und zum Präsidenten hatte er als Freibrief für alle möglichen dreckigen Geschäfte genutzt. Laut Gesetz durfte in Indonesien pro Jahr nur eine begrenzte Fläche von Tropenwald geschlagen werden und auch nur dann, wenn diese Flächen wieder aufgeforstet wurden. In der Praxis sah das ganz anders aus. Ein Vielfaches der erlaubten Fläche wurde brutal abgeholzt. Das Militär selbst war in großem Stil am illegalen Einschlag beteiligt. Nur in wenigen Vorzeigeprojekten wurden die Flächen mit wertlosen, schnell wachsenden Hölzern wieder aufgeforstet. Das Problem war allgemein bekannt und wurde ignoriert. Die Regierung war bestochen oder verdiente mit. Gegenüber Umweltschützern gab man sich machtlos. Das Gebiet sei zu groß, um kontrolliert zu werden. Timo hatte sich mit einem unangenehmen Gegner angelegt. Ich rief ihn an und teilte ihm das Ergebnis meiner Nachforschungen mit.

»Mach dir keine Sorgen. Morgen habe ich, was ich brauche und dann verschwinde ich hier.«

Als ich um 18 Uhr nach Hause lief, hatte die kurze Dämmerung bereits eingesetzt. Ich hatte meinen Schreibtisch leergeräumt. Morgen war mein letzter Arbeitstag. Ich würde mich von meinen Kollegen verabschieden, die Kinder von der Schule abholen und abends war da noch der Cocktail zu meiner Verabschiedung. Als ich in die *Jalan Lombok* einbog, sah ich wieder das inzwischen vertraute Bild. Vor den Häusern saßen Satpams und Dienstboten auf dem Bürgersteig. Vor dem Haus mit der Nummer zwei hatte ein Schachspiel begonnen, das eine Traube von Zuschauern angezogen hatte. Ein Händler schob einen Karren vor sich her, in den verschiedene Schüsseln eingelassen waren. Bei ihm konnte man die beliebten Indomie-Suppen kaufen, billige Nudelsuppen, die für viele Indonesier das wichtigste Nahrungsmittel sind. Vor dem Haus gegenüber bereitete eine Händlerin einen Kräutertrank zu. Auf einem hölzernen Regal, das sie auf dem Rücken trug, standen an die zwanzig Flaschen mit unterschiedlichen Kräutermischungen. Die Kräuterfrauen waren die Apotheken der armen Leute und zugleich Wunderheiler und Scharlatane. Gegen alle möglichen Übel, von körperlichen Gebrechen, über böse Geister, Unfruchtbarkeit und Impotenz. Für alles hatten sie eine Mischung bereit. Kim gehörte zu den regelmäßigen Abnehmern der Kräuterfrau, die unser Viertel belieferte. Wofür oder wogegen Kim die Kräuter nahm, hatte sie mir nie verraten.

Das Einzige was an diesem Tag in der *Jalan Lombok* anders war, war die vor meinem Eingangstor hockende Gestalt. Ich erkannte Leos dreiviertellange Safarihose und das beige Poloshirt.

Mein Herz schlug schneller und ich freute mich, ihn zu sehen. Gleichzeitig wusste ich, dass ich mich vor diesem Schlitzohr in Acht nehmen musste. Er war dabei, mich um den Finger zu wickeln.

»Es ist besser ich warte hier«, erklärte er. Ohnehin habe er ja morgen Mittag vorbeikommen sollen und ob er da im Kampung Teluk auf der Straße schlafe oder hier, das mache ja keinen Unterschied.

Warum er denn nicht im Haus seines Onkels schlafe, wollte ich wissen. Da warte einer von den Männern auf ihn, die wir heute früh abgeschüttelt hätten. Und Setiabudi sei tot. Er habe sich den Hals gebrochen, als er von seinem Balkon gefallen sei. Ich nahm den Jungen mit ins Haus.

Leo staunte nicht schlecht, als er den fremden Jungen in seinen Klamotten sah.

»Das ist Paul. Er hat mir heute sehr geholfen und dabei sind seine Kleider zerrissen. Na ja und da habe ich gedacht, ich geb ihm was Altes von dir. Ich weiß, ich hätte dich fragen müssen, aber du warst ja noch in der Schule und Paul musste zum Arzt wegen seiner Hand. Und morgen muss er noch mal zum Arzt in die Botschaft und deshalb bleibt er eine Nacht bei uns. Okay?«

Leo schaute eine Weile und schien zu überlegen, ob jetzt eine Beschwerde wegen der Klamotten angebracht sei. Er entschied sich für die großzügige Lösung. Es sei schon richtig, dass ich ihm was gegeben hätte. Er könne die Sachen ruhig behalten. In Deutschland sei es ohnehin zu kalt für kurze Hosen und im nächsten Sommer sei das Zeug wahrscheinlich zu klein. Allerdings mache er sich Sorgen, wo Paul denn schlafen solle, weil es in diesem Haus keine Betten mehr gebe. Die Möbelpacker hätten die Betten abgebaut und verpackt. Jetzt müsse man auf der Erde schlafen.

»Ich glaube, das macht Paul nichts aus.«

Leo nahm den Gast schnell auf, erklärte ihm den Gameboy und wunderte sich, dass Paul noch nie von Pokémons gehört hatte. Auch Hannah freute sich über den Neuankömmling. Dieser Junge antwortete auf ihre Fragen und lachte über ihre Albernheiten.

Kim hatte in den leergeräumten Zimmern im Obergeschoss die beiden Isomatten ausgerollt und die Schlafsäcke bereitgelegt. Paul würde bei ihr schlafen. Um 20 Uhr kam Timo. Ich machte einen letzten Rundgang, vergewisserte mich, dass die Kinder schliefen und fuhr dann mit Timo nach Kemang.

Kemang ist eine Mischung aus Kampungs und Neubauvierteln im Süden Jakartas. Hier wohnen mit Abstand die meisten Ausländer. Auch ein großer Teil der fast 2000 deutschen Staatsbürger hatte sich hier niedergelassen. Die Villen waren größer und billiger als in den zentraler gelegenen Stadtvierteln. Die Hauptverkehrszeit war vorbei und wir schafften die zehn Kilometer in einer guten Stunde. Neudecker wohnte in einem Compound in der *Pejaten Barat* im südlichen Kemang. Ich kannte die Adresse, weil im gleichen Compound auch eine ehemalige Kollegin gewohnt hatte. Der Compound Nummer zwei lag am Ende eines Villenviertels und umfasste circa 20 Häuser. Die kleine Siedlung war von einer hohen Mauer umgeben und hatte eine einzige, bewachte Zufahrt. Das Tor war verschlossen. Ich hupte kurz, ein Satpam erschien, warf einen Blick auf mein Diplomatenkennzeichen und winkte mich durch.

»Haus Nummer 17«, sagte ich zu Timo.

Die Siedlung war ringförmig angelegt. Von dem Ring gingen kurze Stichstraßen ab. Die 17 lag in der dritten Straße.

»Fahr weiter.«

»Was?«

»Fahr weiter, da steht der Toyota von heute Morgen. Los, mach schon!« Ich fuhr an der 17 vorbei, wendete an einem Wendehammer am Ende der Sackgasse. Timo hatte Recht, es war der gleiche Wagen und darin saßen zwei Männer und rauchten. Ich fuhr an dem Wagen vorbei, kam wieder auf den Rundweg, bog in die nächste Sackgasse ein und hielt an.

»Was jetzt?«

»Wenn mich nicht alles täuscht, grenzt der Garten der Nummer 20 an den rückwärtigen Garten der Nummer 17.«

»Prima Idee«, sagte ich. »Wir klingeln bei der 20 und fragen, ob wir mal kurz durch ihren Garten zu Neudeckers dürfen – oder wie stellst du dir das vor?«

»Mir wird schon was einfallen.« Timo stieg aus und ich folgte ihm. Er klingelte bei der 20 und ich fragte mich, welche Geschichte er dem Eigentümer auftischen wollte. Timo klingelte erneut. Das Haus lag in völliger Dunkelheit und niemand machte Anstalten, uns die Tür zu öffnen.

»Siehst du, wir brauchen gar keine Ausrede. Es ist niemand zu Hause.« Wir gingen um das Haus herum. Hinter dem Haus befand sich eine Terrasse, ein 20 Meter langer Garten und ein Swimmingpool. Am Ende des Gartens war eine etwa drei Meter hohe Mauer, die durch Bambusbüsche verdeckt war. Jetzt war es Timo, der am Ende seines Lateins angelangt war.

»Bei meiner Kollegin war in der Mauer eine Tür zum Nachbargrundstück. Es sollte mich wundern, wenn hier nicht auch eine wäre, wo doch schon der Rest völlig baugleich ist.«

In der Mitte der Wand befand sich in der Tat eine primitive Holztür, die fast völlig hinter den Bambusstauden verschwand und durch die offenbar seit Jahren niemand mehr gegangen war. Ein rostiges Vorhängeschloss sicherte einen eisernen und ebenfalls verrosteten Riegel. Timo kramte ein Schweizermesser aus seiner Tasche und versuchte die Schrauben des Riegels aufzudrehen. Trotz hörbarer Anstrengung drehte sich keine der Schrauben auch nur einen Millimeter.

»Festgerostet. Schöne Scheiße, so nah am Ziel scheitert man besonders ungern.«

»Geh mal zur Seite«. Ich stellte mich seitwärts, knapp zwei Meter vor die Tür, konzentrierte mich für ein paar Sekunden, wobei ich an den Bruchtest dachte, den ich zum zweiten Dan hatte absolvieren müssen. Mit der Handkante hatte ich ein massives Holzbrett zertrümmert. Jetzt setzte ich einen »Yopchagi« genannten Fußtritt oberhalb des Riegels an. Kurz vor dem Auftreffen meines Fersenbeins spannte ich Zwerchfell und jeden einzelnen Muskel meines Körpers. Das Brett, an dem der Riegel verschraubt war, brach und die Tür flog auf.

»Ich bin voller Bewunderung. Dennoch muss ich dir sagen, dass es nicht leicht ist, mit einer Frau wie dir zusammen zu sein.«

»Dein Ego baue ich ein anderes Mal wieder auf. Komm jetzt.«

Hinter der Tür erwartete uns der gleiche Garten mit dem gleichen Pool, der Terrasse und einem identischen Haus. Das Wohnzimmer war hell erleuchtet. Hannes Neudecker saß vor dem Fernseher. Die Tür zur Terrasse war geöffnet, nur das Fliegengitter war verschlossen.

»Herr Neudecker?«

Der Mann zuckte zusammen und sah uns entgeistert an.

»Entschuldigen Sie unser Eindringen. Wir müssen dringend mit Ihnen sprechen.«

Neudecker schaute sich ängstlich um.

»Mein Gott, Timoreit, haben Sie mich erschreckt.« Er kam zur Terrassentür. »Was wollen Sie denn schon wieder?« Er öffnete die Fliegengittertür und trat zu uns auf die Terrasse. Ich streckte dem Mann die Hand entgegen.

»Frau Dr. Valentin von der deutschen Botschaft«, stellte mich Timo vor.

»Ja, ja ich kenne sie vom Empfang zum 3. Oktober.«

Auch mir kam Neudecker irgendwie bekannt vor. Er war von mittelgroßer Statur, um die Hüften etwas füllig für einen Mann Anfang dreißig und trug das dünne blonde Haar mit Seitenscheitel gerade so lang, dass es ihm über das halbe Ohr fiel. Das markanteste Kennzeichen war eine runde Hornbrille mit dicken Gläsern. Die Brille schien ständig in Bewegung. Sie rutschte ihm auf der Nase nach unten und Neudecker schob sie entweder mit dem Zeigefinger oder mit grandiosen Verrenkungen seiner Gesichtsmuskulatur wieder nach oben. Zu all dem trug Neudecker ein schwarzes T-Shirt mit der Aufschrift »Jesus liebt Dich!«.

»Herr Neudecker, wissen Sie, dass Sie überwacht werden?«, fragte Timo.

»Ja, verdammt, ich weiß. Die weichen mir ja seit Tagen nicht mehr von der Seite.«

»Wer ist das, was wollen die?«

In diesem Moment kam Neudeckers Frau mit gewölbtem Bauch und dem typischen Gang einer Schwangeren die Treppe herunter auf uns zu.

»Darf ich vorstellen, meine Frau Ines, Frau Dr. Valentin von der Botschaft und Herr Timoreit vom ›Wirtschaftsspiegel‹.«

Ines Neudecker war Mitte zwanzig und trug ihr

langes braunes Haar zu einem Knoten zusammengesteckt. Um den Hals hing ihr ein einfaches, aber massives Holzkreuz, der einzige Schmuck, den sie trug. In dem weiten Umstandskleid machte sie den Eindruck, als sei sie ein Blumenkind auf dem Weg nach Woodstock.

»Ich habe Sie gar nicht klingeln hören.«

»Wir sind durch den rückwärtigen Garten gekommen«, sagte Timo.

»Fünfter Monat, oder täusche ich mich«, sagte ich und deutete auf ihren Bauch.

»Sechster Monat. Allmählich wird es ziemlich anstrengend bei diesem Klima. Unser zweites Kind. Es wird wieder ein Mädchen.«

»Herzlichen Glückwunsch.«

»Was können wir für Sie tun?«, fragte die Frau, die bei weitem nicht so nervös war wie ihr Mann.

»Es geht um die Hintergründe des Todes von Dr. Kranitz.«

»Ich kann Ihnen dazu nichts sagen«, schaltete sich Neudecker ein.

»Ich hole Ihnen etwas zu trinken. Ein Bier vielleicht.«

Während Neudecker unschlüssig auf der Terrasse stand, ergriff seine Frau die Initiative.

»Nehmen Sie doch bitte Platz.«

Während Frau Neudecker im Haus verschwand, trat eine Gesprächspause ein, weil anscheinend alle fühlten, dass die kleine schwangere Frau den Fortgang der Unterhaltung bestimmen würde.

Wir setzten uns auf Rattanstühle um den runden Terrassentisch. Kurze Zeit später kam sie mit drei Flaschen Bintang Bier, Gläsern und einer Karaffe mit Orangensaft zurück.

»Sie wissen, dass sie überwacht werden«, begann ich schließlich.

»Wir werden nicht nur überwacht. Wir sind auch bedroht worden. Falls ein Wort über die Geschäftsbeziehungen zwischen der AMKU und der Santosa-Group an die Öffentlichkeit kommt, könne niemand mehr für unseren Schutz garantieren. Das hat der derzeitige Geschäftsführer der AMKU, Somarsono, meinem Mann gesagt. Ich wollte daraufhin, dass wir das Land sofort verlassen – gemeinsam«, sagte Ines Neudecker, unbeeindruckt von dem vorwurfsvollen Blick ihres Mannes.

»Das ist Unsinn. Man würde mir sofort kündigen. Niemandem wäre damit geholfen. Ich will abwarten bis Kranitz' Nachfolger aus Deutschland kommt.«

»Was Sie über die Geschäftsbeziehungen zwischen der AMKU und der Santosa-Group wissen, wird ohnehin aufgedeckt werden«, sagte Timo. »Sie müssen sich überlegen, ob Sie bei denen sein wollen, die diese illegalen Machenschaften decken oder bei denjenigen, die sie aufdecken.«

»Hannes wollte von Beginn an nicht mitmachen, aber Kranitz hat ihn unter Druck gesetzt und Kranitz hat schließlich auch alles unterzeichnet. War es nicht so?«

»Ja, ja, es war schon ein Fehler, dass ich dabei mitgemacht habe.« Neudecker fuhr sich mit den Händen durch die Haare. »Hätte ich mich gleich auf die Hinterbeine gestellt, wäre es nie so weit gekommen. Aber jetzt haben wir diese Typen vor der Haustür. Mein Büro wird überwacht. Ich kann keinen Schritt mehr machen, ohne dass mir diese Typen folgen. Ich sitze in der Falle.«

»Sie waren es doch, der mich in Singapur angerufen und von Geldwäsche gesprochen hat. Warum haben Sie die angekündigten Unterlagen nicht abgeschickt?«, wollte Timo von Neudecker wissen.

»Weil Somarsono mir gedroht hat. Sie sehen ja, er lässt mich auf Schritt und Tritt überwachen.«

»Heißt das, dass diese Typen auch in der AMKU herumlaufen?«, fragte ich.

»Nein, Somarsono hat mir einen neuen Assistenten gegeben. Der Typ ist völlig unqualifiziert. Der einzige Grund, warum ich mit ihm arbeiten muss, ist der, dass er ein Informant von Somarsono ist.«

»Sagen Sie uns, was Sie zu sagen haben. Ich garantiere dafür, dass der ›Wirtschaftsspiegel‹ ihre Anonymität wahrt und dass außerdem bis zur Veröffentlichung ausreichend Zeit sein wird, damit Sie das Land verlassen können.«

Neudecker vergrub das Gesicht in seinen Händen.

»Hannes, wir können jederzeit etwas anderes finden. Wir können auf Gott vertrauen und du hast einen hervorragenden Universitätsabschluss. Leute wie du sind gefragt. Wenn wir hier weitermachen habe ich Angst, dass eine Erpressung der nächsten folgen wird. Sag, wie das alles gekommen ist. Wir gehen zurück nach Deutschland und fangen ganz neu an, ohne diese Lügen und diesen Betrug.«

Neudecker schaute auf seine Hände. Er schien immer noch mit sich zu ringen.

»Na schön. Ich glaube zwar kaum, dass Ihnen das weiterhilft, aber ich sollte vielleicht endlich einen Schlussstrich ziehen. Es ist nicht der Weg des Herrn, den ich hier eingeschlagen habe, aber vielleicht ist es eine Prüfung, die er uns auferlegt hat.« Neudecker holte tief Luft und grimassierte seine Brille zurecht.

»Vor etwa drei Wochen ging auf einem Konto der AMKU ein großer Geldbetrag ein, der von der Santosa-Group stammte. Es handelte sich um 20 Millionen Dollar. Das ist selbst für eine große Firma wie unsere kein Pappenstiel. Die Überweisung bezog sich auf eine Rechnung, die wir nie ausgestellt hatten. Ich informierte Dr. Kranitz. Der teilte mir mit, er habe anscheinend vergessen, mich rechtzeitig zu informieren, es handele sich um ältere Verbindlichkeiten aufgrund eines nur mündlich abgeschlossenen Vertrags zwischen den beiden Firmenchefs. Das Geld sei umgehend gemäß den Anweisungen von Somarsono weiterzuleiten. Somarsono kam dann mit einer Liste von etwa acht oder neun Konten, auf die das Geld nach einem bestimmten Schlüssel zu verteilen war, alles Auslandskonten: Singapur, Hongkong, Schweiz, Liechtenstein, Luxemburg. Es blieb nicht bei diesen 20 Millionen Dollar. Seit damals kommen fast täglich Gelder herein, die ich umgehend ins Ausland weiterleite. Inzwischen habe ich an die 800 Millionen Dollar auf diese Weise transferiert. Das Gerede von den älteren Verbindlichkeiten, war natürlich Unsinn. So etwas entspräche ganz und gar nicht den üblichen Geschäftspraktiken.«

»Wie lief das genau ab?«, fragte Timo nach.

»Sobald ein Zahlungseingang feststellbar war, kam Somarsono mit einem Zettel, auf dem nur die Bankverbindungen und die Beträge standen, die zu überweisen waren. Ich machte die Überweisungen fertig, gab sie zu Dr. Kranitz. Der zeichnete den Transfer ab. Daraufhin wurde die Überweisung veranlasst.«

»Das sieht ganz so aus, als werde durch die AMKU ein Vermögen am indonesischen Staat vorbei illegal ins Ausland geschafft. Und wenn man dann noch weiß, dass die Santosa-Group zum größten Teil der Präsidentenfamilie gehört, dann könnte man fast vermuten, dass der Präsident selbst sein Vermögen ins Ausland schafft«, sagte Timo zu Neudecker gewandt.

»Sicher, das war natürlich auch meine Vermutung, dass hier die Devisenkontrollen umgangen werden sollten oder Geld aus illegalen Einkünften gewaschen wurde. Man braucht ja nur eins und eins zusammenzählen. Ich habe Dr. Kranitz davon in Kenntnis gesetzt, dass wir mit dieser Transaktion gegen indonesisches und deutsches Recht verstoßen. Er sagte damals nur, dass ich noch viel lernen müsse. Man sei hier nicht in einem Oberseminar, so drückte er sich aus. Ich war immer noch skeptisch, bis ich einen Anruf unserer Muttergesellschaft aus Deutschland erhielt. Es war Stüdemeyer, der persönliche Mitarbeiter des Vorstandsvorsitzenden, der mir sagte, die Überweisungen seien durch den Vorstand gedeckt, gingen auf ältere Absprachen zurück und so weiter. Auch in diesem Telefonat habe ich gesagt, dass die Überweisungen gegen geltendes Recht verstoßen. Stüdemeyer sagte daraufhin, das könne ich getrost den Juristen überlassen. Ich sei schließlich als Buchhalter eingestellt und nicht als Rechtsberater. Trotzdem blieb ich skeptisch. Ich habe beim ›Wirtschaftsspiegel‹ in Singapur angerufen und wollte auch beweiskräftige Unterlagen zusammenstellen. Somarsono hat mir dann gedroht, dass niemand für die Sicherheit meiner Familie garantieren könne, wenn etwas von den Transfers an die Öffentlichkeit käme. Diese Finanztransfers liefen ziemlich genau zwei Wochen lang ohne besondere Vorkommnisse. Dann kam zwei Tage vor Kranitz' Tod Somarsono mit zwei seiner Mitarbeiter in die Buchhaltung.

Sie suchten eine Überweisung. Somarsono war ziemlich aufgeregt und beschuldigte mich, ich hätte Geld auf ein falsches Konto überwiesen. Zum Glück konnte ich ihm aber nachweisen, dass ich genau die Kontonummer von ihm bekommen hatte. Es war ein Konto bei der Credite Swiss. Die Überweisung belief sich auf 17 Millionen Dollar. Ich solle die Überweisung sofort rückgängig machen, sagte er. Das habe ich dann auch versucht, aber das Geld war nicht mehr vorhanden und das Konto aufgelöst. So, das ist alles, was ich Ihnen sagen kann. Ja, und dann passierte die Geschichte mit Dr. Kranitz. Seine Sekretärin rief mich am Sonntag Abend an. Ich fuhr sofort ins Büro. Na ja, da war Somarsono schon da und noch ein paar Leute, die wohl von der Polizei waren. In dem Büro herrschte totales Chaos. Papiere auf dem Boden, umgekippte Stühle und Sessel, ausgeräumte Regale, ein demolierter Schreibtisch. Ich fragte Somarsono, was hier vorgehe. Der hat mich rausgeschmissen. Ich solle die Polizeiarbeiten nicht behindern. Am nächsten Tag war das Büro komplett ausgeräumt. Zwei Tage später ging alles weiter wie gehabt. Jetzt zeichnet Somarsono die Überweisungen ab. Auch dazu gab es vorher einen Anruf von Stüdemeyer. Ich solle die Stellung halten und den Anweisungen von Somarsono folgen bis die Konzernzentrale einen Nachfolger für Dr. Kranitz schicke.«

»Hatten Sie den Eindruck, dass es in dem Büro eine Auseinandersetzung gegeben hatte?«

»Das war mein erster Eindruck. Jetzt denke ich eher, dass die etwas gesucht haben. Dr. Kranitz wäre einer Auseinandersetzung ohnehin nicht mehr gewachsen gewesen. Er war krank und hatte in den letzten Tagen stark abgebaut.«

»Was könnten die gesucht haben?«

»Ich weiß es nicht. Vielleicht hing es mit den 17 Millionen zusammen, die angeblich auf ein falsches Konto geflossen waren.«

»Kann es sein, dass Dr. Kranitz bei den Transfers nicht mehr mitmachen wollte?«, fragte ich.

»Kranitz war nicht gerade ein Moralist, wenn Sie verstehen, was ich meine. Ich glaube kaum, dass er plötzlich von Gewissensbissen geplagt wurde.« Neudecker hatte seine Geschichte erzählt und lehnte sich auf dem Rattanstuhl zurück.

»Wie geht es jetzt weiter?«, fragte seine Frau. »Frau Valentin, Sie sind von der Botschaft, was raten Sie uns?«

Ich dachte an die Schläger im Kampung Teluk, an die beiden Ganoven, die draußen im Auto vor Neudeckers Haus saßen und an Setiabudi, der sich angeblich beim Sturz aus anderthalb Metern das Genick gebrochen hatte.

»Fliegen Sie nach Singapur. Alle zwei Stunden geht ein Flug. Fahren Sie zum Flughafen und kaufen Sie das Ticket direkt bei einer der Fluglinien. Reservieren Sie auf keinen Fall in der Stadt. Wahrscheinlich wird Ihr Telefon überwacht und folgen wird man Ihnen ohnehin. Verlassen Sie das Haus auf dem Weg über das Nachbargrundstück. Bis zum Zeitpunkt Ihrer Abreise sollten Sie sich möglichst normal verhalten, damit die Typen da draußen keinen Verdacht schöpfen.«

»Moment!«, Timo schaute in unsere Runde. »Ich brauche irgend etwas, womit ich diese Story belegen kann. Ein Dokument, aus dem die Transfers hervorgehen, die Kopie von Überweisungsbelegen. Irgend etwas, sonst kriege ich die Geschichte nicht ins Blatt.« Er schaute Hannes Neudecker fragend an.

»Natürlich haben wir alles in unseren Büchern oder besser gesagt in unseren Computern.«

»Können Sie mir morgen eine Kopie auf Diskette ziehen?«

»Ich werde es versuchen.«

»Wir könnten uns morgen Abend in der Botschaft treffen. Botschafter Schenk gibt einen Cocktailempfang zu meiner Verabschiedung. Kommen Sie um 19 Uhr in die Botschaft.«

Wir verließen die Neudeckers auf dem gleichen Weg, auf dem wir gekommen waren. Ich setzte Timo am Mandarin ab.

»Kommst du noch mit nach oben?«

»Nein, ich muss diesen Tag erst mal verarbeiten.« Ich küsste ihn und fuhr nach Hause. Wie immer, wenn ich nach Hause kam, schaute ich in Hannahs Zimmer und horchte auf ihren Atem. Die Kleine schlief fest und ruhig.

6

Donnerstag, 14. Oktober 1999.

In der Konditorei des Mandarin hatte ich eine große Erdbeertorte geholt, die jetzt auf Josefs Couchtisch stand. Es war neun Uhr. Seit langem war Josefs Runde wieder einmal vollzählig. Gerd Metz, Hinrich Drescher und Josef Nerlinger balancierten Kuchenteller auf ihren Knien, weil auf dem kleinen Tisch neben Torte, Tassen und Teekanne kein Platz mehr war.

»Die letzte Teeparty mit Charlotte Valentin«, stellte Josef fest.

»Wir gehen alle einmal dahin«, ergänzte Hinrich Drescher.

»Hinrich hat sich damit als der bei weitem Älteste an Jahren natürlich schon des Öfteren auseinandergesetzt«, meinte Gerd.

»Mein Junge, ich hatte vor drei Jahren schon mit meinem Leben abgeschlossen. Da war ich zu einem Manöver der indonesischen Marine eingeladen.« Gerd und ich hatten die Geschichte schon mehrfach gehört, aber Josef fragte sofort nach.

»Erzähl mal.«

»20 Seemeilen nördlich von Surabaya hat irgendein Trottel die Kombüse von dem Schnellboot angezündet. Die Feuerlöscher entweder leer oder geklaut. Das Feuer griff innerhalb von Minuten auf das halbe Schiff über. Wir sind dann in die Rettungsboote und kaum das wir hundert Meter von dem Kahn weg waren, flog die ganze Übungsmunition in die Luft.«

»Und euer Schiff?«, wollte Josef wissen.

»Weg, schneller, wie du gucken konntest. Dann stellte sich heraus, dass noch nicht mal jemand an einen Notruf gedacht hatte. Da hab ich dann mit meinem Handy einen Möbelschreiner in Surabaya angerufen, bei dem meine Frau ständig Teakholzmöbel bestellt und gesagt, du hör mal, ich gebe dir jetzt mal meine Position durch. Na ja, so sind wir dann nach sechs Stunden aufgefischt worden.«

»Is nicht wahr«, staunte Josef.

»Doch, mein Junge, so wahr ich hier sitze.«

»Na, da darf man ja gespannt sein, was die mit den U-Booten anstellen«, meinte Josef.

»Dann ging es dem Bohnstedt also doch um den Verkauf von U-Booten?«, wollte Gerd wissen.

»Die sind ja längst bestellt. Es gibt einen Vorvertrag. Ein Jahr nach Lieferung der ersten vier Schiffe soll der Auftrag für die nächste Staffel von ebenfalls vier Schiffen unterzeichnet werden. Das müsste jetzt eigentlich geschehen, aber da ist nun leider die Wirtschaftskrise dazwischengekommen. Die Werft, das hat Bohnstedt mehrfach angesprochen, möchte natürlich den Vertrag möglichst schnell unterzeichnen, aber das ist natürlich momentan nicht möglich. Es kann sich niemand leisten, angesichts der Wirtschaftskrise einen solchen Deal zu machen. Jedenfalls nicht vor den Wahlen«, erklärte Hinrich.

»Warst du eigentlich bei den Gesprächen von Bohnstedt dabei?«, fragte ich.

»Nur als er mit dem Marinekommando gesprochen hat. Ansonsten ist Kamp mitgegangen und beim Präsidenten und im Verteidigungsministerium war Schenk persönlich mit.«

»Und was ist dabei herausgekommen?«, wollte Josef wissen.

»Ja meinst du, der Schenk sagt mir, was er mit dem Präsidenten besprochen hat? Seine Informationspolitik ist gelinde gesagt eine Katastrophe, wenn ich da an die letzte Pressekonferenz denke«, sagte Hinrich.

»Charlotte, du wirst das ja alles nicht mehr miterleben können, aber wir werden dich regelmäßig unterrichten. Ich schlage vor, dass Josef nach jeder Teeparty eine Mail ans AA schreibt«, schlug Gerd vor.

»Damit du uns nicht vergisst, haben wir noch eine kleine Erinnerung als Abschiedsgeschenk.« Josef stand auf, holte ein Geschenk von seinem Schreibtisch und überreichte es mir. Ich riss das Geschenkpapier auf. Ein gerahmtes Foto zeigte Gerd, Hinrich, Josef und mich im Foyer der Botschaft vor der deutschen und der indonesischen Fahne. Das Foto hatte ein Journalist am 3. Oktober geschossen. »Jakarta Tea Party 1999« stand auf einem kleinen Messingschild am unteren Rahmen.

»Ich bin gerührt und werde euch vermissen.«

In diesem Augenblick erschien die graue Dauerwelle von Frau Puffendorf im Türrahmen.

»Frau Dr. Valentin, Sie möchten bitte zum Botschafter kommen.«

Schenk kam mir mit ausgestreckter Hand entgegen.

»Frau Valentin, schön. Setze Sie sisch.« Schenk ging zu seiner Couchgarnitur.

»Ihr vorletzter Arbeitstag«, stellte er fest. »Und morgen fliege Sie nach Deutschland?«

»Ja, mit der Lufthansamaschine um 20 Uhr.«

»Schön, sehen Sie, äh, ich meine, äh, der Kranitz is doch gut nach Deutschland expediert worde.«

Ich nickte.

»Damit is die Sach für uns abgeschlosse. Sie verstehe, was ich meine?«

»Nein.«

»Ich will nicht, dass da noch irgendwelsche Nachforschunge angestellt werde. Jedenfalls nicht von Seiten der Botschaft. Das wäre gegen unsere Interessen. Ich weiß, dass dieser Timoreit wieder im Lande is. Was die Presse macht, könne mir kaum beeinflusse. Wir lebe schließlich in einem freien Land. Aber mir dürfe diesen Leuten, die darauf aus sind, Gerüchte zu verbreite, um ihre Blätter zu verkaufe, nicht auch noch unterstütze. Mir vertrete hier die Interesse der Bundesrepublik Deutschland, das brauch ich Ihne doch nicht zu erkläre. Es geht um das Gemeinwohl, um Arbeitsplätze und Handel, nicht um Sensatione. Die Zukunft dieses Landes steht auf Messers Schneide. In aner solchen Zeit kann uns schon die kleinste Kleinigkeit als Einmischung ausgelegt werde.« Schenk redete um den heißen Brei, aber ich konnte mir denken, wo rauf er hinauswollte. Nur fragte ich mich, was er wusste und vor allem, woher er etwas wusste.

»Was hat man Ihnen denn da zugetragen?«, fragte ich naiv.

»Das spielt jetz e mal keine Rolle. Ich möchte nur, dass wir uns klar verstehe. Keine dienstlischen Kontakte mit diesem Timoreit! Keine Nachforschunge über den Tod von Dr. Kranitz. Habe mir uns da verstande?«

»Vielleicht sind Sie in diesem Fall einem Gerücht aufgesessen.«

»Frau Valentin, Sie habe doch in den letzten zwei Jahren hier gute Arbeit geleistet. Isch habe das ja auch in meiner Beurteilung festgehalte. Ich möchte diese Beurteilung ungern zurückziehen.« Schenk erhob sich. Das Gespräch war beendet.

»Wir sehe uns dann heute Abend.«

Irritiert machte ich mich auf meine Abschiedstour durch die Botschaft. Ich fing im sechsten Stock an, hörte im Erdgeschoss auf und hatte am Ende gut hundert Hände geschüttelt. Zum Abschluss schaute ich noch bei Dr. Schrot vorbei.

»Ach ja, der Befund von dem kleinen Streuner«, erinnerte er sich. »Es scheint eine Pilzerkrankung zu sein. Jedenfalls keine Streptokokken. Möglicherweise durch ein Ekzem verursacht und anschließend von einem Pilz befallen. Genau kann man das nicht sagen. Ich schlage vor, Sie geben ihm diese Salbe.« Er reichte mir eine Packung Canesten.

»Der Junge machte einen schlechten Eindruck. Deutliche Zeichen von Mangelernährung. Wenn Sie mich fragen, dann kommt es vor allem auf eine ausgewogene Ernährung an.«

Schrot war ein ignoranter Sack und ich hätte es ihm gerne gesagt. Statt dessen antwortete ich:

»Herzlichen Dank für ihre Hilfe. Ihren Tipp zu einer besseren Ernährung werde ich an den Jungen weitergeben.«

Ich holte die Kinder in der Schule ab. Beide waren von ihren Klassen feierlich verabschiedet worden. Hannah hatte zum Abschied von den zwölf Schülern ihrer Klasse eine Collage bekommen, auf der Fotos ihrer Klassenkameraden mit lustigen Sprüchen zusammengestellt waren. Leo trug ein Buch unter dem Arm, in dem jedes Kind eine Seite gestaltet hatte. Ich bedankte mich bei den Lehrerinnen für die gute Betreuung. Ich war sicher, dass die Kinder vor allem diese Schule vermissen würden. In Deutschland würden doppelt so viele Schüler in einer Klasse sein und der Umgangston würde dort aller Wahrscheinlichkeit nach entsprechend rauer werden.

Zu Hause wartete Ibu Janny von der Umzugsfirma auf mich. Der komplette Umzug sei nun verpackt und befinde sich im Lager der Firma. Montag gehe der Container mit einem Schiff Richtung Rotterdam ab. Sie wolle nun noch mal mit mir durch das Haus gehen, um sicherzugehen, dass auch nichts vergessen wurde. Jetzt sei die letzte Möglichkeit, noch etwas einzupacken. Das unbegleitete Fluggepäck und der Pajero würden morgen früh abgeholt. Wir gingen durch das Haus. Die Räume waren leer. Nur die Sachen waren zurückgeblieben, die ich Kim und Mumu überlassen hatte. Ich dankte Ibu Janny für die gute Arbeit ihrer Firma und schüttelte jedem der fünf Möbelpacker die Hand und überreichte Umschläge mit Trinkgeld.

Paul saß da, wo früher einmal der Küchentisch gestanden hatte und spielte mit einem kleinen Spielzeugauto auf dem Fußboden. Ich setzte mich zu ihm und nahm ihm den Verband an seiner Hand ab. Ich hatte den Eindruck, als sähe die Wunde heute bereits besser aus als am Vortag. Ich erklärte ihm, dass er mindestens dreimal täglich die neue Salbe aufzutragen habe, zeigte ihm, wie er es tun solle und verband die Wunde wieder. Hannah und Leo schauten interessiert zu. Jetzt hätte Paul eigentlich gehen sollen, doch er machte keine Anstalten dazu. Er schaute zufrieden auf den neuen Verband, steckte die Salbe in seine Hosentasche und schaute uns grinsend an.

»Ich glaube, Paul muss jetzt gehen«, sagte ich.

»Er kann doch noch bis morgen bleiben«, sagte Hannah.

»Genau«, schloss sich Leo an.

Ich gab nach, obwohl ich wusste, dass es morgen noch schwieriger sein würde, sich von ihm zu trennen.

Danach stand noch eine weitere Abschiedszeremonie auf dem Programm. Ich hatte Mumu, Kim und Eka, den Wächter, zum Essen eingeladen. Natürlich waren auch die Kinder mit dabei. Ich dankte jedem für seine treuen Dienste und überreichte das in Indonesien übliche Übergangsgeld. Für jedes Jahr, das ein Angestellter bei einem Arbeitgeber verbracht hatte, war ein Monatslohn als Übergangsgeld zu zahlen. Das war eine ungeschriebene Regel, die es einzuhalten galt, auch wenn es keine Zeit des Übergangs gab. Mumu würde am Montag bei einem dänischen Kollegen anfangen und Kim hatte ich an die Nerlingers vermittelt. Die hatten zwar keine Kinder, aber Kim konnte eben auch gut kochen. Eka würde auch weiterhin das Haus in der *Jalan Lombok* bewachen. Kein Eigentümer ließ in Jakarta ein Haus leer stehen, selbst wenn es unbewohnt war.

Als wir von dem verspäteten Mittagessen zurückkamen, rief ich Timo an, um ihm mitzuteilen, dass er nicht zu dem Cocktail in die Botschaft kommen könne.

»Schenk weiß, dass ich in Jakarta bin und dass wir beide zusammen in Sachen AMKU recherchiert haben«, resümierte er mein Gespräch mit Schenk.

»Das sage ich dir aber rein privat, denn dienstlichen Umgang mit dir hat er mir untersagt.«

Timo lachte.

»Woher weiß er das?«, fragte Timo.

»Das habe ich mich auch schon gefragt.«

»Es gibt eigentlich nur zwei Möglichkeiten: Entweder haben Hartonos Leute den Wachmann ausgequetscht, bevor der sich das Genick gebrochen hat und sind dann irgendwie über die Botschaft auf dich gestoßen und haben so die Verbindung zu mir aufgedeckt oder ich bin nach meinem Treffen mit Neudecker verfolgt worden.«

»Ich würde mal auf ›sowohl-als-auch‹ tippen.«

»Wir sollten nicht mehr telefonieren.«

»Ich komme nach dem Cocktail bei dir vorbei.«

Nach dem Schwimmen nahm ich ein Bad in der Sonne, bis sie hinter der Mauer des Gartens verschwand. Es war halb sechs. Leo und Hannah spielten im Pool und Paul saß am Beckenrand und ließ die Beine im Wasser baumeln. Ich ging ins Bad, duschte und stellte mich auf die Waage. Irgendwie hatte ich schon die ganze Zeit das Gefühl, dass etwas nicht stimmte. Der Zeiger blieb bei knapp über 70 Kilo stehen. Heute Abend war Abstinenz angesagt und morgen früh war ein Extralauftraining fällig. 70 Kilo war meine magische Grenze – schon immer gewesen. Ich war damals 18 Jahre alt, als mein Judotrainer mir vor einem Turnier sagte, 70 Kilo sei mein Limit. »Entweder du bleibst darunter, dann kannst du alles gewinnen oder du hast mehr und musst gegen Frauen antreten, die du nicht mehr werfen kannst, weil sie zwanzig oder dreißig Kilo mehr haben als du.«

Seit damals ist »70« ein Limit, das ich nur während der Schwangerschaften kurzzeitig überschritten hatte. Ich hatte alles gewonnen und auch nach dem Ende meiner Karriere als Sportlerin blieb der Ehrgeiz, die Gewichtsklasse »unter 70« nicht zu verlassen. Ich zog das kleine Schwarze an, eine Chanel-Imitation, die ich von einem indischen Schneider in Kemang hatte herstellen lassen. Es war natürlich Unsinn, aber ich bildete mir ein, das Kleid kneife an Po und Bauch. Farbe für die Augen, Lippenstift, Rouge, den schweren Armreif von Hannahs Vater, die Ohrringe von Leos Vater, die Uhr von Timo – fertig. Normalerweise trug ich keinen Schmuck, aber wenn es darum ging weiblich zu erscheinen, nutzte ich die wenigen Teile, die ich hatte. Das war bei einer Größe von 180 Zentimetern und bei meinen Muskeln absolut notwendig. Ich schaute auf die Reverso. Ich war eine Stunde zu früh. Selten brauche ich länger als 15 Minuten, um mich für einen Empfang fertig zu machen.

Die Kinder spielten immer noch im Pool. Kim hatte sich neben Paul auf den Beckenrand gesetzt und ihren Arm um ihn gelegt. Mit den Beinen versuchten sie einen Ball zu erreichen, der auf dem Wasser schwamm. Kim genoss die körperliche Nähe des Jungen und das Spiel mit den Kindern. Vielleicht war für sie der Abschied am schwersten. Sie hatte in den letzten beiden Jahren mehr Zeit mit Leo und Hannah verbracht als ich. Und ausgerechnet jetzt tauchte Paul auf. Vielleicht konnte sie sich irgendwie um den Jungen kümmern und ich könnte mit Hilfe von Josef Nerlinger ein Auge auf den Jungen werfen. Aus den

Restbeständen meiner Hausbar holte ich mir einen Martini und schaute dem Treiben im Pool zu. Irgendwie überkam mich jetzt doch Wehmut beim Gedanken, Jakarta zu verlassen. Um halb sieben fuhr ich in die Botschaft. Es hatte begonnen zu regnen. Die Lichter der Autos und der Straßenlampen spiegelten sich verzerrt in den Pfützen der Straßen. Die bettelnden Kinder hatten die Verkehrsinsel vor der Deutschen Bank verlassen und sich unter einen Baum gestellt, der den Bürgersteig überragte. Lange würden sie hier nicht trocken bleiben.

Ein Catering Service hatte im Foyer Cocktailtische und eine Getränkebar aufgebaut. In der Küche standen mehrere Tabletts mit Canapés. Kurz nach mir traf Schenk mit seiner Frau ein. Der Botschafter kontrollierte die Vorbereitungen und ich musste Frau Schenk hinsichtlich meines Umzugs Rede und Antwort stehen und mir Anekdoten über die zahlreichen Schenkschen Umzüge anhören. Die ersten Gäste kamen, wie immer in Jakarta, zu früh. Das lag daran, dass man, um einigermaßen pünktlich zu sein, das Verkehrschaos einplanend frühzeitig losfuhr. Aus irgendeinem Grunde war dann die *Sudirman* nicht wie erwartet völlig verstopft und man erreichte sein Ziel in der Hälfte der zunächst befürchteten Zeit. Ich riss mich von Frau Schenk los und begrüßte die Gäste, darunter Journalisten, die Chefredakteure einiger indonesischer Blätter, ein Fernsehdirektor und die Redaktion eines lokalen Rundfunksenders, mit dem wir deutsche Sprachkurse übers Radio ausgestrahlt hatten. Ibu Mahfud vom Informationsministerium erschien in Begleitung ihres Gatten und versicherte mir gleich bei der Begrüßung, dass die Drehgenehmigung für das ARD-Team schon durchgegangen sei. Gedé hatte mir ein kleines Geschenk mitgebracht. Im Beisein von Schenk überreichte er mir eine Originalausgabe seiner Zeitschrift »Pantulan« von 1993, die zu deren Verbot geführt hatte.

»Sehen Sie, Herr Botschafter, hier ist der Artikel über die DDR-Fregatten, der den Präsidenten so aufgeregt hat, dass er unsere Zeitschrift verbieten ließ. Das war noch bevor er plötzlich zum Demokraten und Verfechter der Pressefreiheit mutierte.« Gedé hatte ein verschmitztes Lächeln aufgesetzt. Schenk schaute pikiert.

»Und hier habe ich die erste Nummer der neuen ›Pantulan‹, die wir im April wieder gestartet haben.« Gedé grinste breit. »Vielleicht gelingt es uns auch mit der nächsten Ausgabe wieder ein Stück Geschichte zu schreiben. Das entsprechende Exemplar werde ich dir dann über Botschafter Schenk zustellen.«

Schenk war froh, dass ein Uniformierter auf ihn zukam. Oberst Perdanakusuma arbeitete im Innenministerium und war mein Ansprechpartner bei einigen schwierigen Konsularfällen gewesen. Danach erschien Manfred Emminger von der Lufthansa, mit dem ich während der Tage vor dem Sturz Suhartos im Mai 1998 eng zusammengearbeitet hatte. Damals hatten während der Unruhen und Plünderungen innerhalb von einer Woche nahezu alle Ausländer das Land verlassen. Darunter waren auch über 2000 deutsche Staatsbürger. Am Flughafen herrschte während dieser Zeit absolutes Chaos. Mit Hilfe von Sondermaschinen der Lufthansa und von Singapore Airlines war es uns gelungen, dem Ansturm Herr zu werden. Ich war damals für mehrere Tage am Flughafen gewesen und hatte mit meinen Mitarbeitern aus der Konsularabteilung Passersatzdokumente ausgestellt und Visa erteilt. Ob ein Pass abgelaufen war, einer indonesischen Ehefrau eines deutschen Staatsbürgers das Visum fehlte oder schlicht das Geld für ein Ticket nicht verfügbar war. Wir hatten geholfen, wo es nur ging und dabei so manche Vorschrift ignoriert.

Botschafter Schenk schlug mit einem Cocktaillöffel an sein Sektglas.

»Liebe Gäste, Lädies änd Schäntelmän.«

Ich stand neben Schenk vor dem Flaggenständer mit der deutschen und der indonesischen Fahne. Es bildete sich ein Halbkreis um uns. Josef Nerlinger stand ganz hinten und zwinkerte mir zu. Ich hielt Ausschau nach Neudecker, den ich aber nirgends entdecken konnte. Schenk hieß die Gäste willkommen und bedauerte den Anlass für den heutigen Abend. Mit mir verliere er eine seiner wertvollsten Mitarbeiterinnen. Die deutsche Botschaft habe immer Wert auf einen vertrauensvollen Umgang mit den Medien gelegt. Er begrüße es, dass aufgrund der Reformen des Präsidenten die Presse nun von den Fesseln der Zensur befreit sei. Indes habe er den Eindruck, dass die Medien in Indonesien noch verantwortungsvoller mit der neuen Freiheit umgehen müssten. Nicht immer werde der Unterschied zwischen Fakten und Gerüchten ausreichend beachtet.

Vielleicht war Neudecker irgendwo im Stau stecken geblieben, aber Josef kam ja schließlich auch aus Kemang und war pünktlich erschienen. Ich hoffte inständig, dass Neudecker noch auftauchen würde. Inzwischen hatte Schenk es irgendwie geschafft, wieder zu seinem Lieblingsthema, den deutsch-indonesischen Beziehungen zu kommen, redete gerade vom Regiment »Württemberg« und ich überlegte, was ich tun könnte, wenn Neudecker gar nicht auftauchte und womöglich schon abgereist war. Schenk kam zu Walter Spies.

»Ein Deutscher aus Moskau, Maler, Pianist, Dirigent, Ethnologe, Historiker, Sammler, Causeur und Cicerone der mondänen Welt. Eine Vielbegabung, die es aufgrund persönlicher Herkunft und Fähigkeiten dazu gebracht hatte, selbst zur Sehenswürdigkeit in Bali zu werden.«

Vielleicht konnte ich nach dem Cocktail mit Timo nach Kemang fahren und Neudecker einen Besuch abstatten, wenn er noch da wäre. Über die zahlreichen indonesischen Studenten in Deutschland näherte sich Schenk dem Ende seiner Rede.

»...darunter auch der Präsident Ihres Landes, auf den wir alle stolz sind und dem wir in diesen für die Zukunft ihres Landes so wichtigen Tagen alles Gute wünschen.«

Und mir hatte er vor ein paar Stunden noch einen Vortrag über Einmischung in die inneren Angelegenheiten Indonesiens gehalten.

»... erheben wir nun unser Glas auf Frau Dr. Valentin und die Zukunft der deutsch-indonesischen Beziehungen.«

Ich erhob mein Glas und prostete Schenk zu. Die erste Gelegenheit nutzte ich, um mich abzusetzen. Ich ging zu Gedé.

»Was hast du da vorhin über die nächste Ausgabe von ›Pantulan‹ angedeutet?«

Gedé grinste.

»Es fällt mir schwer nicht darüber zu reden, aber ich muss die Sache noch ein paar Tage geheim halten.

Mir fehlen noch ein paar Fakten und mit Gerüchten sollte man nicht arbeiten, hat der Botschafter doch vorhin gesagt.«

Um halb neun verabschiedeten sich die ersten Gäste. Bis die Letzten gegangen waren, verging fast eine Stunde, in der ich noch einmal gut hundert Hände schüttelte. Am Ende blieben nur noch ein paar Kollegen übrig. »Kommst du noch mit auf ein Bier in die Mandarin Bar?«, fragte Josef.

Ich lehnte ab, kramte die zahlreichen kleinen Geschenke und Souvenirs zusammen und trug sie zum Auto. Zum Schluss verabschiedete ich mich von Georg Beckert, dem Hausmeister, der den Abzug der Leute vom Catering Service überwachte. Als ich aus der Sicherheitsschleuse der Botschaft fuhr, bemerkte ich einen schwarzen Toyota, der neben dem Eingang geparkt hatte und nun ebenfalls losfuhr. Auf Umwegen fuhr ich zum Mandarin. Der Toyota blieb mir dicht auf den Fersen.

Timo lag im Bademantel auf dem Bett und hatte den Fernseher angeschaltet. Ein australischer Sender brachte Nachrichten aus der Region.

»Schau dir das an«, sagte er. Meldungen über einen Bombenanschlag in der Provinz Aceh an der Nordspitze Sumatras, wo muslimische Rebellen die Errichtung eines Gottesstaates betrieben, wurden gefolgt von Bildern, die brennende Häuser auf den Molukken zeigten. Danach wurde von Milizen berichtet, die osttimoresische Flüchtlinge in Westtimor terrorisierten. Der Nachrichtensprecher berichtete, der indonesische Präsident habe heute eine Delegation aus Irian Jaya empfangen, die den sofortigen Abzug des indonesischen Militärs und die

Unabhängigkeit ihrer Provinz gefordert hätten. Ein Kommentator sprach von der »Balkanisierung« Indonesiens und den Gefahren, die für Australien von diesem Prozess ausgehen. Suharto habe das Land zugrunde gerichtet, die Provinzen seien ausgeblutet und der jetzige Präsident sei viel zu sehr mit dem alten Regime verstrickt, als dass er noch einen Funken Glaubwürdigkeit besitze. Es bleibe nur zu hoffen, dass in der nächsten Woche ein neuer Präsident gewählt werde, der endlich eine Dezentralisierung durchsetze.

»Na, was hältst du davon?«, fragte Timo.

»Das ist die australische Sicht der Dinge. Jahrzehntelang haben sie Suharto unterstützt und haben als einziger Staat der Welt sogar die Annexion von Ost-Timor anerkannt. Davon will heute niemand mehr etwas wissen.«

»Der Kommentar war ziemlich naiv, als ob sich durch den Wechsel an der Spitze alles zum Bessern ändern könne. Ich glaube, Indonesien ist als letztes großes Kolonialreich des 20. Jahrhunderts in einem Auflösungsprozess, der kaum mehr zu stoppen ist. Das Land zerfällt und bis daraus etwas Neues entsteht, werden über Jahre hinaus Guerillakriege, Bürgerkriege und Anarchie herrschen.«

»Dein Korrespondentenjob ist also gesichert.«

»So kann man es sehen. Wie war der Cocktailempfang?«

»Neudecker war nicht da.«

»Ich hatte fast damit gerechnet, dass irgend etwas schief geht. Ich werde morgen früh bei ihm vorbeifahren.«

Ich stellte eine Flasche Wein, die ich aus der Botschaft mitgebracht hatte, auf den Tisch.

»Mit besten Grüßen von Schenk«, sagte ich und zwinkerte Timo zu.

»Das ist das Mindeste, was er für mich tun kann.« Timo öffnete die Flasche mit seinem Schweizermesser und füllte zwei Gläser. Er legte eine CD in den kleinen Discman, an den er zwei Miniboxen angeschlossen hatte.

»Tangos von Astor Piazzolla. Unser letzter Abend in Jakarta.«

»Noch ein Abschied. Mir wird es allmählich zu viel.«

Ich hatte mein Kleid ausgezogen und öffnete den Gürtel von Timos Bademantel. Wir liebten uns an diesem Abend mit einer Intensität wie nie zuvor. Es würde für lange Zeit, vielleicht für immer, das letzte Mal sein. Keiner wollte den anderen loslassen und wir lagen lange schweigend und hielten uns fest. Timo streichelte meinen Rücken und ich dachte daran, wie es wäre, bei ihm zu bleiben. Ich überlegte, ob ich ihn fragen sollte »Timo, kannst du nicht auch in Berlin arbeiten?« oder »Was hältst du davon, wenn ich versuche nach Singapur versetzt zu werden?«. Natürlich würde die Personalabteilung das ablehnen. Ich war für einen Inlandsposten vorgesehen. Was wäre, wenn ich einfach aufhören würde. »Ich finde schon wieder etwas Neues«, sagte ich mir. »Du bist zu rational«, dachte ich, »warum machst du nicht einfach, wozu du Lust hast?«. Tausend Gedanken gingen mir durch den Kopf, doch keiner kam über meine Lippen. Ich schwieg mit Tränen in den Augen. Ich wusste, dass er mich nicht nach meinen Plänen für die Zukunft fragen würde. Er hatte schon einmal Pläne mit mir gemacht und ich war damals in die USA gegangen. Dort hatte ich mich in einen verrückten Basketballspieler verliebt und den Kontakt mit Timo abgebrochen. Nachdem wir uns in Jakarta wieder über den Weg gelaufen waren und diese Affäre begonnen hatten, hatte er einmal gesagt »Keine Pläne mehr«. Ich hatte nur gefragt, wann er wiederkomme. »Keine Pläne mehr.«

Ich hielt mich daran und hatte mir eine fatalistische Einstellung zugelegt: Es kommt, wie es kommt. Und dennoch, es tat weh, unendlich weh, und ich krallte meine Finger in seinen Rücken.

Ich verließ das Hotel um drei Uhr nachts. Die Kinder hatten ihre Isomatten zusammengelegt und Paul in die Mitte genommen. Hannah atmete ruhig. Unsere letzte Nacht in Jakarta ging schon fast zu Ende als ich endlich einschlief, immer noch meinen Gedanken und Träumen nachhängend und nach einer Lösung suchend, von der ich wusste, dass es sie nicht gab.

7

Freitag, 15. Oktober 1999.

Die Zeit verging zäh und langsam, wie immer, wenn man alles erledigt hat, nichts mehr zu tun ist und man nur noch wartet. Ich wartete auf den Abflug. Die Kinder spielten am Pool, ich hing meinen Gedanken nach und schaute immer wieder auf die Uhr. Hannah hustete und das Husten erinnerte mich an den Grund unserer Abreise. Am späten Vormittag wurden die drei Seekisten mit dem unbegleiteten Fluggepäck abgeholt und um 14 Uhr erreichte ich endlich Timo. Er war in Kemang bei Neudeckers gewesen. Neudecker sei gestern überraschend nach Merak beordert worden. Das dortige AMKU-Projekt habe Schwierigkeiten mit der neuen Buchführungssoftware. Morgen sei er zurück. Bis Sonntag werde er noch in Jakarta bleiben und ich solle mich von Deutschland aus in seinem Büro in Singapur melden. Gegen 15 Uhr bekam Hannah einen schlimmen Husten, der in einen Asthmaanfall überging. Sie japste nach Luft. Nachdem sie den Sultanol-Inhalator benutzt hatte, ging es ihr besser. Um 16 Uhr kam der VW-Bus der Botschaft. Ich umarmte Kim und küsste Paul auf die Backe. Kim versprach, mich auf dem Laufenden zu halten und sich, so gut es ging, um den Jungen zu kümmern. Wir luden die Koffer ein und fuhren los – zu früh eigentlich, aber die Autobahn zum Flughafen führte am Parlament und an der Trisakti Universität – zwei kritischen Punkten – vorbei. Das Parlament war immer wieder Ziel von Demonstrationen, die dann auch die Autobahn blockierten, und die Trisakti Universität war das Zentrum der Proteste gegen Suharto gewesen und auch nach dessen Sturz blieb die Universität ein Unruheherd. Heute war alles ruhig. Es herrschte für indonesische Verhältnisse kaum Verkehr und die Sonne schien von einem blauen Himmel, als wolle sie uns den Abschied aus den Tropen besonders schwer machen. Um 17 Uhr erreichten wir den Flughafen. Die Lufthansamaschine über Singapur nach Frankfurt war planmäßig für 20.00 Uhr angekündigt. Hannah hustete wieder. Noch drei Stunden bis zum Abflug. Ich schickte den Fahrer der Botschaft nach Hause und beugte mich dem Wunsch der Kinder nach einem Besuch bei McDonalds. Gegen 18 Uhr hatte sich bereits eine Schlange vor dem Abfertigungsschalter der Lufthansa gebildet. Kaum hatte ich mich eingereiht, erschien hinter mir Susanne Beckert, die Frau des Hausmeisters. Wir begrüßten uns und sie erzählte, dass sie wegen einer dringenden Familienangelegenheit nach Deutschland müsse. Unsere Unterhaltung wurde von Bachs Toccata in d-Moll unterbrochen. Unter den vielen möglichen Klingeltönen meines Handys hatte mir dieser am besten gefallen. Ich kramte den Nokia-Communicator hervor. Ich dachte an Timo, aber das Display zeigte keine der gespeicherten Nummern – auch nicht die von Timos Handy. Ich nahm den Anruf entgegen. Es meldete sich eine weibliche Stimme in indonesisch gefärbtem Englisch. Die Frau stellte sich als Ärztin aus dem MMC-Krankenhaus in Jakarta Pusat vor. Sie fragte, ob ich Dr. Charlotte Valentin sei. Man habe meinen Namen und die Handynummer im Notfallausweis eines Unfallopfers gefunden. Es handele sich um einen Alexander Timoreit. Ob mir die Person bekannt sei, wollte die Frauenstimme wissen. Ich bejahte, fühlte meine Knie schwach werden und mein Herz fing an zu klopfen. Ich setzte mich auf einen Koffer. Der Mann sei vor einer halben Stunde eingeliefert worden, nachdem er auf der *Thamrin* vor seinem Hotel von einem Fahrzeug angefahren worden sei. Der Patient sei bewusstlos und schwer verletzt. Für den Fall, dass ich ins Krankenhaus kommen wolle, sei sie bis morgen früh in der Notaufnahme erreichbar.

Ich versuchte meine Gedanken zu sammeln und fragte, wie schlimm die Verletzungen seien und ob er durchkommen würde. Die Ärztin konnte sich nicht festlegen. Sein Zustand sei sehr kritisch. »Wir tun unser Bestes.«

»Was ist denn los Mama, du zitterst ja.« Hannah stand mit besorgtem Gesicht vor mir. Auch Susanne Beckert war zu mir getreten. Ich erklärte, was vorgefallen war.

»Mein Gott, ausgerechnet jetzt«, hörte ich Susanne Beckert sagen.

Vor dem Hotel von einem Auto angefahren – unmöglich war das nicht. Die *Thamrin* hatte an dieser Stelle sechs Fahrspuren und Timo benutzte nie die Fußgängerbrücke, die 200 Meter weiter nördlich zum Hyatt hinüberführte. Stattdessen sprintete er so gut er mit seiner Behinderung eben konnte auf den grünen Mittelstreifen und von dort über die drei Fahrspuren, über die sich normalerweise der Verkehr aus Richtung Süden wälzte. Ich hatte die Straße hier fast täglich überquert. Es war nicht unmöglich, dort angefahren zu werden, aber ausgerechnet jetzt? Ich dachte erneut an Hartonos Schläger und den toten Setiabudi und mochte nicht an einen Unfall glauben. Möglicherweise wollte Hartono ihn aus dem Weg räumen. Konnte ich Timo in dieser Situation allein lassen? Die Schlange vor mir war zusammengeschmolzen. Inzwischen wurde das Ehepaar vor mir abgefertigt. Sollte ich mit den Kindern zurück in die Stadt fahren? Ich verwarf den Gedanken. Es war zu gefährlich. Ich konnte nicht gleichzeitig Timo helfen und auf die Kinder aufpassen. Sollte ich mit den Kindern ausreisen und später zurückkommen? Ich dachte an die letzte Nacht mit Timo. Dann fasste ich einen Entschluss. Viel Zeit hatte ich ja ohnehin nicht mehr, um mich zu entscheiden. Ich nahm das Handy und wählte die Nummer meiner Freundin Sabine in Berlin. In Deutschland war es jetzt um die Mittagszeit. Das Telefon klingelte endlos.

»Anwaltskanzlei Schlemmberger«, meldete sich eine Frauenstimme.

»Ich möchte mit Frau Schlemmberger sprechen.«

»Die hat gerade einen Mandanten.«

»Sagen Sie ihr meinen Namen. Es ist dringend.«

Kurz darauf hatte ich Sabine am Telefon.

»Sabine, ich bin's, Charlotte.«

Sabine überschüttete mich mit Fragen, wo ich sei, wann ich ankäme, wie es Hannah ginge. Ich musste sie unterbrechen.

»Sabine, das ist sozusagen ein Notruf. Ich brauche dringend deine Hilfe. Die Kinder kommen morgen um zehn Uhr in Berlin an. Ich muss hier noch etwas erledigen. Ich brauche dringend jemanden, der die Kinder abholt. Ich komme in ein paar Tagen nach.«

»Was ist denn passiert?«

»Ich erklär's dir später. Ich rufe nachher noch mal an. Kannst du das mit Hannah und Leo übernehmen?«

»Wir hätten euch sowieso abgeholt, also mach dir keine Sorgen.«

Als ich mich von Hannahs Vater getrennt hatte, war ich in der Bonner Südstadt in eine Wohngemeinschaft gezogen. Was zunächst wie eine Notgemeinschaft aus Alleinerziehenden ausgesehen hatte, war für mich zu einer Wohngemeinschaft mit Familienqualität geworden. Teil dieser Großfamilie war auch Sabine mit ihren zwei Kindern gewesen. Inzwischen war sie nach Berlin gezogen und hatte sich als Anwältin selbständig gemacht. Wir hatten beschlossen, unsere Wohngemeinschaft in Berlin fortzusetzen und ich würde bei ihr einziehen, bis wir gemeinsam eine größere Wohnung gefunden hätten.

»Wir fahren doch nach Berlin?«, fragte Hannah besorgt, die meinem Telefonat zugehört hatte.

»Ja, und Sabine holt euch morgen früh am Flughafen ab. Ich komme in ein paar Tagen nach.« Hannah schaute erleichtert. Es schien sie kaum zu stören, dass ich nicht mitkam. Leo saß auf dem Gepäckwagen, spielte Gameboy und hatte von allem nichts mitbekommen. Das Ehepaar vor uns hatte eingecheckt. Ich legte die beiden Flugtickets der Kinder auf den Tresen.

»Sie fliegen nicht mit?«

»Nein.«

»Mamma, stimmt das, dass wir alleine fliegen?«

Hannah hatte Leo von der neuen Wendung in Kenntnis gesetzt.

»Ja, mein Schatz. Das schafft ihr doch, oder? Sabine holt euch am Flughafen ab.«

Leo nickte zuversichtlich, als habe er Geborgenheit und mütterliche Nähe gegen die Möglichkeit eines uneingeschränkten Gameboy Gebrauchs abgewogen und sich eindeutig für den Vorteil des Spiels entschieden. Hannah schien noch zu überlegen, was das nun alles bedeute.

»Sie brauchen eine Aufsichtsperson.« Die Indonesierin mit der Lufthansauniform schaute mich auffordernd an. Wie kann man nur zwei Kinder in diesem Alter alleine auf Reisen schicken, schien ihr Blick zu fragen.

»Bitte?«

»Passagiere unter zwölf Jahren dürfen nur in Begleitung eines Erwachsenen fliegen. Es sei denn, sie buchen den Kinder-Begleit-Service der Lufthansa.«

»Dann buche ich eben den Kinder-Begleit-Service.«

»Dazu ist es jetzt zu spät. Den Kinder-Begleit-Service müssen Sie 14 Tage vor Abflug buchen«, sagte die Frau hinter dem Abfertigungsschalter mit unbewegtem Gesicht. Ich kochte vor Wut. Dieser verdammte Begleitservice bestand ohnehin nur darin, dass die Kinder bei Ankunft an eine autorisierte Person übergeben wurden. Leo würde Sabine auch ohne Begleitservice finden. Aber das war egal. Es war völlig unsinnig anzunehmen, ich könnte eine subalterne Angestellte dazu bewegen, die Kinder entgegen der Vorschriften der Lufthansa mitzunehmen.

»Ich könnte während des Fluges auf die Kinder aufpassen.« Susanne Beckert hatte das Gespräch verfolgt und war an den Schalter getreten. Ich hätte sie für den Vorschlag am liebsten umarmt.

»Das wäre großartig«, sagte ich.

»Ihr Ticket bitte«, sagte die Indonesierin.

Nach dem Einchecken gingen wir gemeinsam zur Passkontrolle. Ich nahm die Medikamente aus meiner Handtasche und verstaute sie in Hannahs Rucksack.

»Das Spray, die Tabletten und die Cortisonspritze, Hannah, okay, du weißt wo die Medikamente sind, ja?«

»Mach dir keine Sorgen Mama.«

Ich nahm Hannah in den Arm und drückte sie fest an mich. Sie war nicht einmal sechs Jahre alt und doch erschien sie mir schon so groß und vernünftig oder war das nur meine Wunschvorstellung, weil ich jemanden brauchte, der mir Verantwortung abnahm und mir half.

Ich küsste Leo und ermahnte ihn, er solle auf Hannah aufpassen und in Berlin keinen Unsinn machen. Leo nickte.

»Mach dir keine Sorgen, Mama.«

Womit hatte ich diese Kinder verdient? Ständig hatte ich das Gefühl, eine Rabenmutter zu sein. Ständig hatte ich Angst, zu spät zu kommen, zu wenig Zeit für sie zu haben und zu versagen. Und dennoch hatte ich das sichere Gefühl, dass alles gut gehen würde, dass ich mich auf sie verlassen konnte. Ich verabschiedete mich von Susanne Beckert. Wir hatten längst alles besprochen und die Telefonnummern ausgetauscht. Mit dem Koffer in der Hand eilte ich dem Taxistand entgegen.

Zuerst bemerkte ich aus den Augenwinkeln, dass jemand neben mir herging. Ich schaute nicht hin, weil ich vermutete, es handele sich um einen Bettler oder einen Gepäckträger. Ich wollte den Blickkontakt vermeiden.

»Wo gehst du hin?«

Ich blieb stehen und schaute mich überrascht um. Es war tatsächlich Paul.

»Was machst du denn hier?«, fragte ich ihn.

»Ich wollte verreisen, aber sie nehmen mich nicht mit. Möglicherweise ist Fliegen nur für Ausländer.« Paul, so stellte sich auf der Fahrt in die Stadt heraus, hatte mit dem Geld, das ich ihm zugesteckt hatte, beschlossen, ebenfalls nach Deutschland zu fliegen. Er hatte sich ein Taxi zum Flughafen genommen und sich dann durchgefragt, wo es nach Deutschland ginge.

»Um in die große Halle zu kommen, musst du einen Zettel haben.«

»Ein Ticket.«

»Genau, und das wollte ich mir dann kaufen.« Er kramte in seinen Hosentaschen und zog ein paar Rupiahscheine hervor. Bei der Lufthansa hatten sie ihn ausgelacht und bei der indonesischen Fluglinie Garuda hatte man ihn rausgeschmissen. Jetzt habe er gerade überlegt, ob er dieses Ticket möglicherweise einem der anderen Reisenden abkaufen könnte, aber da sei ich wieder herausgekommen.«

Ich erzählte ihm von Timos Unfall. Ich solle mir keine Sorgen machen, meinte Paul, denn er werde auf mich aufpassen und bei mir bleiben, so lange ich in Jakarta sei. Als Gegenleistung könne ich ihn ja demnächst einmal nach Deutschland einladen.

»Ich verspreche es«, sagte ich.

Auf dem Weg in die *Jalan Lombok* ließ ich den Wagen am Mandarin stoppen. An der Rezeption fragte ich, ob jemand den Unfall vor dem Hotel am Nachmittag beobachtet habe. Einer der Gärtner habe alles gesehen, während er vorne an der Straße die Blumen gewässert habe. Der Mann sei aber schon nach Hause. Ich könne ihn erst morgen sprechen. Ich brachte den Koffer in das leere Haus, breitete Isomatte und Schlafsack in der Halle aus und ließ Paul zurück. Dann fuhr ich in das MMC-Hospital in der *Rasuna Said*, wo ich an der Rezeption nach Dr. Suprapto fragte. Ich wartete eine Weile und wurde dann in ein Büro geführt, wo mich die Ärztin begrüßte. Timo werde noch immer operiert und sie könne mir nichts Neues sagen. Es dauerte noch weitere zwei Stunden, bis ich endlich etwas erfuhr. Dr. Suprapto stellte mich einem Kollegen vor, der die Operation durchgeführt hatte. Der Arzt schaute mich sorgenvoll an. Der Patient habe eine Reihe von schweren Verletzungen erlitten: Mehrere Rippenbrüche, Pneumothorax, schwere Gehirnerschütterung und einen Schock. Gerade eben habe man noch ein Nierenversagen als Folge des Schocks verhindern können, den Pneumothorax habe man auch rechtzeitig in den Griff bekommen, um ein Lungenversagen zu verhindern. Auf meinen Wunsch hin, begleitete er mich zur Intensivstation. Timo lag hinter einer Scheibe und war verkabelt wie in einem Sciencefictionfilm. Schläuche führten in Nase und Arm und verschwanden unter dem Laken. Das Gesicht war so geschwollen, dass die Gesichtszüge kaum mehr erkennbar waren.

»Kann ich zu ihm?«, fragte ich.

Der Arzt lehnte ab.

»Vielleicht morgen, wenn alles gut geht. Sie können jetzt nichts für ihn tun.« Ich ließ mich von ihm zurück in die Rezeption bringen. Er gab mir eine Telefonnummer, die ich jederzeit anrufen könne, um mich nach dem Befinden Timos zu erkundigen.

8

Samstag, 16. Oktober 1999.

Hannah rang nach Atem. Sie hustete fürchterlich. Ihre Augen flehten in Todesangst um Hilfe. Ich wollte zu meinem Kind, aber ich kam nicht weg. Ich hielt Timos Hand. Timo lag auf der Intensivstation. Seine Hand war zart und feingliedrig. Ich wusste, dass er sterben würde, wenn ich ihn losließe. Ich durfte die Hand auf keinen Fall loslassen, aber Hannah brauchte eine Spritze, sie würde sonst ersticken. Was sollte ich tun? Ich war völlig allein. Ich ließ Timos Hand los. Er sah mich traurig an. Schweißgebadet wachte ich auf. Paul kniete neben mir und schüttelte mich. Es dauerte einige Sekunden, bis ich mit Erleichterung feststellte, dass ich nur geträumt hatte und dass ich mich in der *Jalan Lombok* befand.

»Ich dachte, du brichst mir die Hand«, lachte Paul und imitierte dann, wie ich seine Hand gequetscht hatte. Ich schaute auf die Uhr. Es war acht Uhr morgens. Ich stand auf, ging zum Pool und sprang mitsamt dem durchgeschwitzten T-Shirt ins Wasser. Danach rief ich als Erstes auf der Intensivstation des MMC-Hospitals an. Der Arzt, der Timo operiert hatte, meldete sich und sagte, dass Timo die Nacht gut überstanden habe. Er habe das Bewusstsein wiedererlangt und sein Zustand sei stabil. Erleichtert ging ich mit Paul zum Mandarin hinüber. Wir frühstückten ausgiebig. Paul schien wieder auf Vorrat zu essen. Als er schließlich fertig war, hätte ich schwören können, dass er nicht mehr vom Stuhl aufstehen konnte. Wider Erwarten kam Paul doch noch auf die Beine. Ich fragte an der Rezeption erneut nach dem Gärtner, der gestern Zeuge von Timos Unfall geworden war. Ein Hotelangestellter führte uns in den fünften Stock. Außer dem Fitnessclub befand sich hier das begehbare Dach der Lobby mit einem Restaurant, einem Swimmingpool und einem kleinen Garten. Der Gärtner trug einen blauen Overall. Er hatte dunkle, fast schwarze Hautfarbe, krauses Haar und die Physiognomie eines Irianesen. Ich stellte mich kurz vor und fragte den Mann dann, ob er aus Irian Jaya sei. »Dari Jayapura«, sagte er stolz – aus der Provinzhauptstadt Irians, Jayapura. Seit 20 Jahren sei er schon in Jakarta. Auf meine Nachfrage hin erzählte er, dass auch seine Familie in Jakarta sei. Er habe drei Kinder. Sein ältester Sohn sei ebenfalls als Gärtner im Mandarin beschäftigt. Erst nach dieser Einleitung fragte ich nach dem Unfallhergang. Er habe unten an der Straße die Bewässerungsanlage für den Rasen gewartet, da sei ein Auto mit hoher Geschwindigkeit aus dem *Selamat Datang Kreisel* herausgekommen und habe den Hotelgast erfasst. Dieser sei durch die Luft geschleudert worden und dann auf den Grünstreifen gefallen. Der Gärtner lehnte sich über die Brüstung des Dachgartens und deutete auf die Stelle. Danach sei der Wagen ohne anzuhalten weitergefahren. Nein, es sei zu dieser Zeit nicht viel Verkehr gewesen, erklärte er auf meine Nachfrage und er sei sich nicht sicher, ob der Fahrer des Wagens gebremst habe. Um was für ein Fahrzeug es sich gehandelt habe, konnte er nicht genau sagen. Ein blaues Taxi. Das habe er aber auch schon alles der Polizei erzählt.

Ich trat aus der klimatisierten Lobby ins Freie. Ein Hotelangestellter winkte ein Taxi heran und ich stieg mit Paul ein. Aus den Augenwinkeln konnte ich erkennen, wie sich ein schwarzer Toyota Geländewagen in Bewegung setzte. Am Ende der Auffahrt zum Hotel bat ich den Taxifahrer anzuhalten. Ich hatte keine Lust mehr, das Opfer zu spielen und mich von diesen Idioten verfolgen zu lassen. Ich stieg aus. Der Toyota hielt hinter dem Taxi an. Ich öffnete die Fahrertür des Toyota. Der Fahrer schaute mich überrascht an und grinste eher verlegen als bedrohlich. Ich zog den Wagenschlüssel aus dem Zündschloss. Der Motor erstarb. Der Mann rührte sich nicht. Ich warf den Autoschlüssel in eine Hecke, die das Gelände des Hotels zur Straße hin abgrenzte. Hier würden sie eine Weile suchen müssen.

Als Erstes fuhr ich mit dem Jungen zum MMC-Hospital. Ich gab ihm Geld und sagte ihm, er solle sich an der Ecke ein Eis holen und draußen auf mich warten. Dr. Suprapto empfing mich mit einem Lächeln. Der Patient sei heute Nacht zu sich gekommen. Das sei ein gutes Zeichen. Man könne davon ausgehen, dass nun keine akute Lebensgefahr mehr bestünde. Sie führte mich auf die Intensivstation. Ich musste meine Schuhe ausziehen, meine Hände waschen und einen weißen Kittel überstreifen. Dann durfte ich zu Timo. Er sah zwar noch genauso übel zugerichtet aus wie gestern Abend, aber ich war froh, dass er wieder auf die Beine kommen würde.

Alles andere war nicht wichtig. Ich setzte mich neben sein Bett und ergriff seine Hand. Leise redete ich auf ihn ein, meinen Mund dicht an seinem Ohr. Es dauerte eine Weile, bis er reagierte. Er schlug das nicht ganz zugeschwollene linke Auge auf und sah mich an.

»Es wird wieder gut, Timo«, sagte ich.

»Was ist passiert?«, fragte er mit flüsternder Stimme.

»Du bist angefahren worden.«

»Wo bin ich?«, flüsterte er.

»MMC-Hospital, Jakarta.«

»Wann?«

»Gestern am Nachmittag vor dem Mandarin. Du hast ein paar Rippen gebrochen und hattest einen schweren Schock. Jetzt brauchst du hier nur ein paar Tage ruhig zu liegen«, ich grinste ihn an.

»Ich habe verdammte Schmerzen.«

Ich holte Dr. Suprapto, die Timo eine Spritze in die Kanüle drückte, die an seinem Handrücken befestigt war.

»Das wird gegen die Schmerzen helfen. Sie werden schlafen«, sagte sie zu Timo und wandte sich dann an mich. »Lassen Sie ihn jetzt alleine. Er braucht Ruhe.«

»Ruf meine Redaktion an.«

»Mach ich. Ich schau so bald wie möglich wieder vorbei.«

Ich stieg mit Paul in ein Blue Arrow Taxi und ließ den Fahrer die *Sudirman* hinunter Richtung Süden fahren und kontrollierte mehrmals, ob wir verfolgt wurden. Nachdem ich zu der Überzeugung gekommen war, dass mir niemand folgte, dirigierte ich den Fahrer am Block M vorbei, einem riesigen Shopping Komplex in Kebayoran Baru.

Am Taxigeschäft war, wie an jedem Geschäftsbereich in Indonesien, die Familie Suhartos beteiligt gewesen. Eine Lizenz für ein Unternehmen bekam man eben leichter, wenn man ein hochrangiges Mitglied der Gesellschaft, am besten einen Abkömmling Suhartos, mit einbezog. Suhartos Söhne und Töchter waren für ihre Raffgier bekannt und berüchtigt gewesen. Teile des Imperiums hatten sie auch nach dem Fall des Familienoberhauptes im Mai 1998 halten können. Andere wurden damals auf Strohmänner umgeschrieben oder schnell verkauft. Auch Jakartas größtes Taxi Unternehmen »Blue Arrows« gehörte dazu. Die Firma war vor einiger Zeit von dem Holzmogul und Fußballfan Hartono übernommen worden.

Am Block M herrschte absolutes Verkehrschaos. Jeder Zentimeter musste erkämpft werden. Dicht an dicht schoben sich Hunderte von Fahrzeugen auf eine Kreuzung zu. Die sechs aus Norden kommenden Fahrspuren wurden hier auf zwei zusammengepresst. Der Wagen quälte sich im Schneckentempo in die nach Süden führende *Fatmawati*. Nach wenigen hundert Metern ließ ich ihn in eine Nebenstraße abbiegen und stoppen. Ich bezahlte und wir gingen zu Fuß weiter. Für einen steinreichen balinesischen Prinzen lebte Gedé eher bescheiden. Der eingeschossige Bungalow in Cipete Utara war zwar groß, aber nicht protzig. Im vorderen Teil befanden sich zwei große Büroräume, in denen der »Pantulan« entstand. Das Esszimmer war gleichzeitig Besprechungsraum und bildete die Grenze zum Wohnbereich. Das Haus verfügte über keine Klimaanlage. Stattdessen hatte der Architekt alle möglichen Tricks der traditionellen

Baukunst genutzt, um ein angenehmes Wohnklima herzustellen. Jeder Raum grenzte an einen der beiden Innenhöfe oder den Garten. In den Innenhöfen plätscherten Brunnen. Das Wohnzimmer ging nahtlos in den Garten über. Palmen, Bananenstauden und Papayabäume spendeten Schatten. Gedé war einigermaßen überrascht, als mich einer seiner Hausangestellten zu ihm führte.

»So schnell sieht man sich wieder«, lachte er. »Wen hast du denn da mitgebracht?« Er streckte Paul die Hand entgegen. »Setz dich, trink einen Tee mit mir und erzähl.«

Eine halbe Stunde später endete ich meinen Bericht mit den beiden verdutzten Idioten und ihrer gescheiterten Verfolgung am Mandarin. Paul war mit einem der Hausangestellten in die Küche abgezogen. Gedé schlug sich vor Lachen auf die Schenkel.

»Jetzt brauchst du natürlich Hilfe. Sag mir, was ich für dich tun kann.«

»Am Donnerstagabend hast du etwas von der nächsten Ausgabe des ›Pantulan‹ gesagt. Vielleicht würde auch diese Ausgabe wieder in die Geschichte eingehen.«

»Du bist wirklich ein kluges Mädchen. Seit ›Pantulan‹ damals verboten wurde, verfolge ich die Entwicklung unseres hochverehrten Präsidenten und seiner Familie mit besonderer Aufmerksamkeit. In Deutschland musste Franz Josef Strauss 1962 wegen der Spiegelaffäre als Verteidigungsminister zurücktreten. Bei uns konnte man noch vor vier Jahren wegen eines missliebigen Artikels eine ganze Zeitschrift verbieten und danach sogar zum Präsidenten aufsteigen. Solange sich das nicht ändert, wird sich das ganze Land nicht ändern.«

»Was hast du gegen ihn in der Hand?«, fragte ich.

»Von der Merdeka-Bank fließen seit zwei Wochen größere Geldbeträge – insgesamt inzwischen über eine Milliarde Dollar – an die Santosa-Group. Von dort wurde der Großteil des Geldes an die AMKU-Indonesia weitergeleitet und die haben es vermutlich ins Ausland geschafft, weil sie als ausländisches Unternehmen nicht den strengen Devisenkontrollen unterliegen. Die Merdeka-Bank ist die Hausbank der Präsidentenfamilie. Sein Bruder ist im Vorstand und wahrscheinlich auch Teilhaber. Die Santosa-Group ist in den Händen von Bruder und Neffen und an der AMKU-Indonesia ist die Schwester des Präsidenten beteiligt. Der Präsident selber hat nach seinem Studium für die AMKU in Deutschland gearbeitet. Und die AMKU hat natürlich den Aufstieg ihres ehemaligen Mitarbeiters mit Interesse verfolgt und nach Möglichkeiten unterstützt. Ich weiß aus ziemlich zuverlässiger Quelle, dass ihm die AMKU in Deutschland sogar noch ein Büro in der Vorstandsetage freihält – in alter Verbundenheit sozusagen. Wenn er nach Deutschland kommt – und das tut er bekanntlich ja alle paar Monate – fährt er mit einem Dienstwagen und Fahrer der AMKU durch die Gegend – natürlich S-Klasse. Ein Wagen übrigens, in dessen Motorblock sein Name eingraviert wurde. Er steht auf solche Dinge, glaub mir, und eine Dienstvilla hat er auch noch. Die AMKU war in den letzten zehn Jahren in Indonesien an jedem größeren Regierungsauftrag beteiligt. Kraftwerke, Stahlproduktion, Eisenbahn, U-Bahn. Sie mischen überall mit.«

»Eine schöne Symbiose.«

»Ja, zu Lasten des indonesischen Staates, aber zum Vorteil der AMKU beziehungsweise ihrer Aktionäre –

und unseres hochverehrten Präsidenten. Genau das ist doch unser grundlegendes Problem. Eine Hand voll Leute betrachtet den Staat als Selbstbedienungsladen. Keiner hat sie je aufgehalten. Polizei und Justiz sind ineffizient und korrupt und die Presse wurde über dreißig Jahre durch Zensur mundtot gemacht.«

»Aber heute kannst du doch schreiben, was du willst.«

»Ja, und genau das machen auch die meisten Zeitungen und Magazine. Sie schreiben munter drauf los, mischen Gerüchte mit Tatsachen und Meinungen. Das Ergebnis ist Unglaubwürdigkeit. Eine unglaubwürdige Presse kann ihre Aufgabe nicht mehr erfüllen. Deshalb habe ich beim ›Pantulan‹ meinen Redakteuren eingeschärft, dass nur Berichte in das Blatt kommen, die wir auch belegen können. Das ist der einzige Grund, warum die Präsidenten-Connection noch nicht erschienen ist. Wir haben noch eine entscheidende Lücke in der Beweiskette. Uns fehlt nämlich der Nachweis, dass das Geld tatsächlich ins Ausland transferiert wurde.«

Gedé war anscheinend entschlossen als der Rudolf Augstein Indonesiens in die Geschichte seines Landes einzugehen. Heute Abend war Redaktionsschluss und bis dahin mussten die Beweise für die Devisenschiebereien vorliegen, wenn die Story noch in dieser Ausgabe und damit vor den Wahlen erscheinen sollte. Ich fuhr nach Menteng zurück. Unterwegs klingelte mein Telefon. Ein Herr van der Veen bat mich, im Mandarin vorbeizukommen, wo er auf der Galerie im ersten Stock auf mich warte. Ich fuhr zum Mandarin. Paul schickte ich in das Café im Erdgeschoss des Hotels. Hier gab es zwar auch Kaffee, aber vor allem ein Mittagsbuffet, an dem man sich so lange bedienen konnte, bis man platzte. Das Café war so etwas wie die Kantine der deutschen Botschaft. Die halbe Belegschaft kam in der Mittagszeit hierher. Ich gab Paul in die Hände eines Kellners und nahm die Treppe zum ersten Stock. Forschend blickte ich über die Galerie, von der aus man die Lobby des Hotels überblicken konnte. Der Mann winkte mir lächelnd zu. Er saß vor dem Zigarrenladen und erhob sich, als ich auf ihn zuging. Er war etwa Mitte vierzig, hatte graue Haare, war klein, schlank und drahtig. Er trug ein blaues Sakko mit einem Tuch im Hemdkragen. Die äußere Erscheinung erinnerte an einen Geschäftsmann, was durch die Zigarre unterstrichen wurde, die er in der Hand hielt.

»Frau Valentin, schön Sie zu sehen. Bodo van der Veen.« Er gab mir die Hand. »Bitte setzen Sie sich doch einen Augenblick zu mir. Wollen sie etwas trinken?«

Ich lehnte ab.

Van der Veen sprach mit holländischem Akzent und stellte sich als Kaufmann vor. Er überreichte mir eine Visitenkarte. Van der Veen Consult – das ging zumindest aus der Visitenkarte hervor – hatte einen Firmensitz in Amsterdam und in Singapur.

Ich steckte die Karte ein und sah ihn erwartungsvoll an.

»Was wollen Sie?«, fragte ich ihn.

»Frau Valentin, ich möchte Ihnen ein Angebot machen. Ich bin so etwas wie eine gute Fee, bei der Sie drei Wünsche frei haben.«

Er paffte an seiner Zigarre und legte eine Pause ein, um die Spannung zu steigern. Dann fuhr er fort:

»Für den Fall, dass Sie heute Abend das Land verlassen, bin ich befugt, Ihnen einen Reisekostenzuschuss anzubieten. Sagen wir 200.000 Mark in bar. Das Geld können Sie bei Ankunft in Deutschland in Empfang nehmen. Ich kann Ihnen außerdem ein interessantes Angebot machen. Die Saturn-Werft sucht eine Pressesprecherin. Wenn Sie den Job übernehmen würden, wäre Ihnen ein Gehalt garantiert, das etwa beim dreifachen Ihrer derzeitigen Bezüge liegen dürfte. Und – aller guten Dinge sind drei – die AMKU würde sich Ihre Mitarbeit ebenfalls etwas kosten lassen, zum Beispiel als Vorstandsassistentin. Ich weiß, dass Sie darüber nachdenken müssen. Rufen Sie mich bis 15 Uhr unter dieser Nummer an.« Er schob mir einen Zettel über den Tisch. Sie haben drei Stunden Zeit, um sich die Sache zu überlegen. Er stand auf.

»Vergessen Sie's, van der Veen.«

»Frau Valentin, überlegen Sie es sich gut, sehr gut. Wir können auch anders. Denken Sie an Ihren Freund.«

Ich sprang auf und ging auf ihn zu.

»Vorsicht, Frau Valentin, wir wollen doch hier keinen Eklat provozieren, oder?«

Van der Veen hatte mit einer blitzschnellen Bewegung unter sein Jackett gegriffen und zog einen kurzläufigen Colt hervor.

»Dagegen nützen Ihre Judokünste nichts. Seien Sie vernünftig. Die Geschichte ist eine Nummer zu groß für Sie. Ich erwarte Ihren Anruf.« Van der Veen ging eilig zur Treppe und verschwand. Ich war wie angewurzelt stehen geblieben.

Paul aß so, wie ich es inzwischen von ihm gewohnt war. Er konzentrierte sich auf das Essen, wie ich es zuvor noch nie bei einem anderen Menschen beobachtet hatte. Mitten im Satz unterbrach er eine Unterhaltung und fing erst wieder an zu sprechen, wenn der letzte Bissen verschlungen war. Er aß schnell und dazwischen schaute er in regelmäßigen Abständen, fast ohne den Kopf zu drehen, nach links und rechts als gälte es, mögliche Konkurrenten um die Nahrung rechtzeitig zu erkennen. In der *Jalan Lombok* hatte er kein Reiskorn übrig gelassen, aber im Café stieß er an seine Grenzen. Der Kellner räumte gerade einen leeren Suppenteller ab, als ich von meiner unerfreulichen Begegnung mit van der Veen kam. Als nächstes brachte er einen großen Teller Nasi Goreng.

»Hast du die Eiscreme gesehen und den Kuchen?« Ich wollte den Jungen warnen, damit er für diese Leckereien Platz lassen würde, aber er meinte nur kurz, das sei kein Problem und aß weiter. Der Berg Reis schmolz mit einer Geschwindigkeit zusammen, die mich an die Filme in Cartoon Network erinnerte, dem amerikanischen Zeichentrickkanal, den das indonesische Fernsehen ausstrahlte. Und natürlich ging auch die Eiscreme noch irgendwie in den kleinen Paul hinein.

Um 13 Uhr rief ich Sabine an. Die Kinder waren gut gelandet. Mir fiel ein Stein vom Herzen. Hannah ging es gut. Ihr Husten hatte sich während des Fluges zwar verschlimmert, aber sie war ohne Euphyllin oder gar eine Cortisonspritze ausgekommen. Ich rief erneut im MMC-Krankenhaus an. Diesmal dauerte es eine Weile, bis ich eine Auskunft bekam. Der Zustand des Patienten sei stabil.

Ich hatte ein paar Sushi gegessen und mir zum Abschluss einen Espresso bestellt. Während Paul die letzten Eisreste aß, versuchte ich meine Gedanken zu sortieren. Woher hatte van der Veen meine Handynummer? Woher wusste er, dass ich nicht abgereist war? In wessen Auftrag handelte er? Es waren eine Reihe von Möglichkeiten denkbar. Hartonos Fußballrowdies waren Timo und mir seit Tagen auf den Fersen. Über Hartono waren Schenk und, direkt oder indirekt, auch van der Veen informiert worden. Entweder hatten sie das MMC-Hospital oder die *Jalan Lombok* überwacht und so festgestellt, dass ich nicht abgereist war. Allmählich begriff ich auch, mit wem ich es zu tun hatte und dass ich auf ziemlich verlorenem Posten stand. Neudecker war meine einzige Chance.

Paul wollte mich unbedingt begleiten. Kim würde erst morgen zurückkommen und irgendwie hatte ich mich inzwischen an ihn gewöhnt. Also nahm ich den Jungen mit. Wir riefen ein Taxi und ließen uns zunächst in die Tiefgarage des Regent-Hotels fahren. Dort benutzten wir den Aufzug in die Lobby und stiegen vor dem Hotel sofort wieder in ein anderes Taxi. Selbst wenn uns jemand in die Tiefgarage gefolgt war, so war es doch unwahrscheinlich, dass er früh genug wieder durch das Gewirr der Parkdecks herauskam, um uns zu folgen. Ich ließ mich wieder vor der *Pejaten Barat* Nr. 20 absetzen. Die Besitzer waren noch immer im Urlaub. Ich schob die Gartentür beiseite und betrat Neudeckers Anwesen. Die Terrassentür stand offen und Neudeckers waren offensichtlich am Packen. Im Wohnzimmer lagen zwei geöffnete Koffer. Ines Neudecker kam mit einem Arm voller Kindersachen die Treppe herunter.

»Sorry.«

»Schon gut.« Sie legte die Sachen in einen der beiden Koffer.

Ich stellte Paul als Sohn meiner Köchin vor. Ines Neudecker fragte nicht nach.

»Sie wollen weg?«

»Ja, heute noch. Ich habe zu viel Angst.« Hannes Neudecker kam ins Wohnzimmer. Er trug ein T-Shirt vom letzten Kirchentag. In gelber Schrift stand auf der Brust »Gottes Schöpfung bewahren!«. Neudecker hatte einen Stapel von Papieren im Arm.

»Die angeblichen Probleme in Merak mit der Buchhaltungssoftware waren nur ein Vorwand. Die wollten mich hier für eine Weile weg haben. Erst heute Morgen haben sie mich da wieder weggelassen. Ich habe keine Lust mehr. Man ist diesen Leuten ja völlig ausgeliefert. Ich habe genug. Wir verschwinden heute noch.« Neudecker legte die Papiere in den Koffer.

»Sie können mein Taxi haben. Es wartet vor der Nummer 20. Damit können Ihre Frau und Ihre Tochter zum Flughafen fahren. Sie helfen mir noch, die Kopien von den Überweisungen zu machen.«

»Das kommt gar nicht in Frage. Ich verlasse mit meiner Familie das Land.«

»Herr Neudecker, es geht nicht mehr nur um Sie. Alexander Timoreit liegt mit lebensgefährlichen Verletzungen im Krankenhaus und ich werde mit dem Tod bedroht. Schicken Sie ihre Frau zum Flughafen, Sie können dann nachkommen. Heute ist die letzte Chance, ungehindert an die Unterlagen zu kommen.«

Es war auch diesmal wieder Ines Neudecker, die ihrem Mann die Entscheidung abnahm.

»Wir können uns in Singapur treffen«, sagte sie, und der Widerstand ihres Mannes erlahmte.

»Na schön«, sagte Hannes Neudecker.

Das International Business Center war eines der ältesten Hochhäuser Jakartas. Es war in den 70er Jahren konzipiert worden, als Indonesien im Zuge der Ölpreissteigerungen einen rasanten wirtschaftlichen Aufschwung erlebte. Der Architekt – das hatte mir Timo einmal erzählt – war Amerikaner und hatte versucht, einen neuen Hochhaustypus für die Tropen zu entwickeln. Statt glatter Glasfassaden hatte er einen achteckigen Grundriss gewählt und die übereinander liegenden Stockwerke so versetzt, dass immer eine Ecke über einer geraden Wand lag. In jedem Stockwerk entstanden so acht Balkone, die Schatten auf die Fenster im darunter liegenden Stockwerk warfen.

Damals war das ein geniales Konzept. Die Fassade sieht natürlich ziemlich unruhig aus und die Raumaufteilung ist wegen der komplizierten Statik nicht sehr flexibel, aber der Energieverbrauch zur Klimatisierung war geringer als in anderen Hochhäusern der damaligen Zeit, und außerdem hatte jedes Stockwerk Balkone, was für ein Bürogebäude außergewöhnlich war und heute immer noch ist. Heute arbeitet man natürlich mit neuen Materialien und Techniken und erzielt bessere Energiebilanzen bei gleichzeitig größerer Flexibilität. Trotzdem gilt das IBC »als ein Meilenstein der Architektur in den Tropen«, hatte mir Timo einmal erklärt. Timo hatte zu vielen der Hochhäuser Geschichten zu erzählen. Was als Hobby angefangen hatte, war inzwischen ein großes Projekt geworden. Er hatte eine Dokumentation über moderne Architektur in Asien zusammengestellt und plante, einen Bildband zu veröffentlichen. All das fiel mir jetzt wieder ein, als ich mit Hannes Neudecker und Paul das Gebäude betrat. Der Satpam im Erdgeschoss nahm kaum von uns Notiz. Neudecker grüßte den Mann mit einem Kopfnicken und schloss den Fahrstuhl mit einer Art Scheckkarte auf. Wir stiegen ein. Neudecker steckte die Scheckkarte in einen Schlitz und drückte auf den 29. Stock.

»Ohne Karte kommen Sie nur bis zur Rezeption im 25. Stock. Die oberen Stockwerke hat die AMKU gemietet. Da hält der Fahrstuhl nur, wenn Sie sich mit einer Karte ausweisen«, erklärte er.

»Sieht man von unten, in welchem Stockwerk der Fahrstuhl hält?«, fragte ich.

»Ja.«

»Das gefällt mir nicht. Wer weiß, ob man dem Satpam trauen kann. Wie lange brauchen wir?«

»15 Minuten vielleicht.«

Der Fahrstuhl hielt und Neudecker schloss sein Büro auf. Ich überlegte, ob ich hinunterfahren und den Satpam für eine Weile außer Gefecht setzen sollte. Aber das konnte auch ins Auge gehen, falls noch jemand auf die Idee kam, am Sonntagnachmittag das Gebäude zu betreten. Also folgte ich Neudecker in sein Büro. Das Mobiliar hier konnte an Geschmacklosigkeit mit dem in der Botschaft allemal konkurrieren, war nur wesentlich älter. Massives Holz mit Schnitzereien im 29. Stock eines Büroturms. Das hatte was. Neudecker setzte sich auf seinen wippenden Chefsessel und schaltete den Computer ein.

»Die AMKU ist in Indonesien ein traditionsreiches Unternehmen. Uns gibt es schon seit 1910. Wir waren an der Elektrifizierung Javas und Sumatras entscheidend beteiligt«, sagte er mit einem gewissen

Stolz und hatte anscheinend völlig verdrängt, dass er gerade dabei war, sensible Informationen aus dem Buchhaltungssystem dieser Firma zu kopieren. Ich hatte mich hinter Neudecker gestellt, gespannt, was der Computer zu bieten hatte. Die Maschine fuhr langsam hoch und fragte ein erstes Passwort für das Betriebssystem ab.

»Jesus99«, gab Neudecker ein.

Der Computer bedankte sich und öffnete die Oberfläche, die mir unbekannt war, da ich noch nie mit etwas anderem außer Microsoft Windows gearbeitet hatte. Neudecker wählte nun ein Programm, das er mit einer Dollarnote gekennzeichnet hatte. Wieder wurde ein Passwort abgefragt.

»Christus99«, gab Neudecker diesmal ein. Der Mann war der Albtraum eines jeden Datenschützers. Wahrscheinlich benutzte er seit seinen Bibelstunden immer das gleiche Passwort und änderte nur die Jahreszahlen.

Nun waren wir in der Buchhaltungssoftware und Neudecker öffnete eine Datei mit der Bezeichnung »Transfers99«.

»Der President Director und ich sind die Einzigen, die hier Zugang haben«, sagte er stolz und als weiteres Passwort gab er »Matthäus99« ein.

»Sind Sie Fußballfan?«

»Nein«, lachte er verlegen. »Nicht dieser Matthäus. Das erste Evangelium des neuen Testaments.« Irgendwie war Neudecker nicht mein Fall. Es war mir suspekt, wenn jemand so absolut von einer Sache überzeugt war. Ich bevorzuge es, mit einem gewissen Abstand auf die Dinge zu schauen. Andererseits fand ich ihn schon wieder liebenswert. Sein altmodisches Aussehen, die dicke Brille, die ständigen Verrenkungen seines Gesichts, die peinlichen T-Shirts, der religiöse Tick, seine festen Grundsätze – in der Masse der angepassten Jungmanager hob sich ein Hannes Neudecker ab, wie ein schwarzes Schaaf in der Herde. Hannes Neudecker hätte längst das Land verlassen können. Stattdessen schlich er mit mir in den Büros der AMKU herum.

»So, jetzt sind wir drin.«

Neudecker huschte mit der Maus über den Bildschirm.

»Hier sehen Sie, der erste falsch verbuchte Eingang der Santosa-Group. 20 Millionen Dollar am 2. Oktober 1999. Die sind dann am gleichen Tag, in kleinere Beträge zerlegt, an mehrere Auslandskonten weitergeleitet worden.« Neudecker klickte mit der Maus und eine Reihe von Überweisungen erschien auf dem Bildschirm.

»Sehen Sie, mit dieser Datei lässt sich jede einzelne finanzielle Transaktion der letzten drei Jahre genau nachvollziehen. Und hier schauen Sie«, Neudecker klickte auf den 7. Oktober. »Das ist die Überweisung, wegen der Somarsono diesen Aufstand gemacht hat. 17 Millionen Dollar auf das Konto bei Credite Swiss mit der Kontonummer 376.549 HG. Aber dieses Konto stand auf einer von Somarsono selbst zusammengestellten Liste.«

»Haben Sie die Liste von Somarsono persönlich bekommen?«

»Nein, sie lag draußen bei der Sekretärin in einem Eingangskorb. Die Sekretärin sammelte die Eingänge und brachte sie alle Stunde zu mir herein.«

»Kranitz hat sich irgendwie in den Besitz der Liste gebracht«, sagte ich. »Er hat die Liste um sein Privatkonto erweitert und Ihnen wieder ins Fach gelegt.

Am Freitag ist die Sache entdeckt worden. Dann hatte Somarsono zunächst Sie in Verdacht, aber Sie konnten auf die Liste mit den Konten verweisen. Danach blieb nur noch Kranitz übrig.«

»Ich verstehe zwar nicht, warum ein Mann, der sein ganzes Leben bei der AMKU war, so etwas getan hat, aber es scheint mir die einzige Erklärung.« Neudecker kramte einen Packen von Disketten aus seinem Schreibtisch.

»Das Programm müssen Sie erst installieren, sonst können Sie die Datei nicht lesen.« Dann schob er eine Diskette in das Laufwerk des PCs und gab einen Kopierbefehl ein. Der Computer kopierte die Datei mit den sensiblen Daten. Eine Graphik zeigte den Kopiervorgang an. Ein Balken füllte sich langsam mit blauer Farbe und darüber stand, zu wie viel Prozent der Kopiervorgang abgeschlossen war. Gerade wurden 25 Prozent angegeben, als sich der Fahrstuhl in Bewegung nach unten setzte. Ich schaute besorgt auf die Leuchtziffern über der Fahrstuhltür. Bei »G« für »Groundfloor« blieb der Aufzug stehen. Der Kopiervorgang war zu 60 Prozent abgeschlossen. Der Fahrstuhl setzte sich wieder in Bewegung. Unaufhörlich kletterten die Leuchtziffern nach oben. Es war schon jetzt absehbar, dass der Aufzug den 29. Stock erreichen würde, bevor der Kopiervorgang beendet war.

»Wer kann das sein?«, fragte ich Neudecker.

»Keine Ahnung, früher hat Dr. Kranitz immer am Wochenende gearbeitet. Vielleicht ist es Somarsono oder der Satpam.«

Ich lief in den Flur und stellte mich eng an die Wand gedrückt neben die Tür des Aufzugs. Wer immer es sein würde, ich war entschlossen ihn so lange aufzuhalten, bis die Daten kopiert waren. Ich schaute auf die Leuchtanzeige. Bei »25« blieb sie stehen. Neudecker schaute herüber. Ich zwinkerte ihn lächelnd an.

»Glück gehabt«, sagte ich.

»Das heißt möglicherweise nur, dass jemand erst den Schlüssel für die oberen Etagen aus dem Empfang im 25. Stock holen muss.«

Ich ging zu Neudecker hinüber und schaute auf den Bildschirm. 95 Prozent. Der Fahrstuhl setzte sich wieder in Bewegung.

»Wir können das Treppenhaus nehmen«, sagte Neudecker. »Die Stahltür rechts neben dem Fahrstuhl mit der Aufschrift ›Emergency Exit‹.«

Paul hielt bereits den Notausgang für uns auf.

98 Prozent. »Komm, komm, komm, mach schon, verdammte Kiste«, ging es mir durch den Kopf. 99 Prozent. Der Fahrstuhl war in Stockwerk 27 angelangt. In fünf Sekunden würde er den 29. Stock erreichen. 100 Prozent.

Neudecker zog die Diskette aus dem Computer und drückte den Netzschalter auf »aus«. Ich war bereits bei Paul an der Stahltür. Neudecker kam angespurtet. Der Fahrstuhl hielt mit einem dezenten »Bling« im 29. Stock. Ich zog Neudecker in das Treppenhaus und schloss die Tür in dem Moment, in dem sich die Fahrstuhltür mit leichtem Zischen öffnete. Ich horchte an der Tür. Aus dem Fahrstuhl stürmten mindestens drei Personen. Einer erteilte Anweisungen in indonesischer Sprache. Neudecker deutete auf das Treppenhaus. Wir liefen vorsichtig die Treppen hinunter. Im 25. Stock blieb er stehen.

»Ich weiß nicht, ob die Notausgänge der anderen Türen in den Etagen unterhalb der AMKU offen sind. Vielleicht sollten wir von hier den Fahrstuhl nehmen.«

»Dann wissen sie sofort, wo wir sind. Wir nehmen besser die Treppe.« Ich ging vor, nahm Paul an der Hand und Neudecker folgte. Wir waren vor dem 23. Stock angelangt, als weiter oben eine Stahltür gegen die Wand knallte. Stimmen waren zu hören und das Getrampel von mehreren Personen. Wir setzten unseren Weg nach unten eilig fort, vermieden es aber, unnötigen Lärm zu machen. Die Treppe führte um einen Versorgungsschacht herum. Zumindest konnte man uns von oben nicht sehen. Vor der Tür zum 17. Stock hielt ich an und bedeutete Neudecker ebenfalls, sich ruhig zu verhalten. Ich lauschte in das Treppenhaus. Von oben war deutlich das Getrampel unserer Verfolger zu hören, aber auch von unten hörte ich Schritte. Sie hatten einen anderen Rhythmus, wesentlich langsamer, als das hektische Trampeln über uns. Wie weit mochten sie noch entfernt sein? Ich drückte die Klinke der Stahltür zum 17. Stock. Die Tür war verriegelt.

»Schöne Scheiße«, sagte ich und Neudecker bekreuzigte sich.

»Sehen Sie, wir hätten den Fahrstuhl nehmen sollen«, sagte Neudecker mit weinerlicher Stimme.

»Sie hatten Recht. Glückwunsch.«

Wir liefen weiter. Auch der Notausstieg des 16. Stocks war abgeschlossen. Die Schritte von unten waren jetzt deutlich zu hören. Ich schätzte, dass uns höchstens noch drei Stockwerke von unseren Häschern trennten. Wir stürzten weiter die Treppe hinunter. Der 15. Stock war ebenfalls abgeschlossen. Jetzt war ich an jeder Ecke der Treppe darauf gefasst, einem Angreifer gegenüberzustehen. Ich drückte auf den Griff der Stahltür der 14. Etage. Die Tür öffnete sich und wir zwängten uns hinein. Die komplette Etage schien renoviert zu werden. Die Zwischenwände waren entfernt worden und gaben den Blick auf die Betonsäulen frei, die das Gebäude trugen. Der Teppichboden war herausgerissen, die Deckenverkleidung abgehängt und die Kabelstränge sichtbar. Es war kein guter Platz, um sich zu verstecken. Im Treppenhaus waren jetzt ganz nah die Stimmen unserer Verfolger zu hören und ich bedeutete Neudecker, er möge sich hinter eine der Säulen stellen. Paul versteckte sich ebenfalls. In diesem Augenblick flog die Stahltür auf. Jemand betrat den Raum. Ich presste mich so eng wie möglich gegen eine Betonsäule, die gerade breit genug war, einen schmalen Menschen zu verdecken. Eine Stimme schrie durch das Treppenhaus. »Sudah«, rief einer der Männer, die neben der Stahltür stehen geblieben waren. »Hari, hari!«, »los, los!« Die Stahltür wurde zugeschlagen.

»Die sind wir erst mal los«, sagte ich zu Neudecker, der seine Brille mit einer wilden Grimasse zurechtrückte. Ich öffnete eine Schiebetür zum Balkon und schaute an dem Gebäude hinunter. Vor dem Eingang standen fünf schwarze Toyota Jeeps. Anscheinend war der ganze Fußballclub angerückt. Wir hatten Zeit gewonnen, konnten aber nicht ewig hier bleiben. Neudecker war ebenfalls auf den Balkon getreten.

»Wie kommen wir hier raus? Herr Neudecker, Sie kennen doch das Gebäude.«

»Nein, nicht besser als Sie. Ich fahre mit dem Auto in die Tiefgarage und mit dem Fahrstuhl in den 29. Stock und zwei- oder dreimal habe ich die Treppe benutzt, als der Strom ausgefallen war.«

»Was ist das da unten?«

»Das Parkhaus. Es hat drei Stockwerke, die jeweils einen direkten Zugang zum Gebäude bieten. In den ersten drei Stockwerken sind die Läden, die Restaurants und der ganze öffentliche Bereich.«

Die obere Plattform des Parkhauses grenzte an das Parkhaus des Nachbargebäudes. Dazwischen war eine Lücke von zwei Metern.

»Sehen Sie das Nachbargebäude? Wenn wir auf das Parkdeck kommen, können wir vielleicht rüberspringen.«

»Sie sind verrückt. Das sieht nur so nah aus von hier oben. Wenn Sie an der Mauer stehen, werden Sie merken, wie weit es bis zum nächsten Gebäude ist. Mit dem Kind? Niemals!«

Ich öffnete die Stahltür leicht und lauschte ins Treppenhaus. Sowohl über uns als auch unter uns waren Stimmen und Schritte zu hören. Die Männer riefen sich zu, welche Stockwerke geschlossen waren. Wahrscheinlich würden sie bald herausgefunden haben, dass nicht allzu viele Etagen offen waren. Ich drückte auf den Fahrstuhlknopf.

»Was haben Sie vor?«, fragte Neudecker entsetzt.

»Na, das Treppenhaus ist voll mit Hartonos Leuten. Wir können nur den Fahrstuhl nehmen. Damit rechnen sie wahrscheinlich am wenigsten.« Ich schaute auf die Leuchtziffern, die sich langsam vom Erdgeschoss dem 15. Stock näherten. Wir stellten uns flach an die Wand neben die Fahrstuhltür. Wenn jemand in der Kabine war, würde er uns so nicht sofort sehen, sondern müsste zunächst in den Flur treten. Der Aufzug hielt, die Schiebetür glitt auseinander. Ich wartete eine Sekunde, machte eine Seitwärtsbewegung und stand in Angriffshaltung in der Tür des

Fahrstuhls. Die Kabine war leer. Neudecker folgte mir und Paul imitierte mich, indem er ebenfalls in Angriffshaltung in den Fahrstuhl sprang und dann einem imaginären Angreifer einen Tritt versetzte. Ich drückte auf »3«. Die Tür schloss sich und der Fahrstuhl setzte sich in Bewegung, aber nicht nach unten, sondern nach oben.

»Nur Dr. Kranitz und Somarsono haben Chipkarten, mit denen sie den Aufzug sofort holen können, egal was vorher eingegeben wurde.«

»Wo ist Somarsonos Büro?«

»Chefetage, im 30. Stock.«

Wir stellten uns erneut neben die Tür. Der Aufzug fuhr am 25. Stock vorbei, glitt konstant weiter und stoppte im 30.. Die Tür öffnete sich.

»Es sind in letzter Zeit genug Pannen passiert«, hörte ich die Stimme sagen, die mir vor ein paar Stunden im Mandarin noch drei Wünsche zugestanden hatte.

»Machen Sie sich keine Sorgen. Das Gebäude ist abgeriegelt.« Ein Indonesier betrat den Fahrstuhl. Ich ließ ihm keine Zeit zu reagieren. Ein Faustschlag traf ihn am Kinn und er sackte zusammen. Ich trat in die Fahrstuhltür. Van der Veen zog seinen Colt, aber diesmal war er nicht schnell genug. Mein Bein war schon in der Luft. Wie mit einem Peitschenschlag traf mein Fuß seinen Ellenbogen. Die Waffe flog durch die Luft. Ich fasste van der Veens Haare, zog seinen Kopf in einer ruckartigen Bewegung nach unten und riss gleichzeitig mein Knie nach oben. »Murupchigi«, der Knieschlag, ist eine der stärksten Körperwaffen überhaupt und im Wettkampf verboten. Van der Veen ging in die Knie und fiel nach vorne. Blut lief aus seiner deformierten Nase. Ich hob den Colt auf. Neudecker stieg über die beiden Männer. Ich streckte ihm die Waffe entgegen.

»Nehmen Sie das Ding.«

»Nein, ich bin Pazifist. Ich fasse auf gar keinen Fall eine Waffe an. Ich lehne jede Form von Gewalt ab.«

»Na prima. Vielleicht können wir uns hier herausdiskutieren.«

Ich steckte den Colt in meinen Hosenbund und überlegte. Es war ziemlich unwahrscheinlich, dass wir irgendwie auf normalem Wege aus dem Gebäude herauskommen würden. Ich hätte van der Veen oder Somarsono die Waffe an den Kopf halten können, aber ich wusste nicht, ob Hartonos Schläger darauf auch nur die geringste Rücksicht nehmen würden. Ich öffnete eine Bürotür, an der »Dr. Kranitz« stand und ging zu dem Balkon, der hier größer war als in den anderen Stockwerken. Er führte als Dachgarten rund um das Gebäude. Von hier war Kranitz in den Tod gestürzt. Vor der Brüstung verliefen Schienen im Boden. Ich folgte ihnen. Sie führten zu einem kranartigen Gestell, an dessen beiden Armen eine offene Kabine hing. Der Aufzug für die Fassadenreinigung.

»Wissen Sie, wie das funktioniert?«

»Man muss den Elektromotor hier einschalten. Der Rest wird über eine Handsteuerung in der Kabine erledigt.«

Ich drückte auf einen grünen Schalter und der Motor fing an zu summen. Ich stieg in die Kabine. Paul folgte mir sofort, als wittere er ein neues Abenteuer. Es gab drei Schalter: hoch/runter, rechts/links und einen zum Ein- und Ausfahren der Kranarme.

»Kommen Sie, steigen Sie ein!«

Neudecker legte die Stirn in Falten und kniff die Augen zusammen, als wolle er die Risiken abschätzen.

»Mann, mit Ihrem Gottvertrauen ist das doch eine Kleinigkeit«, ermunterte ich ihn.

Er stieg zu mir in die Kabine.

»Man soll den Herrn nicht in Versuchung führen.«

Ich drehte den Schalter in Richtung des nach oben weisenden Pfeils und die Kabine setzte sich mit einem leichten Ruck in Bewegung. Ich stoppte sie in anderthalb Metern Höhe und fuhr die Arme des Krans aus, die uns langsam über die Brüstung hinaus schoben. Unter uns war jetzt nichts mehr außer der zackigen Fassade des Gebäudes. Ich drückte den Schalter nach unten und der Korb senkte sich. Langsam schwebten wir an der im Dunkeln liegenden und der *Sudirman* abgewandten Seite nach unten. Neudecker hatte sich auf den Boden der Kabine gekauert, hielt sich an zwei Stangen des eisernen Geländers fest, hatte die Augen geschlossen und murmelte unablässig vor sich hin. Der Korb bewegte sich langsam aber stetig nach unten. Bei jedem zweiten Stockwerk passierte er einen der dreieckigen Balkone. Ich hatte den Colt in der Hand und war bereit, mich zu verteidigen, aber keiner von Hartonos Gangstern ließ sich auf den Balkonen sehen. Wahrscheinlich durchsuchten sie das Haus und bewachten die Ausgänge im Erdgeschoss und zu den Parkdecks. Nach einer Fahrt von fast zehn Minuten setzte die Gondel auf. Wir kletterten heraus, schlichen über den Rasen und arbeiteten uns im Schutz einer Hecke bis zur Einfahrt zum IBC-Komplex vor. Der Eingang des Gebäudes wurde bewacht, aber die Auffahrt von der *Sudirman* war frei. Wir huschten hinaus und rannten nach Norden. Ein Stück weiter gelang es mir, ein Taxi zu stoppen.

»Geben Sie mir die Diskette.«

Neudecker reichte mir das Beweismaterial.

»Fahren Sie ohne Umwege zum Flughafen und nehmen Sie die erste Maschine, die Sie kriegen können. Egal wohin.«

»Und Sie?« Neudecker arbeitete wieder an seiner verrutschten Brille.

»Ich melde mich, wenn alles erledigt ist. Grüßen Sie Ihre Frau«, sagte ich zum Abschied.

»Gott sei mit Ihnen«, erwiderte Neudecker und schob ein letztes Mal seine Brille zurecht.

»Sukarno-Hatta«, sagte ich dem Fahrer und beorderte ihn so zu Jakartas internationalem Flughafen.

Um Viertel vor acht erreichte ich Gedés Haus. Im Hof standen mehrere Autos und auf der Terrasse herrschte Gedränge. Im Esszimmer saß Gedé mit zwei seiner Reporter und dem Chefredakteur. Ich hörte seine verärgerte Stimme schon auf der Terrasse.

»Nein«, sagte er. »Wir verlieren an Glaubwürdigkeit. Deshalb sage ich ›nein‹. Der ›Pantulan‹ soll einen neuen Standard setzen. Mit so einer Geschichte begeben wir uns auf das gleiche Niveau wie die anderen Schmierfinken.«

Ich betrat das Esszimmer und legte den erstaunten Männern die Diskette auf den Tisch.

»Ich glaube, da ist drauf, wonach ihr sucht.«

Einige Minuten später flimmerte das Logo der AMKU über einen der PCs in den provisorischen Redaktionsräumen. Danach erschien das Buchhaltungsprogramm und Gedé lud die Datei mit den Daten der AMKU. Satrio, einer der beiden Reporter deutete immer wieder auf die Zahlenkolonnen. »Santosa«, sagte er. Es hielt ihn nicht mehr auf dem Stuhl und der Mann begann zu tanzen.

»Tanzen kannst du, wenn die nächste Ausgabe gedruckt und ausgeliefert ist. Bis dahin kann noch viel passieren«, warnte Gedé. »Macht jetzt die Story fertig, arbeitet die neuen Informationen ein. Buwono soll den Geldfluss noch in eine Graphik packen, damit es anschaulicher wird. Und keiner spricht über die Geschichte. Nichts darf nach draußen dringen. Es darf nichts mehr schief gehen. Es sind noch zwei Tage bis zur Auslieferung. Da kann noch viel passieren.« Dann sagte er auf Deutsch:

»Jetzt hab' ich ihn.«

Die Redaktionssitzung dauerte bis in die Nacht. Ich saß auf der Terrasse und hing meinen Gedanken nach. Mit Hannah und Leo hatte ich telefoniert. Es ging ihnen gut. Das gab mir die nötige Ruhe, um die nächsten Schritte zu planen. Ich hatte mit Timos Hamburger Redaktion telefoniert und darauf gedrängt, dass Timo so bald als möglich mit einem Rettungsflug nach Singapur gebracht würde – nicht nur, weil dort die medizinische Versorgung besser war, sondern vor allem, weil ich Angst um ihn hatte. Er war in Jakarta nicht sicher. Dr. Suprapto, mit der ich telefoniert hatte, riet von einem Transport ab. Zwar gehe es ihm besser und er würde vielleicht schon morgen die Intensivstation verlassen können, doch ein Transport berge unnötige Risiken. Ich fragte mich, was für Timo riskanter wäre, der Transport oder die Reaktionen von Hartonos Leuten auf das Erscheinen der nächsten Ausgabe des »Pantulan«. Auch für mich stellte sich das Problem, wie ich Indonesien verlassen konnte. Mein Visum war abgelaufen. Das war das eine Problem. Das andere Problem schlief neben mir auf einer Bank. Ich hatte mich entschlossen, Paul mitzunehmen – sofern er damit einverstanden war. Als die Redakteure gegangen waren, setzte sich Gedé mit einer Flasche Rotwein zu mir.

»Du hast mir zum vielleicht größten Triumph meines Lebens verholfen«, begann er. »1993 hat er den ›Pantulan‹ verbieten lassen und jetzt wird der ›Pantulan‹ das Ende seiner politischen Karriere besiegeln.«

»Das hört sich ja fast an, als würdest du eine persönliche Fehde mit dem Präsidenten austragen.«

»Manchmal sehe ich es selbst so. Aber im Grunde hasse ich diese ganze verdammte bigotte und korrupte Menteng Clique. Inzwischen geben sie sich demokratisch oder moslemisch. Das ist jetzt modern. Früher waren sie einfach nur brutal. Du kannst dir nicht vorstellen, was hier in den letzten 30 Jahren für ein Klima geherrscht hat. Sie haben sich aufgeführt wie Herrenmenschen. Ich gehöre mehreren Minderheiten an. Ich bin Balinese, ich bin Hindu und ich bin schwul. Das Einzige, was mich geschützt hat, ist mein Reichtum und mein Ansehen unter den Balinesen. Seit ich aus Deutschland zurück bin, konnte ich keinen Morgen sicher sein, ob ich abends nicht schon in irgendein Militärcamp verschleppt worden wäre. Solche Zeiten dürfen sich nie wiederholen. Darum geht es mir.«

9

Sonntag, 17. Oktober 1999.

Als Erstes rief ich an diesem Morgen in der Botschaft an, um von einem Anrufbeantworter die Nummer des Bereitschaftsdienstes zu erfahren. Danach wählte ich die angesagte Handynummer. Der Bereitschaftsdienst wird abwechselnd von den Referenten und Sachbearbeitern der Botschaft im wöchentlichen Turnus übernommen. Eine Botschaft muss in Notfällen auch nachts und an Wochenenden erreichbar sein. Zu meiner Enttäuschung meldete sich Mattis Kamp.

»Mattis, ich habe ein Problem und brauche deine Hilfe. Ich habe den Flug verpasst und mein Visum ist abgelaufen. Kannst du mir helfen?«

»Charlotte, du musst wahnsinnig sein. Du hast noch ganz andere Probleme als ein abgelaufenes Visum. Schenk hatte gestern Abend Besuch von einem Oberst aus dem Innenministerium. Nach dir wird gefahndet wegen Einbruch und Diebstahl bei der AMKU.«

»Das ist doch lächerlich. Ich war mit Neudecker in dessen Büro. Die wollen doch nur verhindern, dass etwas über ihre illegalen Machenschaften…«

»Das ist völlig egal«, unterbrach mich Mattis. Die Polizei sucht nach dir. Dein Name ist in jedem Computer gespeichert. Wir können dir keine Visumverlängerung beschaffen. Das Innenministerium würde sofort den Pass einziehen.«

»Dann nimm doch einen neuen Pass. Du hast doch Bereitschaftsdienst und im Bereitschaftskoffer ist ein Passersatzdokument.«

»Das verstößt gegen alle Vorschriften. Ohne Einwilligung von Schenk denke ich gar nicht daran, Kopf und Kragen in dieser Sache zu riskieren. Wo steckst du überhaupt?«

»Das ist jetzt nicht wichtig. Also hilfst du mir jetzt, oder nicht?«

»Ich kann nicht, du musst dich den Behörden stellen und dann werden wir dir einen Anwalt besorgen.«

» Mattis, ich glaube du hast nicht mehr alle Tassen im Schrank. Du tust ja gerade so, als ob wir hier in einem Rechtsstaat leben, wo sich alles zwangsläufig zum Guten wenden wird. Ich will zu meinen Kindern, Mattis, und nicht tagelang hier in irgendeinem Gefängnis darauf warten, bis sich diese unsinnigen Anschuldigungen geklärt haben – und das auch nur, wenn ich Glück habe. Wenn nicht, kann es mir gehen wie Timoreit. Der liegt jetzt mit gebrochenen Knochen im Krankenhaus und muss froh sein, wenn er überlebt.«

»Du kannst gerne mit Schenk persönlich sprechen. Ich gebe dir seine Nummer. Du kannst ihn ja anrufen.«

»Schenk ist so ungefähr der Letzte, mit dem ich jetzt sprechen muss, und wenn du mir nicht hilfst, werde ich dir, sobald ich das Land verlassen habe, ein Verfahren wegen Verstoß gegen das Konsulargesetz anhängen. Du bist als amtierender Konsul verpflichtet, in Not geratenen Deutschen Hilfe zu leisten.«

»Du kannst mich mal.«

Kamp hatte aufgelegt. Warum hatte ausgerechnet er Bereitschaftsdienst? Mit Josef oder Hinrich wäre es kein Problem gewesen.

Gerd Metz lag noch im Bett und seine Frau fragte, ob sie ihn wecken solle. Ich sagte ihr, es sei dringend und nach einigen Minuten war Gerd am Telefon.

»Charlotte, moin, moin.« Seiner Stimme waren die Zigaretten und der Alkohol des gestrigen Abends anzuhören.

»Gerd, ich brauche deine Hilfe.«

»Ich muss erst mal wach werden. War gestern auf einem Skatabend und … Gabi, hol mir mal ein Aspirin, nein besser zwei. So, da bin ich wieder.«

»Ich brauche ein Passersatzdokument. Kamp hat Bereitschaftsdienst, aber er wird mir nicht helfen. Nach mir werde gefahndet und ich solle mich stellen, meint er. Du könntest in die Botschaft fahren, lässt dir von einem Grenzschutzbeamten aufsperren und holst aus dem Schreibtisch von Frau Willemsen im Schalterraum den Schlüssel zu dem Dokumentenschrank. Der Schlüssel liegt links, in der …«

»Ich weiß, wo der Schlüssel ist.«

»Na prima, nimm ein Passersatzpapier und trag den Namen von irgendeiner Frau im Alter zwischen 30 und 40 Jahren ein, die in den letzten Tagen eingereist ist und sich noch im Land befindet. Ich übergebe dir heute Mittag ein Passfoto. Morgen früh kannst du das Dokument zum Innenministerium bringen lassen und angeben, dass der Originalpass gestohlen wurde oder verloren ist.«

»Ich weiß, das ist doch Routine. Oh Mannomann, mein Kopf.«

»Komm so gegen eins ins ›Sogo‹. Wir treffen uns vor dem Fotoladen im Untergeschoss. Hast du alles verstanden?«

»Bin vielleicht noch betrunken, aber nicht doof.«

Ich atmete durch. Auf Gerd konnte ich mich verlassen.

Den Rest des Vormittags verbrachte ich damit, Timos Transport nach Singapur zu organisieren. Ärztliche Befunde wurden zwischen dem MMC-Hospital Jakarta und dem Mount Elisabeth Hospital in Singapur hin- und hergefaxt. Ein Transport war im Prinzip möglich, doch die Ärzte in Jakarta hielten ihn für unnötig und gefährlich. Letztlich hatte ich den Eindruck, dass es ihnen darum ging, ihr Gesicht gegenüber den Kollegen in Singapur zu wahren. Sie wollten nicht als die schlechteren Ärzte angesehen werden. Schließlich gelang eine Einigung. Der Transport würde morgen früh vom internationalen Flughafen losgehen und von einem Arzt und einer Krankenschwester des MMC begleitet werden. Paul hatte ich losgeschickt, um im Kampung Teluk seine Papiere aus der Hütte seines Onkels zu holen. Er kam zwei Stunden später mit einer Geburtsurkunde zurück. Ich gab Gedé das vergilbte Dokument.

»Surat Paul Mongindisi, geboren am 19. August 1989 in Tondano, District Manado, Sulawesi, als Sohn des Matrosen Josef Mongindisi und seiner Frau Magdalena, geborene Amurang, beurkundet vom Priester der Protestantischen Gemeinde von Tondano«, las Gedé. »Mehr hast du nicht?«

Paul schüttelte den Kopf.

»Das wird teuer, Charlotte.« Gedé schaute mich besorgt an.

»Was heißt das?«

»Na, normalerweise musst du den Beamten bestechen, wenn du einen Pass haben willst. Es kostet etwas über die festgelegte Gebühr hinaus. Vielleicht 50.000 Rupiah. Willst du ihn schneller haben, musst du mehr bezahlen. Willst du ihn gleich haben, dann musst du sehr viel mehr bezahlen. Hast du dann nichts außer einer Geburtsurkunde, dann wird es erheblich teurer und wenn du dann noch minderjährig bist und deinen Vater nicht dabei hast, nicht mal eine Einverständniserklärung oder Vollmacht von ihm vorweisen kannst, weil er sich das letzte Mal vor vier Jahren bei dir gemeldet hat und seitdem verschollen ist, na dann gute Nacht.«

»Ich zahle das«, sagte ich fest entschlossen.

Gerd kam mit Verspätung.

»Wen hast du denn da?« Gerd deutete auf Paul.

»Mein neuer Bodyguard«, antwortete ich.

»Kannst du sicher auch gebrauchen. Einige Leute sind stinksauer auf dich. Beckert hat erzählt, dass du am Flughafen umgekehrt bist. Er hat das von seiner Frau und inzwischen weiß es natürlich die ganze Botschaft. Schenk soll getobt haben, hat Josef erzählt.«

»Zeig mal her«, sagte ich und nahm Gerd am Arm, zog ihn in den Fotoladen und nahm ihm das Dokument aus der Hand.

»Irene Burger, Jahrgang 1970, 175 cm, dunkelblond und blauäugig«, las ich. »Und du meinst, ich gehe noch als 29-Jährige durch?«

»Die Indonesier werden schon nicht auf deine Lachfalten schauen.«

»Wer ist denn diese Irene Burger?«

»Eine Tänzerin aus Stuttgart, die im Goethe-Institut einen Workshop über modernen Tanz macht und für die wir letzte Woche eine Arbeitserlaubnis eingeholt haben.«

»Gut, dann machen wir jetzt die Fotos.«

Während wir auf die Entwicklung der Passfotos warteten, übte ich die Unterschrift von Irene Burger und setzte sie dann in das Ersatzdokument, mit dem Botschaften weltweit deutschen Staatsangehörigen aushelfen, wenn sie im Ausland ihren Pass verloren haben. Dann klebten wir das Foto ein.

»Wenn alles glatt geht, hast du morgen Mittag das Visum und kannst ausreisen.«

»Ich danke dir.«

»Schon okay. Wenn ich nur nicht solche Kopfschmerzen hätte.«

»Wenn du sonst keine Sorgen hast ... Hoffentlich merkt niemand, dass du das Ersatzdokument gestohlen hast.«

»Und wenn schon. Was kann mir passieren?«

»Diebstahl, Urkundenfälschung.«

»Schlimmstenfalls kann ich mich dann hauptamtlich um mein Aktiendepot kümmern, aber so weit wird es nicht kommen. Niemand hat mich gesehen. Irgendwann wird ein Passersatzdokument auf dem Weg ins Innenministerium verloren gehen. Ich werde eine kurze Aktennotiz machen und kein Hahn wird mehr danach krähen.«

Wir verabredeten uns für den nächsten Tag im »Regent« zur Übergabe des Papieres.

Danach fuhr ich mit Paul zum MMC-Hospital. Ich gab ihm Geld und sagte, er solle sich an der Ecke ein Eis holen und draußen auf mich warten. Timo war inzwischen auf eine normale Station verlegt worden. Sein Gesicht war noch immer geschwollen und er sah mich aus zwei Schlitzen freudig an. Er versuchte ein Lächeln, das ziemlich misslang.

»Ich habe gute Nachrichten für dich: Morgen Nachmittag wirst du nach Singapur ausgeflogen.«

»Was ist mit Neudecker?«

Ich erzählte Timo, wie ich mit Neudecker die Nachweise über die Geldwäsche von dem Computer der AMKU kopiert hatte.

»Wo ist das Material jetzt?«

»Ich habe es an Gedé weitergegeben, den Herausgeber des ›Pantulan‹.«

Trotz des demolierten Gesichts erkannte ich Timos Ärger.

»Was hätte ich denn sonst machen sollen?«

»Das war meine Geschichte. Neudecker hatte sich mit mir in Verbindung gesetzt. Er wollte mir das Material übergeben.«

»Das war nicht deine Geschichte. Gedé arbeitet seit Wochen an dieser Sache. Jetzt hat er endlich die Beweise, die er braucht, um die Geschichte zu veröffentlichen. Morgen kommt der ›Pantulan‹ heraus. Mein Gott, Timo, du lagst hier im Koma. Die Öffentlichkeit hat ein Recht auf diese Story. Übermorgen wird ein neuer Präsident gewählt.«

»Schon gut. Du hast Recht. Ich ärgere mich wegen diesem Unfall. Ich war so nah dran an dieser Geschichte, wollte gerade zu Neudecker fahren und dann so ein blöder Unfall.«

»Das war kein Unfall.«

Ich erzählte Timo von den Beobachtungen des Hotelangestellten und von meinem Gespräch mit van der Veen.

»Dann musst du jetzt verdammt auf dich aufpassen«, meinte er besorgt.

Ich winkte einem Taxi. Paul stand an einer der Buden auf der anderen Straßenseite, hatte anscheinend eine Cola getrunken und kam nun über die Straße gelaufen. Ich öffnete die Tür des Taxis. Erst jetzt erkannte ich, dass schon jemand im Fond saß. Im gleichen Augenblick spürte ich einen harten Gegenstand im Rücken und wurde in den Wagen gestoßen. Van der Veen saß auf dem Rücksitzt und hielt einen Revolver in der Hand. Auch der Schläger zu meiner Linken, der mich in den Wagen gestoßen hatte, war bewaffnet. Er gehörte nach Aussehen und Aufmachung zu Hartonos Leuten. Das Taxi fuhr los und das Letzte, was ich sah, war Pauls erstauntes Gesicht.

»So sieht man sich wieder, Frau Valentin.« Seine Nase war geschient und das Gesicht geschwollen.

»Wie geht es Ihrer Nase?«

»Das wird schon wieder. Die Nacht war etwas unangenehm, aber das ist nichts gegen das, was Sie erwartet, wenn Sie nicht kooperativer werden.« Van der Veen lachte und der Wagen schoss die *Rasuna Said* hinunter, machte an der nächsten Ecke einen U-Turn und fuhr zurück nach Norden.

Sie hatten mir einen Sack über den Kopf gestülpt, aber ich war mir dennoch ziemlich sicher, dass sie mich in das Fußballstadion von Menteng gebracht hatten. Es lag gerade 500 Meter von der *Jalan Lombok* entfernt hinter einem Shoppingcenter versteckt. Vom Balkon meines Hauses hatte ich abends die Flutlichtanlagen sehen können. Meine Entführer hatten sich nicht die Mühe gemacht, Umwege zu fahren. Das Stadion war klein. Die Tribüne drängte sich an die Rückwand des Shoppingcenters und die Gegentribüne war schmal und ragte über den Bürgersteig der *Jalan Kediri*, so erinnerte ich mich. Unterhalb der Tribüne befanden sich die Katakomben und hierhin hatten sie mich anscheinend verschleppt. Als sie mich an ein Gestell fesselten, nahm ich den muffigen Duft schlecht gelüfteter Trainingsräume war. So hatte es in den billigen Krafträumen drittklassiger Clubs gerochen, in denen ich trainiert hatte, bis mich im Alter von 14 Jahren der Leiter eines Judo-Leistungszentrums ansprach. Als sie mir den Sack vom Kopf zogen, sah ich mich tatsächlich in einer Art Kraftraum. Hanteln lagen herum und mir gegenüber stand ein Beincurler. Ich selbst war an die Rückseite einer Butterflymaschine gefesselt.

Van der Veen stand vor mir. Er hatte eine kleine silberne Pistole in der Hand, die er auf mich anlegte und abdrückte. Aus dem Lauf schoss eine Stichflamme von zehn Zentimetern Länge, mit der er sich eine Zigarre anzündete. Er blies mir den Rauch ins Gesicht und lachte.

»Was haben Sie mit Neudecker bei der AMKU gemacht?«

Van der Veen wusste anscheinend weniger als ich angenommen hatte und ich wollte versuchen auf Zeit zu spielen.

»Neudecker hat mir gesagt, dass er vermutete, Kranitz sei ermordet worden. Er bat mich, ihn zur AMKU zu begleiten. Er wollte mir Beweise präsentieren.«

»So ein Schwachkopf. Was hat er Ihnen denn präsentiert?«

»Er hat mir Kranitz' Büro gezeigt und erzählt, dass es dort am Sonntagabend ausgesehen habe wie

Kraut und Rüben. Dann kamen plötzlich diese ganzen Leute ins Haus und wir sind geflüchtet.«

Van der Veen zog an seiner Zigarre.

»Wo ist Neudecker?«

»Keine Ahnung, vielleicht zu Hause.«

»Sie wissen genau, dass er da nicht ist. Also?«

»Ich weiß es nicht. Er hatte Angst, wollte für ein paar Tage verschwinden.«

»Was hatte dieser Timoreit vor und was hat euch der Wachmann erzählt?«

Van der Veen war nicht gerade ein Verhörspezialist. Er stellte seine Fragen so ungeschickt, dass ich ungefähr abschätzen konnte, was er wusste. Ich begann mich allmählich zu entspannen.

»Timoreit hatte einen Anruf von Neudecker bekommen. Er wollte nachforschen, ob Kranitz ermordet wurde. Er meinte, dass sei doch eine Schlagzeile wert. Dann fanden wir den Wachmann und der hat uns reingelegt. Geld abgezockt und …«

Van der Veens Handy piepste die »Yellow Rose of Texas«.

»Ja? … Okay … coming.«

Der Holländer steckte das Handy weg und drehte sich zu dem verbliebenen Bodybuilder um.

»Pass auf sie auf und sei vorsichtig. Wenn du ihr auch nur die kleinste Chance gibst …«, van der Veen führte die flache Hand an seinen Hals und zog sie langsam über seine Kehle. Dann verschwand er und schloss die Tür von außen ab.

Ich blieb zurück mit einem zu klein geratenen Bodybuilder, der seine schwarzen Haare auf die Länge eines Drei-Tage-Bartes gestutzt hatte und über und über mit Pickeln und Narben übersäht war. Ich hatte es oft genug erlebt, wenn Leute, mit denen ich trainierte nach Verletzungen, oder wenn sie der Meinung waren, es gehe einfach nicht mehr weiter, zu Anabolika griffen. Ich kannte die Symptome. Der Typ, mit dem mich van der Veen zurückgelassen hatte, schien das Zeug als Hauptnahrungsmittel zu fressen. Ich versuchte an ihm vorbeizuschauen und mich auf andere Dinge zu konzentrieren. Der Raum maß circa 40 Quadratmeter. Er hatte zwei Öffnungen: Eine Stahltür und ein Fenster, das in einen Lichtschacht führte, durch den von oben schwaches Tageslicht fiel. Ich war solide gefesselt und hatte keine Chance, von alleine aus dieser Situation je wieder herauszukommen. Mein Wächter setzte sich auf eine Hantelbank und nahm eine der herumliegenden Hanteln auf, die ich auf 30 Kilo schätzte. Er legte den Ellenbogen gegen den Oberschenkel und bog den Unterarm mit dem Gewicht bis vor sein Gesicht. Dann streckte er den Arm und wiederholte die Bewegung. Nach zwanzig Bewegungen ließ er die Hantel fallen und nahm sie in die linke Hand. Mit links schaffte er nur 15 Wiederholungen. Wenn einer meiner Trainer jemals solch ein Ungleichgewicht festgestellt hätte, wären Ausgleichsübungen fällig gewesen, bis das Gleichgewicht wieder stimmte. Einer wie Pak Ricky würde sofort sehen, wo die schwache Seite ist und natürlich nur dort angreifen. Der Mann griff in die Tasche seines weißen Hemdes und kramte eine Packung Kretek hervor. Kretek waren indonesische Zigaretten, deren minderwertiger Tabak mit Gewürznelken versetzt war. Sie verströmten einen durchaus angenehmen Duft, obwohl es hieß, der Tabak sei mit Abfällen verlängert. Der Muskelmann rauchte, schaute in den Lichtschacht, hantierte mit Gewichten und rauchte wieder. Ich vermied den Blickkontakt, stellte mich schlafend obwohl an Schlaf in meiner Haltung nicht zu denken war. Das Imponiergehabe nahm zu, ich fühlte mich an Filme mit Gorillas erinnert und hatte ein schlechtes Gewissen, weil ich diese gutmütigen Tiere mit dem Kraftprotz verglich. Das Schlimme war, dass er zwischen seinen Übungen näher an mich herankam. Hatte er anfangs an der gegenüberliegenden Mauer gelehnt, so kam er jetzt zu mir, blieb vor mir stehen und ich konnte seinen Schweiß und den Geruch der Kretek riechen. Irgendwann, es mochten inzwischen zwei oder drei Stunden vergangen sein, baute er sich vor mir auf.

»Wo ist Neudecker?«, fragte er auf Indonesisch. Anscheinend hatte er sich entschlossen das Verhör fortzusetzen. Ich schwieg und er schlug mir mit der flachen Hand ins Gesicht.

»Di mana Neudecker?«, wiederholte er.

»Ich spreche kein Indonesisch.«

»Mit Setiabudi hast du auch Indonesisch gesprochen.«

Jetzt erinnerte ich mich daran, wo ich den Stiernacken schon einmal gesehen hatte. Er war einer der beiden Typen gewesen, die vor Setiabudis Hütte gestanden und uns verfolgt hatten.

»Wo ist Neudecker?« Er öffnete die Knöpfe meiner Bluse. Ich konnte seinen Atem riechen. Seine kurzen dicken Finger nestelten ungeduldig an den Knöpfen herum.

»Wo ist Neudecker?«, schrie er mich an und riss meine Bluse auf.

»In Singapur«, sagte ich und fühlte Panik aufsteigen. Es ging ihm nicht um Antworten. Er genoss die Situation. Ich war in einem Kellerloch festgebunden und in den Händen eines Sadisten. Er nahm den Kretekstummel aus dem Mund und drückte mir die Zigarette zwischen den Brüsten auf die Haut. Ich schrie und zappelte an meinen Stricken.

»Was hat dir Setiabudi erzählt?«

Der Schmerz raubte mir fast die Sinne.

»Van der Veen hat dir befohlen hier aufzupassen. Sonst nichts. Er wird wenig erfreut darüber sein, wenn er erfährt, was du hier treibst.«

»Der Buleh hat hier gar nichts zu sagen.« Buleh war ein Schimpfwort der Indonesier für die Weißen. Auf van der Veens Autorität bei dem Stiernacken hoffte ich also vergeblich.

»Was hat Setiabudi gesagt?«

»Du hast ihn umgebracht. Stimmt's?«

Der Fleischberg grinste. Wir hatten ihm Geld gegeben, damit er verschwindet und schweigt. Stattdessen empfängt er Besucher und lässt sich noch mehr Geld geben.«

Er zog mir langsam den BH herunter, schob die Bluse beiseite und spielte mit meiner Brustwarze. Dann drückte er zu. Ich schrie so laut ich konnte. Vor Schmerz und vor Angst. Ich riss an meinen Fesseln. Er zündete sich eine Kretek an und fuchtelte damit vor meiner Brust herum. Auf dem Gang hörte ich Schritte. Ein Riegel wurde zurückgeschoben. Van der Veen kam mit einem von Hartonos Männern herein. Ich hätte mir nie träumen lassen, dass ich einmal froh sein würde, ihn zu sehen. Er schaute mich an und grinste unter seinem Nasenverband.

»Nicht doch, Tschako«, sagte er zu dem Sadisten.

»Sie müssen entschuldigen Frau Valentin, Tschako kennt die diplomatischen Gepflogenheiten nicht. Er ist sehr ungebildet und ziemlich brutal.« Van der Veen lachte und zündete sich eine Zigarre an. Er setzte sich mir gegenüber auf den Beincurler.

»Gehen wir mal davon aus, Neudecker hat Ihnen Unterlagen über die Finanzen der AMKU gegeben. Wo sind diese Unterlagen jetzt?«

»Ich habe Ihnen doch gesagt, dass ...«

»Ja, ja«, unterbrach er mich. »Sie wollten nur mal schauen, von wo der gute alte Kranitz abgesprungen ist. Für wie dumm halten Sie mich eigentlich? Wir wissen inzwischen, dass Sie am Buchhaltungsprogramm der AMKU herumgefummelt haben. Wo ist Neudecker?«

»Er ist wahrscheinlich zum Flughafen. Ich habe ihm geraten zu verschwinden. Er hatte schwache Nerven. Seine Frau ist schwanger. Er war am Ende. Ich habe ihm gesagt, er solle einfach abhauen.«

»Das werden wir überprüfen. Wehe, du belügst uns hier, dann gnade dir Gott.« Van der Veen gab einem der beiden Hormonschlucker, die sich im Hintergrund gehalten hatten den Auftrag zu prüfen, ob Neudecker ausgereist sei.

»Check it and hurry up!«, wies er den Mann an.

»Was hat Neudecker vor? Dein Freund Timoreit dürfte ja kaum mehr an der Geschichte interessiert sein?«

Ich schwieg. Inzwischen war der »Pantulan« im Druck und würde heute Nacht ausgeliefert werden. Ich überlegte, wie ich van der Veen auf eine falsche Fährte locken konnte. Inzwischen war er aufgestanden und stand drohend vor mir.

»Lassen Sie mich frei. Vielleicht haben Sie's noch nicht kapiert, aber Sie kommen zu spät. Neudecker hat das Material längst weitergegeben. Dienstag erscheint der ›Wirtschaftsspiegel‹, da können Sie dann alles nachlesen.«

Ich sah seine Faust kommen und wollte mich wegdrehen, doch die Fesseln erlaubten kein Ausweichen. Ich spürte Panik und Angst und dann wurde es dunkel.

10

Montag, 18. Oktober 1999.

Irgendwann in der Nacht wurde ich wach. Der Weg zurück ins Bewusstsein war unangenehm und ich versuchte, wieder in die wohlige Dunkelheit des Vergessens abzutauchen. Schließlich gewannen die Schmerzen die Oberhand. Mein Kopf pochte. Bei jedem Herzschlag hatte ich das Gefühl, mein Schädel stünde kurz vor einer Explosion. Die schmerzende Brandwunde erinnerte mich daran, was vorgefallen war. Mir war kalt, meine Zunge ertastete verkrustetes Blut in meinem Mundwinkel. Ich hatte Durst. Meine Fußfesseln hatte man mir offensichtlich abgenommen und ich saß mit dem Oberkörper gegen ein Eisengestell gelehnt, hinter dem meine Hände gefesselt waren. Der Raum war dunkel, nur durch das Fenster zu dem Lichtschacht fiel ein fahles Licht. Nach meinem Zeitgefühl war es weit nach Mitternacht, vielleicht schon früher Morgen. In wenigen Stunden würde der »Pantulan« mit einer Geschichte erscheinen, die einer ganzen Reihe von Leuten nicht in den Kram passte. Ich überlegte, wie meine Entführer reagieren würden. Würde man mich freilassen, weil der Versuch, die Veröffentlichung zu vereiteln gescheitert und ich dadurch für sie nutzlos war?

Wahrscheinlicher erschien es mir, dass Leute, die einen ausländischen Journalisten versucht hatten zu töten, die einen Wachmann auf dem Gewissen hatten und möglicherweise auch den Tod von Kranitz, eine Zeugin nicht laufen lassen würden. Angst stieg in mir auf. Ich dachte an Hannah und Leo. Ich wollte nicht in einem stinkenden Kraftraum in Jakarta enden. Ich drückte mich gegen das Metallgestell und kam mühsam auf die Beine. Ich rüttelte an den Fesseln, versuchte das Gestell irgendwie zu verschieben, spannte meine Muskeln, konzentrierte mich, fasste die Eisenstangen und versuchte, sie anzuheben. Das Teil rührte sich nicht vom Fleck. Es war sinnlos. Danach versuchte ich, mit den Fingerspitzen zu erkunden, ob ich die Fesseln irgendwie abstreifen könnte. Auch diesen Versuch gab ich auf. Ich war verzweifelt und sank wieder zu Boden. Nur mit Mühe gelang es mir, durch autogenes Training ruhig zu werden. Irgendwann fiel ich in eine Art Trance, ich ließ Judokämpfe vor meinem inneren Auge Revue passieren und spielte die tausendfach geübten Bewegungsabläufe durch. Wie im Traum erinnerte ich mich an mein erstes großes internationales Turnier. Ich war damals neunzehn Jahre alt und musste im Viertelfinale gegen eine Russin antreten, die den Welt- und Europameistertitel hielt. Sie stand damals im Ruf unbesiegbar zu sein und ihre Gegnerinnen verrieten meist schon durch ihre Körpersprache, dass es nur noch um eine gesichtswahrende Niederlage ging, aber nicht mehr um Sieg. Ich hatte mir ihre Kämpfe auf Video angeschaut und mich auf diesen Kampf optimal vorbereitet. Ich war jünger und schneller, aber sie hatte zehn Jahre Erfahrung bei internationalen Wettkämpfen.

»Kämpfe werden im Kopf entschieden«, hatte mein Trainer mir immer wieder eingeredet. »Sie lächelt dich an, wenn du auf sie zugehst. Sie will dir sagen, dass du nicht gewinnen kannst, dass es für sie ein Spaß ist, dich zu besiegen.« Auf dem Weg von der Bank auf die Matte hatte ich diese Konzentrationsübung abgerufen. Noch Jahre später konnte ich mich an jedes Detail von damals erinnern, selbst der Geruch in der Halle war gespeichert. Der Kampf selbst war wie ein Zeitlupenfilm in meinem Kopf. Ihre erste Attacke, meine Abwehr, der Konter mit einem Beinwurf. Dadurch war ich in Führung gegangen und hatte mich dann ihrer vehementen Angriffe geschickt erwehrt. Zum Schluss griff sie so überhastet an, dass ich einen weiteren Konter ansetzen konnte und den Kampf gewann. Irgendwann riss mich der Ruf eines nahen Muezzin aus dem Halbschlaf. Es musste jetzt circa fünf Uhr morgens sein und in weniger als einer Stunde würde die Sonne aufgehen. Ich hatte nicht mehr viel Zeit.

Es war schon eine ganze Weile hell, als ich Schritte hörte und der Riegel der Eisentür zurückgeschoben wurde. Ich schaute zur Tür. Der gedrungene Körper von Tschako erschien. Er schloss die Tür, trat vor mich und schaute grinsend auf mich herab. Jetzt war mir endgültig klar, dass eine Freilassung nicht geplant war. Er stank nach Alkohol und Zigaretten. Er beugte sich zu mir herab und riss an meiner Bluse. Ich trat ihm zwischen die Beine, doch viel Kraft konnte ich nicht aufbringen. Er ließ mich los und krümmte sich vor Schmerz. Ich wollte mich an dem Metallgestell aufrichten. Er kam fluchend auf mich zu, wich meinen Tritten aus, drückte mich mit dem Gewicht seines Körpers auf den Boden, öffnete meine Hose und griff mir zwischen die Beine. Ich schrie und in den Schrei krachte die ohrenbetäubende Explosion eines Schusses. Der Stiernacken ließ von mir ab. Ich schaute mich erschrocken um. Tschako hatte die Augen aufgerissen. Er fasste sich an die Hüfte und zog eine blutige Hand hervor. Dann drehte er sich um. Erst jetzt konnte ich sehen was passiert war. Ein dünner brauner Arm mit einem Colt hing durch den Lichtschacht, darüber das Gesicht von Paul.

Der Muskelmann ging auf den Lichtschacht zu.

»Noch mal«, rief ich. »Schieß noch mal!«

Der zweite Schuss krachte und Tschako knickte ein. Diesmal hatte es ihn am linken Bein erwischt. Wie das umgedrehte Sehrohr eines U-Bootes drehte sich Pauls Arm in dem Lichtschacht und folgte dem Stiernacken. Der dritte Schuss bellte durch den Kellerraum und das weiße Hemd meines Peinigers färbte sich am rechten Oberarm rot. Den Mann hatte inzwischen Panik erfasste. Er robbte in den hinteren Winkel des Raumes in der Absicht, dem mörderischen Periskop zu entkommen.

»Kannst du runterkommen?« Der Arm verschwand und langsam zwängten sich Leos Schuhe, die dreiviertellange Hose und das inzwischen ziemlich dreckige Poloshirt in den Lichtschacht. Vorsichtig griff Paul durch die zersprungene Glasscheibe und öffnete das Fenster. Dann sprang er in den Keller. Der angeschossene Muskelmann hatte sich bis zu einer Hantelbank geschleppt und stöhnte vor sich hin. Von ihm ging zunächst keine Gefahr mehr aus.

»Nimm eine Glasscherbe und versuch, die Fesseln durchzuschneiden.«

Paul ließ den Colt mit einer coolen Bewegung, die er sich aus einem Western abgeschaut haben musste, in die Hosentasche gleiten. Dann machte er sich geschickt daran, die Fesseln zu zerschneiden. Ich konnte meine Hände schon seit einer ganzen Zeit nicht mehr spüren. Als ich endlich frei war, versuchte ich, meine Finger zu bewegen. Nur langsam und schmerzhaft kam das Gefühl zurück. Ich schaute mir die schmerzende Brandwunde an, zog meinen BH hoch und die Bluse, oder was davon übrig geblieben war, über meine Schulter. Dann half ich Paul durch den Lichtschacht. Bevor ich selbst in das enge Loch kletterte, ging ich zu dem Stiernacken. Vor zwei Minuten hatte ich mir fest vorgenommen, ihn umzubringen, wenn ich je die Gelegenheit haben sollte. Um den Mann hatte sich eine beachtliche Blutlache gebildet. Ängstlich schaute mich der Fleischberg an. Eine Hand hatte er auf die Wunde am linken Oberschenkel und die andere in die Hüfte gepresst. Ich drehte mich abrupt um und stieg in den Schacht.

Der Lichtschacht führte unter ein Stahlgerüst, auf dem die Tribüne aufgebaut war. Über Stahlrohre steigend, erreichten wir das Spielfeld. Noch immer hatte ich kein Gefühl in meinen Beinen und Händen und musste mich auf Paul stützen.

»Wie hast du mich gefunden?«

»Ich war in der *Jalan Lombok* und da kam der Buleh, dem du die Nase kaputtgemacht hast mit diesem Kerl vorbei.« Paul imitierte den breitbeinigen Gang des Stiernacken.

»Als ich sie kommen hörte, habe ich mir die Waffe genommen und mich in der Dusche beim Pool versteckt. Sie haben deinen Koffer durchsucht. Danach sind sie weggefahren und ich bin mit einem Becak hinterher.« Paul ahmte waghalsige Manöver eines Dreirad-Taxis nach.

»Am Merdeka Platz hatte ich sie schon verloren, weil das Auto schneller war als das Dreirad. Und dann sah ich das Auto am Straßenrand und dieser Mann stieg aus. Ich bin hinterher, weil ich das Auto ohnehin verloren hätte. Er ging nach Pasar Baru in eine Bar. Da waren auch die anderen Kerle, die uns im Kampung Teluk hinterhergelaufen sind. Dann haben sie Karten gespielt, gegessen und getrunken. Na, und heute Morgen ist er hierher gefahren.«

»Wo hast du geschlafen und wie bist du hierhin gekommen?«

»Ich habe mich hinten auf den Pickup gelegt, der vor der Bar stand und bin erst wach geworden, als der Wagen losfuhr. Ich habe mich zwischen Säcken versteckt und der Wagen ist direkt zum Stadion in Menteng gefahren. Ich bin hinter ihm her, aber er hat die Tür abgeschlossen. Dann bin ich draußen herumgelaufen, bis ich diese Schreie hörte. Mein Gott, kannst du laut schreien. So hört es sich an, wenn mein Onkel ein Schwein schlachtet.« Paul lachte.

»Hier war es umgekehrt: Fast wäre ich von einem Schwein geschlachtet worden.«

»Du brauchst eben einen Bodyguard. Du kannst zwar nicht singen wie Whitney Houston, aber ich kann schießen wie Kevin Costner.«

»Gib mir den Revolver.«

»Warum, ich bin dein Bodyguard.«

»Gib mir sofort die Waffe!«

Er schaute mich verärgert an.

»Okay, aber warum denn?« Er kramte die Waffe aus der Hosentasche und reichte sie mir.

»Das ist kein Film, du bist nicht Kevin Costner. Du hast mir eben das Leben gerettet. Aber du wirst nicht mit einer Waffe durch Jakarta laufen. Klar?«

Wir erreichten die *Cokroaminoto*. Ich schaute mich um. Es war zehn Uhr morgens. In sechs Stunden wollte ich das Land verlassen. Ich hatte keinen Pass, keinen Pfennig Geld, konnte mich in der Botschaft nicht blicken lassen und da war schließlich auch noch der Junge.

»Was machen wir jetzt?«, fragte er und schaute mich mit seinen großen braunen Augen an. Ich hätte mich am liebsten in mein Bett gelegt, die Decke über den Kopf gezogen und geschlafen, aber ich hatte kein Bett mehr und keine Zeit zu verlieren.

»Hast du noch Geld?«, fragte ich meinen Bodyguard.

Er zog ein Bündel Rupiahscheine aus der Hosentasche.

»Du bist ein reicher Mann. Kannst du mir was leihen?«

Er hielt mir den Packen hin. Ich nahm einen Schein und gab ihm den Rest zurück. Ich ging zu einem Kiosk, um Wasser zu kaufen. Vor dem Menteng Shoppingcenter gab es eine Reihe kleiner Holzverschläge, die auf einer Fläche von nicht mehr als zwei Quadratmetern ein Sortiment aus Zigaretten, Softdrinks, Zeitungen und Süßigkeiten anboten. Aus dem Zeitungsregal lächelte mich das Porträt des Präsidenten mit listigen Augen an. Das Layout des »Pantulan« war eindeutig dem »Spiegel« nachempfunden, das deutsche Nachrichtenmagazin hatte für Gedés Zeitschrift Pate gestanden. Hinter dem lächelnden Porträt des Präsidenten war der Schatten Suhartos erkennbar. »Korruption und Geldwäsche –

Wie der Präsident 800 Millionen US-Dollar ins Ausland schaffte.« Ich kaufte ein Exemplar des »Pantulan«. Der Verkäufer schaute mich durch die Luke seines Bretterverschlags irritiert an. Erst jetzt fiel mir auf, dass ich einen ziemlich abgerissenen Eindruck machte.

»Wir gehen in die *Jalan Lombok*«, sagte ich zu Paul.

Ich duschte und kramte aus dem zerwühlten Koffer ein paar neue Klamotten hervor. Erst danach wagte ich einen Blick in den Spiegel. Meine Lippe war auf der rechten Seite geschwollen und aufgeplatzt, wo mich van der Veens Faust erwischt hatte und an der linken Stirn hatte ich über der Schläfe eine bläuliche Beule von beträchtlicher Größe.

Um zwölf Uhr wartete ich im Sogo Einkaufszentrum auf Gerd Metz. Wir hatten uns bei McDonalds verabredet. Als er um Viertel nach zwölf noch nicht da war, wurde ich allmählich nervös. Wenn es mit dem Pass nicht geklappt hatte, saß ich fest und mein Plan war hinfällig. Paul schien von meiner Nervosität nichts zu merken und verdrückte einen Hamburger nach dem anderen. Inzwischen war er bei Nummer drei angelangt. Als Gerd gegen halb eins endlich auftauchte, fiel mir ein Stein vom Herzen.

»Hast du den Pass?«

»Um Himmels Willen, wie siehst du denn aus?«

»Hat es geklappt?«, drängelte ich. Er grinste mich an und zog das Dokument aus der Hemdtasche.

»Voilà. Mit Visum und Arbeitserlaubnis bis Ende Oktober. Du kannst also noch ein Weilchen hier bleiben und Tanz unterrichten.«

»Danke, mir reicht's. Ich will so schnell wie möglich nach Hause.« Ich nahm den Pass an mich und gab Gerd einen Kuss auf die Wange. »Ich habe noch ein Problem. Ich brauche Geld.«

»Wie viel?«

»Falls ich noch ein Ticket nach Singapur kaufen muss und für ein oder zwei Übernachtungen in Singapur. 1000 Dollar?«

Auf dem Weg zur Deutschen Bank erzählte ich ihm, was passiert war.

»Und jetzt willst du mit dem Rettungsflieger raus?«

»Das Krankenhaus hat zwei Begleitpersonen angemeldet. Eine davon bin ich. Das habe ich mit der Ärztin so abgesprochen, aber ich würde meinen Bodyguard gerne mitnehmen.«

»Wenn da was schief geht, kann ich dir nicht mehr helfen. Der Kleine kann doch mit einer normalen Linienmaschine fliegen.«

»Du hast natürlich Recht, aber es ist einfach so, dass ich ihn nicht zurücklassen will.«

In Gedés Haus herrschte Siegesstimmung. Die halbe Redaktion schien sich auf der Terrasse zu tummeln. Handys klingelten und das Faxgerät im Flur spuckte unentwegt Papier aus. Gedé saß in seinem Büro und gab einem Fernsehteam ein Interview.

»Woher stammte das Geld?«, fragte eine Journalistin, die ich als Indonesien-Korrespondentin von CNN identifizierte.

»Man kann davon ausgehen, dass er in den 15 Jahren als Regierungsmitglied genug Zeit und Möglichkeiten hatte, ein Vermögen anzuhäufen. Überall herrscht

Korruption. Selbst, wenn ich ganz legal einen Reisepass beantrage, muss ich die Beamten schmieren. Wenn es dann um den Bau von Kraftwerken, Eisenbahnlinien oder den Ankauf von Kriegsschiffen geht, fließt natürlich auch Geld. Nur die Summen sind wesentlich höher.«

»Wie hoch schätzen Sie das Vermögen der Präsidentenfamilie?«

»Wir wissen von 822 Millionen US-Dollar, die in den letzten Tagen ins Ausland geflossen sind. Möglicherweise ist das aber nur ein Bruchteil des Gesamtvermögens.«

»Wie ist das Geld ins Ausland transferiert worden?«, wollte die Journalistin wissen.

»Das Geld war auf der Bank angelegt, die zu Teilen der Familie gehörte. Außerdem noch in einer Reihe von anderen Geschäften. Die Gelder wurden, soweit sie flüssig gemacht werden konnten, an die Santosa-Group überwiesen, ebenfalls in den Händen der Familie. Unter dem Vorwand, es handele sich um die Zahlung von Verbindlichkeiten wurde das Geld an die AMKU-Indonesia transferiert. Deren Direktorin, Ibu Daud, ist die Schwester des Präsidenten. Die AMKU hat eine Reihe von Großprojekten in Indonesien durchgeführt und es ist bekannt, dass der Präsident früher für die AMKU in Deutschland gearbeitet hat, bevor er seine Karriere in Indonesien begann. Die AMKU hat das Geld, das von der Santosa-Group seit Anfang Oktober überwiesen wurde, sofort auf Konten im Ausland weitergeleitet. Diese Transfers können wir belegen. Die Konten sind uns bekannt und wir haben sie veröffentlicht. Ich appelliere an den Generalstaatsanwalt, in den entsprechenden Staaten um Amtshilfe zu bitten, damit das Geld wieder in den Besitz des Indonesischen Volkes kommt, dem es gestohlen wurde.«

Die Journalistin drehte sich in die Kamera.

»Das war Tjokorte Gedé Raka Dekawati, der Herausgeber des indonesischen Magazins ›Pantulan‹, das heute mit einer sensationellen Geschichte über die finanziellen Verstrickungen des amtierenden Präsidenten erschien. Maria Reesa, Jakarta.«

»He Charlotte, wo warst du, wir haben dich vermisst. Das ist ein historischer Tag und ich bin sicher, dass noch einiges passiert. Mal schauen, wie unser Präsident heute Abend seinen Rechenschaftsbericht vor der Volksversammlung ablegen wird. Unsere Story ist inzwischen auch über die Ticker von dpa und afp gegangen.«

»Ich war verhindert«, sagte ich und erzählte von meiner Nacht in den Katakomben des Fußballstadions.

Draußen auf der Terrasse ertönte lauter Jubel. Gedés Chefredakteur kam hereingerannt.

»Der Chef des Generalstabs hat eben mitgeteilt, dass er nicht als Vize des Präsidenten kandidieren wird. Jetzt hat er keine Chance mehr.«

»Gedé, ich muss jetzt weg. Ich kann heute Mittag mit dem Rettungsflug für Timo nach Singapur fliegen. Das ist die sicherste Möglichkeit, das Land zu verlassen. Ich habe zwar jetzt einen neuen Pass, aber wenn ich einen Linienflug nehme, erkennt mich bei der Ausreise vielleicht doch noch jemand.«

Gedé schaute mich ernst an.

»Hör zu, Charlotte. Die Sache mit dem Jungen. Es geht nicht. Ich habe es versucht. Ich kann nicht innerhalb von vier Stunden einen Pass für ein Kind bekommen, das keinen Erziehungsberechtigten vorweisen kann und außer einer Geburtsurkunde kein Dokument besitzt. Ich brauche mehr Zeit dazu. Es ist nicht so einfach, wie du denkst. Es genügt nicht, hier und da ein paar Dollar zu verteilen. Ich werde einen Anwalt einschalten müssen und selbst der wird ein paar Tage brauchen.«

»Wie lange wird das dauern?«

»Ich weiß es nicht, eine Woche oder zwei vielleicht.«

»Kann der Junge so lange bei dir bleiben?«

»Natürlich.«

Paul erzählte Gedés Köchin zum zehnten Mal, wie er mich befreit und den Stiernacken erledigt hatte. Es schien mir, als habe er in den wenigen Tagen zugenommen. Irgendwie sah er kräftiger aus. Die Wunde auf seinem Handrücken war mit dickem Schorf überzogen und heilte offensichtlich gut. Die Zeit des Abschieds war gekommen und ich spürte, wie mir die Tränen hochstiegen. Wie kann man einem Kind erklären, dass man zum Reisen einen Pass braucht. Ich wollte es versuchen, aber meine Stimme versagte und ich drückte ihn an mich.

Gedé sprach mit dem Jungen. Er sprach indonesisch und ich verstand nicht viel. Gedé lachte und der Junge lächelte und nickte.

»Also«, sagte ich zu Paul. »Deine Papiere sind noch nicht fertig. Ich muss also erst mal alleine los und Du kommst nach – wahrscheinlich in ein paar Wochen.«

»Ich werd so lange auf deinen Freund aufpassen.« Paul deutete auf Gedé und reichte mir dann die

Hand. »Take care, Baby«, sagte er zum Abschied und jetzt musste ich doch noch lächeln, weil ich mich fragte, ob er das von Kevin Kostner oder Sylvester Stallone hatte.

Der Learjet startete nach Süden und flog eine langgezogene Kurve über Jakarta. Das Häusermeer schien endlos und reichte bis an die Berge des Punjak weit im Süden. Deutlich waren die Hochhäuser der City zu erkennen, die Banken und der Stern von Mercedes Benz. Dort in diesem kleinen Gebiet hatte ich zwei Jahre gearbeitet und gelebt. Meine Realität war nur ein winziger Ausschnitt in diesem riesigen Mosaik. Das Flugzeug drehte sich weiter und die Küste kam in Sicht. Irgendwo dort unten lag der Kampung Teluk, wohnten Menschen, deren Häuser zwei Monate im Jahr in einer Kloake versanken, die kein sauberes Wasser hatten und ihre Kinder nicht zur Schule schicken konnten. Dort unten lebten Kinder, die froh darüber waren, wenn sie einen schlecht bezahlten Job in der Garnelenfarm hatten. Dort unten lebten Kinder, die auf abgasverseuchten Kreuzungen bettelten oder versuchten, ein paar Zigaretten an Autofahrer zu verkaufen , die in einem von Jakartas Dauerstaus hängen geblieben waren. Wir flogen an der dichtbevölkerten Nordküste Javas entlang nach Westen. Nach ein paar Minuten erreichten wir die Sundastraße. Der Jet legte sich leicht zur Seite und schwenkte auf einen nordwestlichen Kurs um. Die Küste Sumatras kam in Sicht. Der einstmals undurchdringliche Urwald war zu einem großen Teil abgeholzt. Zehn Minuten später kamen die ersten Ölförderinseln vor der Küste Riaus in Sicht. Wo war der ganze Reichtum geblieben – die Einnahmen aus dem Holzgeschäft und dem Öl?

Eine Stunde später landeten wir in Singapur. Während des Fluges hatten wir wenig gesprochen. Ich hatte Timos Hand gehalten und Dr. Suprapto hatte ab und zu seinen Puls kontrolliert. Die Einreise in Singapur war unproblematisch. Genau wie bei der Ausreise in Jakarta ging ich ohne Probleme als Irene Burger durch den Zoll und erhielt die notwendigen Stempel. Mit einem Krankenwagen fuhren wir den East Coast Parkway in Richtung City. Vor uns lag das hell erleuchtete Geschäftszentrum mit seinen modernen Hochhäusern und links der Straße waren die Positionslampen von Hunderten von Schiffen zu sehen, die in der Singapurstraße auf Reede lagen. Ich hatte endlich das Gefühl, in Sicherheit zu sein. Der Krankenwagen bog in die Raffles Avenue ein. Fünf Minuten später erreichten wir die berühmte Orchard Road. In der Kaufhausmeile Singapurs herrschte die übliche Betriebsamkeit. Das Mount Elisabeth Krankenhaus lag nur wenige Meter abseits der Geschäftsstraße.

Als Erstes stellte Timo seinen kleinen Weltempfänger ein und suchte einen indonesischen Sender. Der Rechenschaftsbericht des Präsidenten wurde live übertragen und danach begann die Abstimmung. Jeder der 700 Abgeordneten musste sich für oder gegen die Annahme des Rechenschaftsberichts entscheiden. Die Auszählung der Stimmen erfolgte ebenfalls life in den Medien. Um zehn Uhr abends stand fest, dass der Rechenschaftsbericht mit knapper Mehrheit abgelehnt worden war. Damit war das politische Schicksal des Präsidenten besiegelt, eine weitere Kandidatur aussichtslos.

Nachdem Timo eingeschlafen war, fuhr ich zu seiner Wohnung nach Queenstown. Ein Apartment mit Blick auf das Meer. Es bestand aus einem einzigen großen Raum, der sich im 25. Stock eines Wohnturms befand. Das Bett hatte er durch eine Jalousie vom Rest des Raumes abgeteilt. Ich zog mich aus und ließ mich auf das Bett fallen. An der Wand hing ein großes Foto. Es zeigte den nackten Rücken einer Frau, die auf einem zerwühlten Bett lag, auf das die ersten Strahlen der Morgensonne zu fallen schienen. Ihr Gesicht war nicht zu sehen. Sie streckte einen Arm aus und spreizte die Finger ihrer Hand. Die Hand schien die Sonnenstrahlen zu stoppen, um die Augen vor der Helligkeit zu schützen. Die langen muskulösen Beine endeten in einem knackigen Po. Die Schultern waren breit und ein mächtiger Trapezius spannte sich zwischen Schultern und Hals.

Das Foto war 15 Jahre alt und plötzlich fiel mir jede Einzelheit dieses Morgens wieder ein.

11

Dienstag, 19. Oktober 1999.

Am Dienstag schlief ich bis neun Uhr, so lange, wie seit Wochen nicht mehr. Mit der U-Bahn fuhr ich bis an die Marina Bay und nahm mein Frühstück mit Blick über den Singapur River ein. Danach schlenderte ich bis zu Raffles Hotel und lief die Orchard Road hinauf. Die Sauberkeit der Stadt war für jemanden, der aus Jakarta kam auffällig. Ich lief an Armani, Gucci und anderen Modegeschäften vorbei und widerstand der Versuchung einzutreten. Im Far East Plaza wurde ich doch noch schwach und kaufte Kleidung für die Kinder. Ein Kleid für Hannah und Hosen und Sweatshirts für Leo und Paul. Dann rief ich Gedé an, der inzwischen einen Anwalt mit der Beschaffung eines Passes für Paul beauftragt hatte. Anwälte dienten in Indonesien nicht unbedingt dazu, ihren Klienten Recht zu verschaffen. Sie waren mindestens genauso oft dazu da, herauszufinden, wie einschlägige Vorschriften umgangen werden konnten. Sie übernahmen es auch, die notwendigen Bestechungsgelder diskret und wirksam an die richtigen Personen weiterzuleiten. »Es wird noch ein paar Tage dauern«, hatte Gedé resümiert. Es machte keinen Sinn mehr, hier weiter zu warten.

Am Nachmittag fuhr ich zu Timo ins Krankenhaus. Er saß inmitten eines Stapels von Zeitungen.

»Schau mal hier.« Er hielt mir die Überschrift der »Strait Times« entgegen. »Blinder Religionsführer setzt sich gegen javanische Prinzessin durch. Neuer Präsident mit 373 zu 315 Stimmen gewählt. Ex-Präsident hat Indonesien mit unbekanntem Ziel verlassen.«

»Es würde mich nicht wundern, wenn er bald in Deutschland auftauchen würde«, vermutete ich. »Meinst du, der Neue hat Chancen, die Probleme des Landes in den Griff zu bekommen?«

»Das soll ich herausfinden. Die Redaktion hat eben angerufen. Sobald ich wieder fit bin, soll ich eine Reise über die äußeren Inseln Indonesiens machen und eine Serie über die Krisenherde schreiben. Ich werde die moslemischen Fundamentalisten in Aceh besuchen, die Dayak in Kalimantan, die von den zugewanderten Maduresen in die Enge getrieben werden, ich will nach Irian Jaya und auf die Molukken und die Reise in Osttimor beenden.«

»Das wird ein Protokoll über den Zerfall eines Staates.«

»Möglicherweise. Mein Chefredakteur will wissen, ob der neue Präsident überhaupt eine Chance hat. Was sagt die deutsche Diplomatin dazu?«

»Timo, ich fliege heute Nacht. Die 23 Uhr Maschine der Lufthansa.« Timo sah mich enttäuscht an.

»Ich danke dir für alles«, sagte er schließlich.

»Das Foto in deinem Schlafzimmer«, sagte ich und schaute ihn fragend an.

»Großartig, nicht wahr?«

»Warum hängst du dir dieses Foto neben das Bett?«

Timo schaute mich melancholisch an.

»Du weißt schon. Es ist wie bei Heinrich Heine: ›Ein Jüngling liebt ein Mädchen, die hat einen andern erwählt; der andre liebt eine andre, und hat sich mit dieser vermählt‹.«

»Versprich mir, dass du nach Berlin kommst, wenn du aus Timor zurück bist.«

»Versprochen«, sagte er ohne zu zögern.

Am Abfertigungsschalter der Lufthansa hatte sich eine Schlange gebildet. Noch zwölf Stunden bis Frankfurt und der kurze Anschlussflug bis Berlin trennten mich von Hannah und Leo. In drei Wochen würde der Umzug ankommen. Ich hing meinen Gedanken nach, als irgendwo in der Schlange vor mir ein Handy »The yellow rose of Texas« piepste.

»Möchten Sie einen Fensterplatz oder lieber am Gang sitzen?«, fragte mich eine junge Asiatin in Lufthansauniform.

»Können Sie mir einen Platz neben dem Herrn geben, der eben gerade eingecheckt hat – der mit dem holländischen Akzent?« Ich zwinkerte der jungen Frau zu.

»Mr. de Winter? Ja, das ist kein Problem. Er sitzt ebenfalls in der Businessclass und wir sind heute nicht ausgebucht.«

Ich wartete, bis alle Passagiere eingestiegen waren und ging als Letzte durch den Schlauch, der zu der Boeing 747 hinunter führte. In der Businessclass hatte eine Stewardess bereits Sektgläser zur Begrüßung verteilt. Ich verstaute mein Handgepäck und ließ mich in den Sitz fallen. Erst jetzt nahm der Mann Notiz von mir und drehte sich zu mir um.

Seine Nase würde wohl für immer etwas schief in seinem Gesicht sitzen. Er zuckte zusammen, fuhr sich in einem Reflex unter das Jackett und vergoss dabei den Sekt über seine Hose.

Ich lächelte ihn an. »Herr van der Veen, welch ein netter Zufall. Ich wollte mich die ganze Zeit schon mit Ihnen unterhalten.«

Thomas Prinz
ANKUNFT IN
BUKAREST
Roman
Dittrich
DITTRICHS
STÄDTE-KRIMIS

Thomas Prinz

Ankunft in Bukarest

Charlotte Valentins erster Fall.

»Charlotte Valentin, Urenkelin des Kabarettisten Karl Valentin und Ex-Weltmeisterin im Judo, kann eine Menge wegstecken. Starke Nerven braucht sie tatsächlich: Zwei Tage nach ihrer Ankunft wird ein Kollege ermordet. Sie wird mit den Ermittlungen betraut. Ein reportagehafter Krimi.«

FÜR SIE

»Thomas Prinz weiß, wovon er spricht. Sollte man zumindest meinen, hoffen will man es nicht. Der Krimi-Autor arbeitet seit 1990 im Diplomatischen Dienst der Bundesrepublik Deutschland, davon verbrachte er vier Jahre an der Botschaft in Rumänien. Sein Roman spielt in einem abstoßenden Kleinbiotop, belebt von Botschaftern, Agenten und Militärs. Spannend ist das allemal ...«

Berliner Illustrierte

IRMGARD M. STERNER
LICHTER VON KAIRO
ROMAN
DITTRICHS
STÄDTE-KRIMIS

Irmgard M. Sterner

Lichter von Kairo

Polit-Thriller

»Er betätigte sich hin und wieder als Detektiv, weil er auf der Suche nach Wahrheiten war; weil er zersprungene Masken sehen und ein bisschen Schicksal spielen wollte.«

George Hannah, erfolgreicher ägyptischer Geschäftsmann mit Firmensitz in Hamburg, wird auf einer Reise nach Kairo von seiner Vergangenheit eingeholt …

»Auf der Suche nach der Tochter einer Ex-Freundin gerät der ägyptische Geschäftsmann Hannah in Kairo in den Sog politischer Machenschaften.

Die Stadt Kairo mit ihrer unverwechselbaren Atmosphäre liefert den Hintergrund für diesen fesselnden Nahost-Thriller.«

Glücksrevue